MIÉNTEME... SI TE ATREVES

MIÉNTEME...
SI TE
ATREVES

José Luis Martín Ovejero

Papel certificado por el Forest Stewardship Council®

MIXTO
Papel procedente de
fuentes responsables
FSC
www.fsc.org   FSC® C117695

Penguin
Random House
Grupo Editorial

Primera edición: mayo de 2021

© 2021, José Luis Martín Ovejero
© 2019, Penguin Random House Grupo Editorial, S.A.U.
Travessera de Gràcia, 47-49. 08021 Barcelona
Ilustraciones de interiores: Fernando de Santiago

Idea original de Big Rights, S. L.

Printed in Spain - Impreso en España

ISBN: 978-84-03-52200-8
Depósito legal: B-4772-2021

Impreso en Gómez Aparicio, S.L.,
Casarrubuelos (Madrid)

AG22008

Para mis hijos, Miguel y Blanca, por aguantar todas las charlas que les doy sobre este tema con santa paciencia

Índice

CAPÍTULO 9. *COLLAGE* FINAL

Capítulo I

Conoce a la protagonista: la mentira

«Puedes engañar a todo el mundo durante algún tiempo. Puedes engañar a algunos todo el tiempo. Pero no puedes engañar a todo el mundo todo el tiempo».

ABRAHAM LINCOLN

¿Qué es la mentira?

El bien y el mal, el placer y el dolor, la alegría y la tristeza… ¡Nos rodean las contradicciones! Y una de ellas, fundamental por sus consecuencias en nuestras vidas y en las de los demás, es la que hay entre la verdad y la mentira.

Te doy la bienvenida al estudio de este último concepto, pues conociendo la mentira, también nos encontraremos más cerca de descubrir la verdad.

No quiero dejar pasar ni una línea más sin trasladarte unas preguntas para que reflexiones antes de que leas este libro:

- ¿Qué opinión te merece la mentira?
- ¿Crees que se te da bien detectar cuándo alguien te miente?
- ¿Y tú? ¿Qué tal lo haces?

Como digas que nunca mientes como respuesta a la última pregunta que formulo, empezamos bien, y das todo el sentido a esta obra..., porque ¡MIENTES!

Cuando acabes de leer el libro, te invito a que vuelvas a hacerte estas mismas preguntas y veremos si coinciden las respuestas. Mi propósito con el orden y el contenido de este libro es que primero conozcas a la perfección qué es la mentira, para que a continuación puedas descubrir si alguien te miente a través de las pistas que deja su lenguaje y su comportamiento. Como dijo el general, estratega y filósofo chino Sun Tzu, allá por el siglo v a. C.: «Conoce a tu enemigo y conócete a ti mismo y saldrás triunfador en mil batallas».

Así que lo primero será saber qué es la mentira. Reflexiona conmigo y piensa: ¿qué es para ti la mentira? ¿Ya?

Ahora vayamos poco a poco. Primero, localiza la definición que el *Diccionario de la lengua española* de la Real Academia Española (RAE) ofrece de la palabra *mentira:*

«**Mentira: Expresión o manifestación contraria a lo que se sabe, se piensa o se siente**» (1).

Estoy bastante de acuerdo con este concepto, dado que abarca tres aspectos clave:
- Mentir sobre lo que se sabe («No sé dónde están los bombones de la caja», cuando me los he comido yo).
- Mentir sobre lo que se piensa («Me considero bien pagado, jefe», cuando creo que debería ganar más).

- Mentir sobre lo que se siente («Estoy bien», cuando me siento fatal).

¿Te identificas con alguna de estas mentiras o similares? Ahora pasemos al término *engaño,* que se define en la RAE como:

«Falta de verdad en lo que se dice, hace, cree, piensa o discurre» **(2)**.

En este caso, sumaríamos la no verdad por ocultamiento, no tanto por contradicción. Pongamos un ejemplo. Una madre pregunta a sus tres hijos si saben quién ha rapado el pelo al gato. Los tres callan, pero saben cuál de ellos es el que lo ha hecho. Como vemos, no solo se falta a la verdad cuando se miente expresamente, sino cuando no se cuenta lo que se sabe. También voy a analizar estos comportamientos en el libro.

Vayamos ahora a un caso que puede sorprenderte: si una persona afirma que es Superman, creyendo firmemente en lo que dice, yo no le considero un mentiroso pese a que no sea verdad lo que afirma. Es más, si nos acogemos al concepto de *mentira* de la RAE («Expresión o manifestación contraria a lo que se sabe, se piensa o se siente»), ¿no deberíamos considerar que miente si nos dijera que no es Superman? Con este ejemplo, quiero añadir un requisito fundamental de la mentira:

> La INTENCIÓN. **Lo que distingue la mentira del error es la falta de intención en este último.**

Por ello, es fundamental tener en cuenta que:

> **Los indicadores de mentira que más adelante trataremos se refieren a las personas que actúan a sabiendas contra la verdad.**

Es decir, pueden elegir entre dos caminos, la verdad o la mentira, y eligen conscientemente el segundo. Es a ellas a quienes su cerebro las puede delatar y no a quienes no dicen la verdad sin saberlo, dado que la mente de estas últimas está convencida de lo que cuenta.

Advertencias

No pases ni una hoja más de este libro sin haber leído estas doce advertencias:

1. *Nunca existe un cien por cien de seguridad de que puedas detectar que una persona miente.*

> **Hasta la fecha no se ha inventado una técnica o un mecanismo que pueda garantizar, sin posibilidad de error, que una persona miente.**

Aquí vas a conocer muchos indicadores de posible engaño, pero insisto en la palabra «posible», que no es lo mismo que «seguro»; si bien sí que será importante conocerlos, porque cuantos más adviertas, con mayor precaución deberás actuar.

2. *La importancia de las alertas.*

Las señales que descubrirás en este libro pueden ser una alerta de posible engaño, pero también pueden consistir en un aviso de que el sujeto se siente inseguro al hablar de un tema determinado.

En cualquier caso, contarás con la ventaja de ver más allá de lo que pretenden enseñarte. Y a más información, mejor decisión.

No obstante, por sintetizar, los denominaré «indicadores de mentira» o «indicadores de engaño», aunque nunca olvides que pueden señalar incomodidad o inseguridad, todo un abanico de posibilidades por descubrir.

3. *Contar con pistas de engaño no implica saber el «porqué».*

Habrá que investigar caso por caso, y ya te adelanto que en ocasiones nunca se llega a averiguar. Aunque eso no le quita valor a lo que ya has descubierto, pues puedes adelantarte a una decisión ajena, incluso a un problema futuro; o, si estás entrevistando a alguien, reconocerás así sus puntos débiles para profundizar más en ellos si lo deseas, por poner solo algunos ejemplos.

4. *No existen indicadores «matemáticos» o infalibles de engaño.*

A veces he oído frases como: «Si se toca la nariz es que miente», «No me fío de quien me habla sin mirarme a los ojos» o «Si se remueve intranquilo en la silla es que miente». Desde ya, ¡fuera esas ideas que tanto daño han hecho a la hora de confiar en nuestros semejantes!

5. *Siempre atentos a la línea base de conducta.*

Lo primero que debemos conocer en otra persona es su manera habitual o normal de comportarse. ¿Para qué? Para que se nos enciendan las alertas mentales cuando esta cambie.

Examinemos un ejemplo basado en las tres pautas de comportamiento que he indicado en el punto anterior: cuando charla con nosotros, un amigo suele rascarse la nariz o no nos mira a los ojos o se muestra inquieto y lo hace habitualmente, en cualquier contexto y al charlar del tema que sea. ¿A qué conclusión debemos llegar? Pues que a nosotros nos puede parecer algo rarito, pero él es así. Y ahora llega la pregunta clave: ¿cuándo sí deben encenderse nuestras alertas? ¡Efectivamente! Cuando deje de comportarse así. Algo ha pasado que le ha hecho cambiar, así que... toca investigar. Si queremos, claro.

No obstante, en capítulos posteriores sí daremos pautas de conducta, tanto de lenguaje como de comportamiento, que son frecuentes en las personas que no dicen la verdad. Insisto, «frecuentes» no significa ni obligatorias ni infalibles. Pero primero toca estudiar los patrones básicos de conducta de la persona, como ya he indicado.

6. *Una persona que no es consciente de que no dice la verdad no contará con indicadores de mentira.*

Y lo mismo sucede con quien se ha creído al cien por cien su propia mentira. Podemos pillar los errores del «cerebro mentiroso», de quien sabe con certeza que no es verdad lo que cuenta o, al menos, lo duda. No se podrán detectar esas señales en quien está convencido de la realidad de lo que dice ni en aquel que está equivocado.

7. *A más indicadores de engaño, mayor reacción de alerta.*

Uno o dos indicadores de engaño de los que leerás en este libro los podemos observar en cualquier persona que diga la verdad sin dificultad; ahora bien, cuantos más acumule el sujeto, más alerta tendremos que estar.

8. *El tiempo de respuesta es clave.*

La primera reacción del sujeto es muy importante: sus primeras palabras, su primera reacción corporal, la inmediata activación muscular en su cara, la dirección de su primera mirada... Aunque también debemos prestar mucha atención a las que vengan después, ya sean de confirmación o de contradicción, dado que puede que el cerebro razonador (el calculador y constructor de engaños) quiera corregir al emocional (el más puro y auténtico) para hacer parecer lo que no es. Vayamos filtrando ya alguna pista interesante en la detección de mentiras:

> **A mayor tiempo de reacción desde el estímulo, más fácil es que el cerebro racional haya podido preparar una respuesta calculada.**

9. *La mentira no es intrínsecamente mala.*

Por algo existen las llamadas *mentiras piadosas,* que consisten en «la afirmación falsa proferida con intención benevolente. Puede tener como objetivo el tratar de hacer más digerible una verdad tratando de causar el menor daño posible. Suele ser utilizada simplemente para evitar fricciones innecesarias, secuelas o actitudes que pueden ser desagradables para alguien» **(3)**.

Respeto a quien opine lo contrario, y asumo que este es un tema de debate precioso. Pero pongamos algunos ejemplos para entender la mentira piadosa:

- Imagina que vas por primera vez a cenar a casa de los padres de tu pareja, y ellos han intentado lucirse. Cuando pruebas la comida, tu paladar grita «qué asco». En ese instante uno de ellos te dice: «He estado toda la tarde preparando este plato, que es el que mejor cocino. ¿Te gusta?». Venga, valiente, ¿qué le respondes?
- Acaba de nacer el primer hijo de tu mejor amiga. Vas a verla, te enseña a su bebé mientras te dice: «¿A que es precioso?». En realidad, a ti te parece el recién nacido más feo que nunca has visto. ¿Qué le contestas a tu amiga?
- Yendo a algo mucho más cotidiano: ¿alguna vez has respondido a la pregunta de si te pasa algo con un «nada, estoy bien» cuando no era verdad?

Pues en todos estos ejemplos y en muchos más, así de simples y cotidianos, también mentimos.

En referencia a este tipo de mentiras, unos investigadores científicos realizaron un experimento revelador en la revista *Muy interesante*. Los científicos «... desarrollaron un modelo matemático sobre cómo crecen los grupos de personas y cómo evolucionan con el tiempo añadiendo una variable clave: la mentira. Desde las grandes mentiras (como mentir sobre haber robado a alguien o haberle herido) o las pequeñas mentiras (para hacer sentir mejor a alguien o para que no se preocupe), descubriendo que las grandes mentiras conducían a la desintegración de las comunidades y las mentiras piadosas o pequeñas tuvieron el efecto contrario: las conexiones entre las personas mejoraban con el tiempo gracias a ellas...».

> **Según la investigación de estos expertos, las mentiras piadosas no solo ayudan a evitar enfrentamientos o herir los sentimientos; también son una parte fundamental de la formación y consolidación de las comunidades» (4).**

Tengamos en cuenta que también se puede mentir para evitar un mal mayor. Pongamos un ejemplo: imagina que sabes que alguien con malas intenciones busca a un amigo que se encuentra escondido en tu casa. Llama a tu puerta y te pregunta que dónde está. ¿Qué respondes? Lo normal sería decir que no lo sabes. Habrías mentido, pero ¿sería reprochable tu engaño? Considero que no; arriesgado sí, pero no reprochable.

No me voy a quedar solo en eso, daré un paso más. ¿Y si te digo que se ha demostrado que sobre determinados aspectos de nuestra vida es mejor mentir porque nos beneficia? Pues sí, en concreto mentir sobre nuestra edad, el quitarse unos añitos: «Científicos del University College London, en Reino Unido, sugieren que las personas mayores que tienen ese sentimiento de juventud pueden tener una mayor expectativa de vida, al observar que existe una tasa de mortalidad más baja que entre quienes, por contra, creen estar más viejos de lo que en realidad son. Los resultados de este estudio, que aparecen publicados en la revista *Archives of Internal Medicine,* muestran cómo la autopercepción de los años puede condicionar el estado de salud en la vejez, suponiendo una limitación física o una muestra de bienestar» **(5)**.

Bueno, ¿qué? ¿Vas cambiando ya tu idea sobre la mentira o te la confirma? Y es que hay… mentiras y mentiras.

10. *Mucho cuidado con los prejuicios.*

Se dice que «el problema es que con una sola mentira se ponen en duda todas las verdades». Si queremos ser fiables detectores de engaños, esto nunca nos debería suceder. El prejuicio actúa en nuestra mente y nos empuja en una única dirección, la de la idea preconcebida, y lo que es peor, levanta un muro a todo aquello que lo contradiga y que, además, puede ser la verdad.

He analizado para medios de comunicación a criminales que han realizado actos atroces, incluso con niños, pero que, al declarar en su juicio, algunas de sus acciones o afirmaciones carecían de cualquier indicio de engaño. Si hubiera actuado pensando «siempre miente», lo más probable es que estas acciones que considero veraces hubieran sido invisibles para mi mente.

Hay que tratar de conseguir conclusiones objetivas a través del comportamiento. No podemos prejuzgar o buscar un resultado ya previsto, ni para bien ni para mal, ni pensando que me va a decir la verdad, ni tampoco imaginando que me va a mentir.

Si prejuzgamos, nuestra mente no querrá llevarse la contraria a sí misma y entrará en juego el *sesgo de confirmación:* «Es la tendencia a favorecer, buscar, interpretar, y recordar la información que confirma las propias creencias o hipótesis, dando desproporcionadamente menos consideración a posibles alternativas» **(6)**.

No partamos de la base de que las demás personas piensan y actúan con nuestra misma lógica y de que tienen nuestra misma moral. Eso nos llevaría a hacer una proyección de nosotros mismos en los demás, y es muy fácil que caigamos en el error que podríamos denominar «del espejo», es decir, pensar que como yo haría o diría esto así, la otra persona también.

A este respecto, fijémonos en la siguiente investigación científica: «En un trío completo de estudios de 2008, un equipo de psicólogos de la Universidad de Aberdeen, Reino Unido, encontró que las expectativas de culpabilidad tienen un profundo efecto predictivo sobre si el entrevistador concluirá o no que el sujeto es culpable» **(7)**. Actuar así podría llegar a tener terribles consecuencias para otras personas.

Hace solo unos días, en una conferencia que impartí para la Escuela de Guerra del Ejército (Ministerio de Defensa) de España, al comentar este punto, uno de los asistentes levantó su mano y me preguntó: «¿Qué pastillas hay que tomarse para conseguir eso?». Sonreí y fui el primero en reconocerle que no es tarea fácil. También le comenté que la primera «pastilla» para conseguirlo es ser muy consciente de que esto puede ocurrir para que no suceda.

Nuestro cerebro, podríamos decir en términos coloquiales, lo pasa mal cuando, por un lado, piensa o cree algo determinado sobre alguien y a la vez debe estar abierto a convencerse de lo contrario. Acudo para aclarar más esta cuestión a la psicóloga y buena amiga Alicia Martos Garrido, quien en su blog en el diario digital *20 minutos* nos indica lo siguiente: «Uno de los conceptos más conocidos en el ámbito de la Psicología es el de la Disonancia Cognitiva, que se define como la tensión o incomodidad que percibimos cuando mantenemos dos ideas contradictorias o incompatibles, o cuando nuestras creencias no están en armonía con lo que hacemos. Es una sensación muy desagradable causada por sostener dos ideas contradictorias al mismo tiempo» **(8)**.

11. *Alguien puede mentir sin ser culpable de lo que se le acusa.*

Demos un paso más en las dificultades en la detección de la mentira. No solo podemos encontrarnos con alguien que dice la verdad y, sin embargo, lanza señales de engaño; además, se puede mentir, pero no directamente sobre el suceso que se investiga. Por ejemplo, imaginemos que en una casa ha desaparecido una cantidad de dinero y se sospecha de la persona que limpia a diario en ella. Se le pregunta si ha cogido el dinero, y responde que es honrada y que nunca ha cogido nada de ninguna casa donde hace la limpieza. Se le advierten varios indicadores de engaño en su relato. Más tarde, se descubre que el dinero lo ha cogido un miembro de la familia. Al preguntarle que por qué se puso tan nerviosa, esa persona reconoce que diez años antes había cogido dinero de una casa donde llevaban cinco meses sin pagarle el sueldo. ¿Ha mentido? Sí, pero no sobre lo que se investiga.

12. «*Yo no juzgo, solo analizo*».

Esta es una de las frases que más utilizo en los análisis que realizo en mi web, redes sociales y medios de comunicación. Y, por ello, te la recomiendo como principio básico a la hora de poner en práctica los conocimientos que obtengas de este libro. No juzgues, solo analiza. Estudia a las otras personas. Después, en un segundo momento, toma las decisiones que consideres más correctas.

Todos mentimos

Tengo una buena y una mala noticia que darte: la mala es que todo el mundo miente; la buena es que, en muchas ocasiones, no resulta sencillo y se dejan pistas, señales o, utilizando un lenguaje más técnico, indicadores, que serán los que estudiaremos en este libro. Así que vamos a quitarnos de la mente eso de que la gente no miente o que nosotros no lo hacemos. Aquí no se salva nadie, todo el mundo miente y, además, más de lo que piensa.

No imagino un mundo sin mentiras. ¿Y tú? Juega a imaginarlo. ¿Siempre dices la verdad sin excepción y quieres que te la digan? Insisto, ¿sin excepciones? Imagina que se nos encendiera una pequeña luz roja parpadeante en la frente siempre que no dijésemos la verdad. ¿Querrías vivir en un mundo así?

Como acabo de comentar, mentimos más de lo que suponemos. Y varias investigaciones, como verás, lo avalan: «En un estudio histórico, la doctora Bella DePaulo, psicóloga social de la Universidad de California, Santa Bárbara, rastreó la frecuencia con la que los participantes mentían durante sus actividades diarias. Si bien la mayoría de los engaños eran menores, descubrió que la persona promedio miente una o dos veces al día» **(9)**. Otro estudio especifica que: «Los estudiantes universitarios admiten mentir un promedio de dos veces al día y la gente en general al menos una vez al día» **(10)**. Y otro señala que: «En el curso de una interacción social de diez minutos, la mayoría de las personas pueden llegar a mentir hasta tres veces por término medio. Además, entre el 60 y el 75 por ciento de los estudiantes de secundaria hacen trampas en los exámenes» **(11)**.

Una duda que puede estar pasando ahora por tu mente es: ¿y desde cuándo mentimos? Intentaré responderte:

- ¿Mentimos cuando empezamos a trabajar? ¿Comenzamos a mentir a nuestros jefes, compañeros, subordinados, clientes o proveedores? No, engañamos desde antes.
- Entonces ¿comenzamos a mentir cuando nos convertimos en estudiantes? ¿Mentíamos a nuestros profesores, compañeros o incluso a nuestros padres con los deberes? No, engañamos desde antes.

La investigadora Victoria Talwar, de la Universidad McGill de Montreal, ha dedicado gran parte de sus estudios a la mentira en los niños, llegando a conclusiones tan interesantes como las siguientes: «El desarrollo de la mentira para ocultar la propia transgresión se examinó en niños en edad escolar. Se pidió a los niños (N = 172) entre 6 y 11 años de edad que no miraran la respuesta a una pregunta de Trivial mientras estaban solos en una habitación. La mitad de los niños no pudo resistir la tentación y se asomó a la respuesta. Cuando el experimentador les preguntó si habían echado un vistazo, la mayoría de los niños mintieron. Sin embargo, las declaraciones verbales posteriores de los niños, hechas en respuesta a preguntas de seguimiento, no siempre fueron consistentes con su negación inicial y, por lo tanto, filtraron información crítica para revelar su engaño. La capacidad de los niños para mantener la coherencia entre su mentira inicial y las declaraciones verbales posteriores aumentó con la edad» **(12)**.

Robert Fieldman, profesor de Psicología, en su libro *Cuando mentimos,* nos indica lo siguiente: «Las mentiras verbales empiezan en la mayoría de los niños hacia los 3 años, aunque en algunos pueden darse ya a los 2 (…). Los niños de 3 años poseen la habilidad de fingir y negar, pero no saben hacer creíble esa negación.

»Las mentiras de los niños se vuelven más matizadas hacia los 4 o 5 años. El indiscriminado "yo no lo he hecho" es sustituido por el más calculado "lo ha hecho el perro"».

He de reconocer que me fascina y divierte el cambio. Fieldman hace referencia a una investigación, que me parece muy interesante, efectuada por Kang Lee, director del Instituto de Estudios de Ontario de la Universidad de Toronto, y Genyue Fu, de la Universidad Pedagógica de Zhejiang, de China, que consistió en lo siguiente: «Preguntaron a un grupo de niños su opinión sobre unos dibujos cuando el artista se hallaba presente y cuando el artista estaba ausente. Los de 3 años no alteraron su opinión de los dibujos cuando el artista estaba allí y podía oír lo que decían; simplemente fueron sinceros en su crítica o en su admiración. Sin embargo, los de 5 y 6 años alabaron más los dibujos en presencia del artista.

»La investigación dirigida por Kang Lee muestra que la mentira comienza temprano en los niños precoces. Entre los niños de 2 años que ya verbalizan, el 30 por ciento intenta engañar a sus padres en algún momento. A los 3 años, el 50 por ciento lo prueba con regularidad. La fabricación es común entre el 80 por ciento de los niños de 4 años y se observa en casi todos los niños sanos de 5 a 7 años» **(13)**.

En otra investigación del doctor Lee se llegaba a la siguiente conclusión: «La ubicuidad del engaño no es sorprendente, porque las mentiras son una parte natural del desarrollo cerebral de los niños. El doctor Kang Lee intentó analizar la frecuencia con la que los niños pequeños tienden a mentir. Mientras les pedía a los niños que adivinaran la identidad de un juguete escondido, el doctor Lee y sus investigadores salían regularmente de la habitación, diciéndoles a los niños que no miraran el juguete. Cuando se les preguntó si habían mirado el juguete escondido, el doctor Lee descubrió que la mayoría de los niños mintieron» **(14)**.

Visto lo anterior, nos deberíamos hacer la misma pregunta que se hace Fieldman. Venga, te la traslado y responde con sinceridad: «Cuando está sentado frente a nosotros el creador de un dibujo que usted sabe que su hijo detesta, ¿querría realmente que el niño fuera sincero? ¿O esperaría que se comportara con educación y ocultara sus verdaderas opiniones con alguna falsa alabanza?».

> Coincido plenamente con el autor al señalar que «... a veces, una mentira significa que un niño ha aprendido a ser educado».

Es el momento de trasladar una afirmación de Fieldman que puede poner del revés muchas mentalidades de madres y padres; no olvidemos que ha dedicado su vida profesional al estudio de la mentira. Ahí va: «Mentir es típico en los niños, demuestra sensibilidad hacia la conducta adulta, y demuestra agudeza mental y social. En realidad, un padre o una madre podría tener más motivos para alarmarse si su hijo o hija no mintiera que si sí lo hiciera».

Para concluir con el tema de los niños y la mentira, te comento algunas técnicas que se han demostrado eficaces para que mientan menos: «Se ha descubierto que las historias que ensalzan las bondades de decir la verdad logran potenciar de manera efectiva la honestidad de los niños.

»Otra técnica sencilla es pedir a los niños y niñas que prometan decir la verdad. Se ha descubierto que esta técnica resulta más eficaz desde los 5 años de edad hasta la adolescencia.

»Pero ¿existe alguna técnica para los niños pequeños? Un estudio llevado a cabo en el laboratorio recientemente descubrió que pedir a los niños de entre 3 y 4 años que se miraran en un espejo —para tomar conciencia de sí mismos— mientras se les preguntaba por una posible trastada aumentaba considerablemente el porcentaje de respuestas sinceras» **(15)**.

Volvamos a los adultos. Ya te puedes imaginar que al hacernos mayores no dejamos de mentir; si acaso, nos perfeccionamos. Existen diversos estudios que asocian el acto de mentir con la evolución de nuestra especie. La doctora Sissela Bok, de la Universidad de

Harvard, relaciona la mentira con la ventaja evolutiva. Ella sostiene que el engaño se basa en los esfuerzos por obtener una ventaja competitiva manipulando a otros humanos: «Es mucho más fácil mentir para obtener el dinero o la riqueza de alguien que golpearlo en la cabeza o robar un banco» **(16)**.

Pero aquí pasa como en todo, hay personas que mienten mejor y otras peor. A continuación, comparto contigo un experimento creado por el psicólogo Richard Wiseman que puedes hacer en casa, incluso decirles a tus familiares y amigos que lo hagan con el fin de descubrir a los mejores mentirosos: «La prueba de la Q». Consiste en lo siguiente: extiende el dedo índice de tu mano dominante y dibuja una Q en tu frente. La pregunta clave es la siguiente: ¿pusiste el palito de la Q sobre tu ojo derecho o izquierdo? O, en otras palabras, ¿dibujaste la Q de manera que la lees tú o la persona de enfrente? La teoría indica que si pones el palito sobre tu ojo izquierdo para que la persona de enfrente la lea, siempre piensas en cómo otras personas te perciben y, por tanto, deberías ser un buen mentiroso. Pero si la dibujas para ti, ves el mundo desde tu punto de vista y tiendes más a la honestidad **(17)**. Curioso, ¿verdad?

Ahora bien, que todos digamos mentiras no significa que las admitamos de buen grado en los demás, dado que se ha constatado que juzgamos más severamente al resto que a nosotros mismos.

Y lo que resulta más interesante en el terreno de la detección de la mentira es que nos creemos que los demás lanzan más señales al mentir y que comenten más fallos que cuando somos nosotros los protagonistas activos del engaño **(18)**. Vamos, que nos creemos unos «listillos».

También resulta interesante lo que nos comenta Robert Fieldman en el libro al que ya hemos hecho referencia, *Cuando mentimos,* lo que podríamos definir como el efecto contagio de la mentira. El autor explica que en diferentes investigaciones que ha realizado, cuando una persona descubre que con quien conversa le miente, se siente liberada para mentirle también. Es como si se hubiera abierto la veda para engañar.

Y a la hora de detectar mentiras, ¿quién es mejor para descubrirlas? Pues acudamos de nuevo a las investigaciones científicas llevadas a cabo sobre la materia: los resultados de un metaanálisis (estadística efectuada sobre una suma de estudios en la materia) realizado en el año 2006 por Aamondt & Custer llegaron a la conclusión de que, a la hora de detectar mentiras, no había diferencias significativas por género, nivel educativo, experiencia en entrevistas o interrogatorios, confianza en la detección o edad...

Por todo ello, conocer los indicadores de engaño concretos y que han resultado más eficaces para la detección de la mentira es fundamental a la hora de elevar los índices de éxito en esta misión. Este libro se ha marcado este propósito.

Concluimos este apartado con una breve referencia a la mentira en los animales. La encontramos en un caso concreto, la mentira de la gorila Koko y su gatito **(19)**: «Koko aprendió a usar 1000 signos en el lenguaje de los sordos, así como a comprender 2000 palabras del inglés (...). Koko tuvo un día ciertos problemas de comportamiento (un mal día lo tiene cualquiera) y terminó pagando su frustración empleando su enorme fuerza en arrancar un lavabo de la pared. Podemos imaginar la escena —chorros de agua incluidos—

cuando Penny, su cuidadora, llegó al "lugar del crimen". Al preguntarle la psicóloga a Koko que quién era el responsable de semejante estropicio, Koko respondió: "El gato"». ¿Es bueno o no es bueno? Me da la risa cada vez que lo leo.

¿Jura decir la verdad, toda la verdad y nada más que la verdad?

El mundo del engaño puede trabajar a diferentes niveles:

- *Ocultando la verdad.* No se quiere contar todo lo que se sabe.
- *Diciendo algo falso.* Subimos de nivel y se cuenta algo que no es cierto y contradice la verdad.
- *Mezclando verdades y mentiras.*

- Seguro que has visto alguna película americana de juicios donde se pregunta a quien va a declarar: «¿Jura solemnemente decir la verdad, toda la verdad y nada más que la verdad?». Es posible que hayas pensado algo como «anda, que estos americanos, mira que se repiten». Pues la fórmula está muy bien planteada, y a mí me gusta más que la española: «¿Jura o promete decir la verdad?».

Fijémonos en las tres posibilidades de mentira que se recogen en la fórmula americana. Sin duda se busca que el mentiroso no se pueda escapar de modo alguno en ese juramento:

a) JURA DECIR LA VERDAD. Se refiere a lo más directo, a que no se mienta. Si se pregunta: «¿Cuándo se produjo el robo?», que el interrogado no diga el domingo, si sabe que fue el sábado. Muy sencillo.

b) JURA DECIR TODA LA VERDAD. En este caso, la fórmula cubre los engaños de ocultación, lo que se sabe y no se cuenta. Imaginemos que se pregunta al aludido por todo lo que conozca de los ladrones y responde informando de su altura, vestuario, lo que hicieron y dijeron, pero se calla que a uno de ellos lo conocía y que sabe incluso su nombre.

c) JURA DECIR NADA MÁS QUE LA VERDAD. Ahora se pretende que el sujeto no utilice contenidos en sus respuestas que puedan llevar a pensar algo diferente de lo que es la verdad. Un ejemplo sería si se le pregunta a alguien si le consta que un compañero suyo ha sustraído dinero de su puesto de trabajo. Y responde contando lo buena persona que es porque colabora en una ONG de ayuda a niños sin hogar y que cuando él ha necesitado algo siempre le ha ayudado. Con ello crea una imagen muy favorable a favor del acusado, pero no responde a la pregunta que se le ha efectuado.

¿Ves ahora la diferencia con el sencillo «¿Jura o promete decir la verdad?» que se emplea en los tribunales de España? Este ejemplo es muy eficaz para adentrarnos en la cantidad de caminos que puede tomar la falsedad.

Eso sí, para alguien que no quiere contar la verdad, siempre resulta más sencillo «callarse» lo que sabe que inventar una historia falsa. Incluso la sensación interior de quien lo hace es la de que resulta menos reprochable socialmente. Cuántas veces he escuchado al salir de alguno de mis juicios una frase del tipo: «Bueno, mentir, lo que se dice mentir, no he mentido». Esta es una afirmación típica de quien seguramente se calló lo que sí podía haber contado. Además, siempre es más fácil decir: «Ah, es verdad, se me olvidó contártelo», que: «Es verdad, llegué a las tres de la mañana de una fiesta y no de trabajar, como te dije».

¿Por qué mentimos?

¿Qué mueve al mentiroso? Existen varios motivos que pueden provocar que una persona decida dejar la verdad a un lado y contar una historia que sabe que es falsa. En general, podríamos agruparlos en los siguientes:

- *Llamar la atención.* El afán de notoriedad, querer destacar por encima de las personas con quienes convive o trabaja, suele ser un motivo que aleja la verdad. Tenemos un amplio abanico de posibilidades, desde una simple exageración hasta una historia rocambolesca que consiga colocar a su protagonista como centro de atención. Y si ve que funciona, ¿qué hará en poco tiempo? Pues continuar con lo que tan buenos resultados, a nivel personal, le ha dado. Seguirá mintiendo.

- *Congraciarse con los demás.* Hay personas a las que con su actuación cotidiana no les resulta fácil socializar, conseguir amistades o incluso pareja, así que recurren al engaño para lograrlo. Claro que si se descubre, y con el tiempo es fácil que esto ocurra, una relación asentada sobre una falsedad, destapada esta, destruida la otra.
- *Obtener un beneficio.* Aquí nos movemos en las mentiras que peor fama tienen, y bien ganada, sin duda. Estamos hablando desde quien, por ejemplo, se adjudica los méritos de otro en su empresa para obtener un ascenso, hasta el estafador que arruina a una familia.
- *No sufrir un perjuicio.* Un niño la emplea para evitar un castigo, el trabajador para no ser despedido, en una pareja se usa para que no se produzca una discusión...
- *Ocultar un error.* En estos casos, el problema muchas veces es que para tapar una equivocación, acabamos cometiendo otra mayor.
- *Evitar una situación incómoda o que nos produce vergüenza.* Por supuesto que se miente también por vergüenza. Imaginemos un joven que va a la piscina con sus amigos por primera vez. Todos se lanzan donde les cubre y él, para no reconocer que es el único que no sabe nadar, dice que se encuentra mareado.

Como podemos comprobar, los motivos para mentir son como el arcoíris, los hay de todos los colores y, en consecuencia, tenemos engaños con mayor y menor reproche social. En algunos justificamos a sus autores y con otros deseamos que acaben en prisión.

Estudiosos sobre la materia nos indican sus clasificaciones de razones para mentir (Aldert Vrij, 2001 y 2007):

- Ofrecer una impresión positiva a los demás, evitando situaciones embarazosas que supongan la desaprobación social.
- Mantener una buena interacción social: «las mentiras sociales».
- Obtener un beneficio personal.
- Evitar un castigo potencial.
- Beneficiar a otra persona.
- Razones materiales o psicológicas.

Basándome en su intención, voy a clasificar las mentiras en tres grandes tipos:

- *Cotidianas.* Las que se dicen más frecuentemente y que solo persiguen seguir una conversación intrascendente.
  Ejemplo:
  —Creo que al actor X le deberían dar un premio por su última película.
  —Pues sí, es muy bueno.
  (Aunque en ese momento ni se acuerde de su cara).
- *Piadosas.* Se hacen por agradar en un tema de importancia para el protagonista o para su interlocutor y no llevan aparejado ningún daño/perjuicio para nadie.
  Ejemplo:
  —Ven que te voy a dar una sorpresa. Te presento mi nuevo coche. ¿A que es precioso?
  —Vaya coche más bonito que te has comprado.
  (Aunque le parezca horrible).

- *Viciadas/hostiles.* Aquellas que se dicen con el propósito de causar un beneficio o un perjuicio, tanto propio como ajeno. En estas no necesitamos ejemplo, ¿verdad?

Cada vez comprobamos más claramente que alrededor de la mentira hay todo un universo de relaciones humanas que la pueden provocar. Es importante que lo tengamos en cuenta de cara a dar sentido, que no justificación, a nuestra labor a la hora de descubrir quién miente. Y para que cuando lleguemos a los indicadores de engaño, nos resulte más fácil averiguar sus porqués.

Todo comunica

Los mentirosos necesitan que se les crea. Más que dar información, intentan convencernos de algo. Por ello, siempre debemos tener presente, a la hora de estudiar la mentira y tratar de saber si alguien la está poniendo en práctica, el medio que utiliza en su objetivo: la comunicación.

Como acertadamente se señala en el libro *Descubre la mentira,* de Philip Houston, Michael Floyd y Susan Carnicero **(20)**: «Quizá nunca te lo has planteado así, pero cuando estás intentando averiguar si alguien te miente o te está diciendo la verdad lo que analizas es la comunicación. El problema es que la comunicación puede ser un asunto algo confuso, por un par de razones: en primer lugar, debido a la imprecisión del lenguaje, con frecuencia oímos una palabra y le damos nuestra propia interpretación; (…) en segundo lugar, (…) si estamos intentando analizar lo que nos comunican y la mayor parte de la comunicación no es verbal, ¿qué entrenamiento no verbal hemos tenido? Posiblemente no mucho».

Las palabras, esto es, el lenguaje verbal, son las que mejor va a preparar el mentiroso: un discurso o una argumentación más o menos elaborada con la que tratará de convencernos de algo para conseguir su propósito. Pero ¿y su comunicación no verbal?, entendiendo por tal la expresión de emociones en el rostro, el movimiento de las manos, la posición corporal, el manejo de las distancias, la mirada, la voz… ¿Podrá preparar todo bien, de manera coherente con lo que esté contando y, además, durante todo el tiempo? Eso es mucho más difícil.

Pues por este motivo debemos estar bien preparados para entender el lenguaje no verbal, porque si no, volvemos a la casilla de salida. Si el mentiroso no lo cuida, pero nosotros tampoco lo conocemos adecuadamente, esto termina en empate y no habremos aprovechado lo que considero una de las grandes debilidades de quien miente: el control adecuado de su comunicación no verbal.

La falta de un control adecuado de la comunicación no verbal podrá delatar al mentiroso sin que ni siquiera sea consciente de ello.

En este libro vamos a estudiar ese lenguaje no verbal, aunque desde ya te recomiendo que tengas como «hermano» inseparable mi anterior libro, *Tú habla, que yo te leo. Las claves de la Comunicación No Verbal* **(21)**.

El cerebro tiene que observar y escuchar atentamente cada respuesta verbal y no verbal del sujeto. Una vez que conozcamos los indicadores, luego será cuestión de práctica, práctica y práctica.

En principio, es muy difícil mentir sin cometer errores dado que el mentiroso nunca puede tener todo bajo control: lo propio (su lenguaje y comunicación facial + corporal + voz) y lo ajeno (las preguntas que podemos hacer y lo que nosotros ya sabemos). Como dice Paul Ekman: «Es más fácil disfrazar las palabras que disfrazar las expresiones, los movimientos del cuerpo o la voz». Qué gran verdad. En una investigación que hizo precisamente Ekman sobre personas que debían detectar mentiras, llegó a la conclusión de que los que mejor lo hicieron se fijaron en la cara + la voz + el cuerpo, mientras que los menos precisos solo prestaron atención a las palabras.

Así que debemos tener presentes, a la hora de detectar mentiras, tanto la comunicación verbal como la no verbal. No tenemos que omitir nada, porque nada es desdeñable y todo aporta información, tanto para confirmar lo que se cuenta con palabras como para advertir incoherencias o contradicciones.

Hay que tener en consideración que «los adultos tienden a utilizar el llamado principio de consistencia verbal-no verbal, un principio que supone que las conductas verbales y no verbales de uno normalmente transmiten el mismo mensaje. Cuando hay una discrepancia, los adultos tienden a tratar el mensaje no verbal en lugar del verbal como la fuente de información más confiable… Con el uso apropiado del principio de coherencia verbal-no verbal, las personas pueden inferir la verdad de la información contenida en los mensajes inconsistentes del remitente y responder en consecuencia…» **(22)**.

A lo largo de este libro, sobre todo en los capítulos destinados a los indicadores concretos de mentira, estudiaremos indicadores de diversos investigadores científicos como Strömwall, Granhag y Hartwig, 2004; Undeutsch, 1982… Destacaremos especialmente el estudio de Bella DePaulo *et al.*, 2003, «Cues to deception» **(23)**, el cual se fija en señales que los seres humanos dejamos al mentir, tanto en nuestro lenguaje como en nuestro comportamiento. Tal y como ya he indicado, nada está de más, todo cuenta y todo suma.

Un estudio especialmente significativo en relación directa con los diversos canales de comunicación humanos, a la hora de dar prioridad a unos u otros canales en la detección de la mentira, es uno que se hizo sobre pacientes afásicos. «La afasia es un trastorno causado por lesiones en las partes del cerebro que controlan el lenguaje» **(24)**. Quienes padecen de afasia centran su atención más en la comunicación no verbal de las personas que interactúan con ellos. El resultado de la investigación fue el siguiente: «Los pacientes afásicos, es decir, los que tenían daño en el hemisferio izquierdo, fueron significativamente más precisos detectando mentiras. (…) Se encontró que todos los pacientes afásicos eran inusualmente sensibles a las expresiones faciales que delataban la mentira, con una media del 73 por ciento de acierto en detectar mentiras.

»En conclusión, es posible que el daño en los circuitos del lenguaje dé lugar a un mecanismo compensatorio en el cerebro que aumente el reconocimiento de conductas no verbales. O tal vez, simplemente, el no vernos "distraídos" por las palabras y tener como única fuente de información el lenguaje no verbal nos haga más expertos en este tipo de comunicación…» **(25)**.

En cualquier caso, insisto en mi recomendación: que la comunicación no verbal sea potencialmente más eficaz a la hora de detectar mentiras no significa que tengamos que olvidarnos del lenguaje verbal, el cual nos resultará útil en nuestra misión de múltiples formas: para entender lo que se nos cuenta, para buscar coherencias o incoherencias con el mensaje verbal, para analizar el propio lenguaje empleado, para detectar roturas de patrones básicos de expresividad verbal…

> **Ahora bien, al final, en la mentira ocurre como en la mayoría de las actividades humanas, que el mentiroso se puede ir perfeccionando, dado que cuantas más veces se repite una mentira más fácil resulta expresarla.**

A pesar de lo que hemos comentado hasta ahora, si nos toca descubrir a quien esté mintiendo, no seremos, ni mucho menos, marionetas en sus manos; al contrario, contamos con diversas armas a nuestra disposición que aquí irás descubriendo.

Una de las más importantes y eficaces, relacionada con la línea base de conducta a la que ya nos hemos referido, será tomar conciencia de la manera de comunicar de quien tienes delante. Trazar su perfil básico de comunicación te permitirá alertarte en los momentos de su conversación en que lo cambie. ¿Modifica su voz, sus gestos, su mirada, da un paso hacia atrás, se coge de su ropa o manipula su rostro o cabello…?

Es por este motivo por el que descubrimos con mayor facilidad si una persona cercana a nosotros miente, porque ya hemos tenido la oportunidad de conocerla mucho y bien a la hora de comunicar y, en consecuencia, tenemos con qué comparar para encontrar discordancias. Aunque todo ello lo hagamos de manera involuntaria. Ten en cuenta que «observar simples cambios en la conducta de las personas que mienten puede ser una estrategia mucho más productiva que buscar conductas específicas a la hora de detectar mentiras» **(26)**.

Así que aquí te doy ya un consejo: si quieres hacer una entrevista eficaz, procura que la otra persona se encuentre cómoda, no intentes alterarla con muestras de coacción o desconfianza. No le preguntes en tono amenazante, no la mires como si ya supieras que te miente, no invadas su burbuja personal... Deja que se relaje, gánate su confianza y que hable y hable; cuanto más lo haga y más crea que está ganando la partida, más fácil es que caiga en errores, en contradicciones, y que detectes cambios en su conducta que te puedan ir marcando las pistas para preguntas o indagaciones posteriores.

Como señala el exagente del FBI, Joe Navarro, en su libro *El cuerpo habla* **(27)**: «Cuanto más cómoda esté una persona hablando contigo, más fácil te será detectar los gestos no verbales de malestar asociados con el engaño. Tu objetivo es establecer un ambiente de gran comodidad durante el inicio de una interacción o durante el periodo de construcción de una relación. Esto te ayudará a establecer, durante ese periodo, una línea base de comportamientos a fin de que la persona, con un poco de suerte, no se sienta amenazada».

Tus recelos no solo afectarán a la otra persona, quien al percibir que se desconfía de ella puede mostrarse irritada o temerosa y llevarse la conversación, por ejemplo, a vuestra relación personal o profesional y escabullirse del tema de la conversación, sino que esos recelos también te influirán a ti, dado que, sin quererlo, es fácil que comiences a crear ideas que influyan en tus conclusiones. Nunca caigas en el error de abandonar tu posición neutral.

Escucha y observa, compara con otros momentos en los que el otro se haya comunicado con tranquilidad y no saques conclusiones tempranas ni te precipites en ellas. En cualquier caso, como ya habrás imaginado, es de gran importancia que a la otra persona la tengas bien a la vista para no perder detalle no verbal de la información que nos pueda dar. Ten en cuenta que las palabras son su fortaleza; la tuya es estudiar su comunicación no verbal, dado que le resultará más difícil de controlar en todo momento y mantenerla siempre de manera adecuada.

La señal que nos lleva a suponer que una persona miente, en muchas ocasiones, no está tanto en aquello que nos cuenta, sino en cómo nos lo cuenta. Pero cuidado, es normal que, si sabe que se va a hablar de un tema complicado, pueda mostrar nervios, sobre todo al principio. No es que mienta. No le «crucifiques» ya. Espera más señales, advierte incoherencias comunicativas, incluso deslices verbales y toma notas de ellas, aunque sean mentales, por si más adelante tienes que hacer averiguaciones complementarias para confirmar o rechazar tus sospechas.

Como muy bien señala quien ha sido uno de mis grandes maestros en esta materia, don José Luis González Álvarez, teniente coronel de la Guardia Civil y doctor en Psicología: «Si se recogen las muestras con la mano y se meten sin más en un bolsillo, se contaminarán; si se pregunta de cualquier manera y se aporta material ajeno al suceso, también se contaminarán los testimonios. Una vez contaminados, ni las muestras ni los testimonios servirán para esclarecer los hechos, y la ausencia de instrumental o de protocolos de análisis en ambos casos harán inútiles las muestras recogidas, y las conclusiones engañosas».

Variables a tener en cuenta

Debemos considerar, al menos, cinco variables para detectar una mentira:
- El protagonista activo de la acción: el mentiroso.
- El protagonista pasivo de la acción: la víctima.
- El rastreador de mentiras (que puede coincidir con la víctima).

- La naturaleza de la mentira misma, su contenido y relevancia.
- El contexto. De qué se trata, dónde se produce, ante quiénes se miente… Todo es objeto de estudio.

En referencia a este último apartado, destaca la investigación de Blair *et al.* (2010, 2012) en cuanto que explica la importancia del contexto en la detección de la verdad o la mentira **(28)**:

- Cuando se trató de saber si se estaba produciendo una mentira sin informar del contexto, con el grupo que debía averiguarlo se llegó a los siguientes resultados: encontraron verdades en un 63 por ciento y mentiras en un 52 por ciento. Promedio de un 57 por ciento.
- Ahora bien, cuando sí se informó del contexto, los resultados fueron muy superiores: se encontraron verdades en un 74 por ciento y mentiras en un 78 por ciento. Promedio de un 76 por ciento.

Así que nunca lo olvidemos, cada estudio o cada análisis que hagamos no se puede descontextualizar y pensar en quedarnos solo con la comunicación verbal y no verbal de los protagonistas. Lo que en ese momento ocurre es fundamental para nuestro éxito como descubridores del engaño.

¿Crees que eres un buen detector de mentiras?

Llegados a este punto, la pregunta es obligada. ¿Cómo somos de precisos los seres humanos a la hora de detectar mentiras? Acudamos, para resolver esta importante pregunta, a algunos de los científicos más reputados que lo han estudiado.

En su libro *Cómo detectar mentiras* **(29)**, el profesor de Psicología de la Universidad de California, ya jubilado, Paul Ekman, considerado uno de los psicólogos más destacados del siglo xx, llega a la conclusión de que los estudios realizados en los sujetos sobre «… los movimientos faciales, la voz y el habla muestran que son posibles unos niveles elevados de precisión: más del 80 por ciento de aciertos al determinar quién miente y quién dice la verdad».

Existen otros estudiosos en la materia, como por ejemplo Jaume Masip, profesor de Psicología en la Universidad de Salamanca, quien tras sus investigaciones y estudios sobre la materia concluye que «… la capacidad del ser humano para discriminar entre verdades y mentiras es extremadamente limitada (…), tendemos a sobreestimar nuestra capacidad de identificar verdades y mentiras (…), las creencias populares sobre los indicadores de engaño son erróneas (…), también las de los profesionales para quienes la detección del engaño es una tarea importante» **(30)**.

Aunque hay que tener en cuenta si las personas han sido entrenadas o no para ello. Así, este investigador considera, tras el estudio de diversos metanálisis, que la población tiene un 54 por ciento de posibilidades de detectar la mentira al fijarse en el comportamiento. Ahora bien, en aquellos grupos que fueron entrenados para discriminar entre verdades y mentiras se comprobó que sí aumentaba su eficacia a la hora de detectar mentiras. Ante este resultado, a Masip lo que le preocupa es que pudieran generar un sesgo a favor de la mentira, incluso cuando estén ante una verdad.

En otra investigación «se ha examinado si la formación tanto en indicadores verbales como no verbales de la verdad y la mentira tendría efectos positivos sobre la capacidad de los agentes de la ley para su detección. Los participantes del estudio son alumnos de la Academia Nacional del FBI (...), hubo un aumento general de las tasas de precisión de alrededor del 10 por ciento, lo que corresponde con un tamaño del efecto bastante grande (...) En consecuencia, el reconocimiento de anomalías conductuales en el comportamiento verbal y no verbal no solo ayuda a los investigadores a detectar mentiras con mayor precisión, sino que también puede utilizarse como apoyo en las entrevistas e interrogatorios. No obstante, el reconocimiento de anomalías conductuales para evaluar la veracidad y detectar mentiras en entrevistas de investigación no es la panacea para resolver todos los casos. Normalmente las entrevistas e interrogatorios necesitan apoyarse en otras fuentes como declaraciones de testigos, pruebas forenses y otras evidencias. Aun así, los investigadores deben preparar y planificar las entrevistas e interrogatorios, y elaborar las preguntas y guiar la conversación cuando se detecten anomalías» **(31)**.

Otro análisis a tener en cuenta es el de una investigadora: «Carolyn M. Hurley realizó un estudio en la Universidad de Buffalo en EEUU a través del cual quería demostrar la efectividad de formarse en la detección de microexpresiones (...), la formación mejoró el reconocimiento de microexpresiones, pero se consiguió un éxito mucho más determinante cuando un instructor experto se encargó de la formación y empleó diferentes técnicas tales como la descripción, la práctica y la retroalimentación» **(32)**.

Tengamos en cuenta que en la mayoría de las investigaciones científicas los sujetos elegidos para decidir si otras personas mentían o decían la verdad no habían sido preparados a fondo para leer el lenguaje corporal, la expresión de emociones auténticas y fingidas en el rostro, así como las señales más específicas de engaño. La prueba se hizo con personas que principalmente se dejaban llevar por su intuición. Así que, sabiendo todo lo expuesto, vemos que resulta fundamental la formación especializada en esta materia y siempre tener mucho cuidado con precipitarse.

Además, las circunstancias en un laboratorio no pueden ser iguales a la realidad en cuanto a la carga emocional de las personas involucradas. Así lo considera también el psicólogo y profesor de la Universidad Estatal de San Francisco, el doctor David Matsumoto, quien señaló lo siguiente: «Un problema con la investigación académica sobre el tema: muchos experimentos se basan en mentiras de bajo riesgo (…) Los mentirosos en la sala de interrogatorios tienen mucho más que perder que los participantes del estudio» **(33)**. Por otra parte, y ahondando en esta cuestión, «tal y como demostraron anteriormente DePaulo y Ekman, el índice de acierto en la detección de mentiras es más elevado cuanto mayor es lo que está en juego» **(34)**.

Profesionales como el personal de los cuerpos y fuerzas de seguridad o los jueces, que están siempre en guardia para detectar la aparición de los indicadores —que estudiaremos en este libro—, si escuchan la declaración de una persona no van a detenerla o condenarla por el simple hecho de que estos concurran. Su gran eficacia está en que gracias a ellos pueden discriminar aquellos puntos de la declaración que se narran con confianza de aquellos otros en los que se percibe una mayor inseguridad, y así poder profundizar con más detalle en estos últimos y sumar de esta manera otras pruebas que pudieran confirmar el engaño o descartarlo.

Pasemos ahora a investigaciones científicas más específicas que tratarán de resolver algunas dudas que solemos plantearnos en esta materia. ¿Quiénes son mejores en la detección de mentiras: los hombres o las mujeres?

Pues aquí nos encontramos con conclusiones diversas y contradictorias. Algunas investigaciones señalan que las mujeres son mejores que los hombres en la detección del engaño. Según estas, las mujeres son superiores a los hombres en las tareas relacionadas con el reconocimiento de las emociones, el conocimiento de señales no verbales y la interpretación de señales verbales y no verbales. Esto puede ser debido a que las mujeres han desarrollado siempre roles sociales dirigidos al cuidado, que enfatizan la sensibilidad emocional. De esta manera, gozan de una percepción mayor de la totalidad de las personas, cuentan con una sensibilidad interpersonal más entrenada y cultivan una memoria especial sobre la gente que las rodea.

Pero también hay investigaciones que afirman lo contrario; es decir, que los hombres son mejores detectando mentiras que las mujeres. Los metaanálisis no han encontrado evidencias sólidas sobre la mejor precisión en la detección del engaño por alguno de ambos géneros **(35)**.

¿Hay tipos de mentiras más fáciles de detectar que otros? De nuevo vamos a acudir a distintos estudios. «Un grupo de investigadores de la Universidad de Lyon publicaron resultados interesantes sobre la mayor facilidad/dificultad para saber juzgar la credibilidad/ falsedad de un testimonio según el tipo de mentira. Establecieron tres tipos de contenidos: sobre acciones/actividades, ideas/opiniones y emociones/sentimientos. Los resultados de sus experimentos fueron claros. Hombres y mujeres son notablemente mejores detectando las mentiras en lo que a emociones y sentimientos se refieren» **(36)**. Como vemos, cuando nuestro «corazón» entra en juego, a los humanos nos engañan menos. Para que luego digan que el amor es ciego.

¿Somos mejores tratando de pillar mentiras si lo hacemos solos, sin otras personas con quienes contrastar opiniones, o cuando el estudio lo hacemos en grupo? Pues «en grupos de 3, nuestra capacidad para detectar mentiras mejora en un 10 por ciento» **(37)**.

Pasemos ahora a tocar los dos grandes errores en que podemos caer cuando decidimos detectar mentiras. Son los que se han denominado como:

- *El peligro de Brokaw.* Se refiere a pensar que todas las personas son iguales, que todas comunican igual o que el resto son como nosotros. Gran error que ya he ido comentando cómo salvar. Observa los patrones básicos de conducta de las demás personas y luego busca sus rupturas. Por último, en relación con esos cambios, detecta los indicadores de mentira que más adelante comentaremos. Cada persona y situación es un mundo.

- *El error de Otelo.* Consiste en ver indicadores de engaño en una persona y llegar a la conclusión de que miente, sin pararse a recapacitar sobre si su origen pudiera deberse a otra causa, por ejemplo, nervios por miedo a que no se le crea.

Por ello, no pensemos que el único peligro en la detección de la mentira se encuentra en que un mentiroso «nos la cuele»; también es terrible no creer a alguien que dice la verdad. Así que, como jueces de otros, estamos sujetos a diversos peligros que pueden hacer errar nuestro buen juicio. Pero ¿y si eres tú quien debe ser juzgado? Si te juzgan y eres inocente, ¿prefieres un juez que sea un buen mentiroso? Párate a pensarlo y luego sigue leyendo. «Los investigadores encontraron que, efectivamente, cuanta más facilidad se tenía para mentir, más fácil les resultaba detectar las mentiras de los demás. Es decir, en esta ocasión la cultura popular ha acertado: un buen mentiroso reconoce las mentiras en otros. Lo cual nos sugiere un dilema: un jurado honesto será peor detectando las mentiras del acusado. ¿Rentaría más confiar en un jurado menos honrado?» **(38).** La respuesta a mi pregunta inicial ya queda contestada: mejor que al juez se le dé bien mentir, así podrá pillar mejor las mentiras de mi contrincante en el juicio y darse cuenta de que soy yo quien dice la verdad.

Por todo lo expuesto en este importante apartado, podemos destacar que, por regla general:

Sin la preparación adecuada, nuestra capacidad de detección de mentiras es similar al azar.

Ahora bien, se incrementa cuando contamos con una buena formación de manos de un especialista en la materia que nos ayude a conocer los indicadores fiables de engaño, a descartar falsos mitos, a fijarnos en los patrones básicos de conducta del sujeto, a tener en cuenta que una conducta coincidente con un indicador de engaño puede deberse a otro motivo… Con todo ello, no nos dejaremos llevar por la intuición y los tópicos populares, y comenzaremos a fijarnos en señales que sí han demostrado ser más efectivas. Y después de contar con toda esta información de valor, ¿qué hay que hacer? Practicar y practicar.

Sirva lo dicho para hacer hincapié en que nunca te precipites al sacar una conclusión tras leer este libro, aunque sí te aconsejo tomar las precauciones oportunas si detectas diversos indicadores de mentira, por si pudieras estar ante alguien que te pretende engañar o incluso aprovecharse de ti de algún modo.

Así es el mentiroso

Ha llegado el momento de centrarnos en uno de los dos protagonistas de la mentira: su autor, el mentiroso. Ya he comentado que mentir no es algo excepcional, todos mentimos en nuestro día a día, lo cual no significa que lo hagamos para aprovecharnos de nadie; de hecho, en la mayoría de las ocasiones no es así.

Te traslado una pregunta, ya sabes que me gusta hacerlo: ¿quién crees que tendrá más éxito social, el que miente más o el que menos? Entendiendo que no hablo de mentiras malintencionadas. Hay psicólogos que afirman que a mayor facilidad para mentir, mayor éxito social. Y coincido con su opinión. Supón que una persona acostumbra a ir siempre con la verdad por delante, ¿crees que hará muchos amigos? Como ya comenté en mi anterior libro, *Tú habla, que yo te leo,* mantener posturas corporales que reflejen las de nuestro interlocutor (posturas eco) ayuda a empatizar con él y ganar su confianza. Lo mismo sucede en el terreno de la mentira, si alguien nos cuenta que le gustan mucho los helados de chocolate y nosotros le damos la razón, aunque no nos gusten tanto, esto ayudará a que nos relacionemos mejor y ganemos más confianza. Tengamos siempre presente que, por regla general, a los seres humanos no nos agrada el conflicto, así que el simple acto de confirmar una opinión o un gusto ajeno nos acerca.

Otro ejemplo de lo que acabo de comentar lo vemos a menudo en los programas de televisión donde sientan en una mesa a cenar a dos personas, en plan cita a ciegas, para ver si de ahí nace una pareja. Imaginemos que uno dice que le encanta el deporte y que lo practica varias horas al día, luego pregunta a su compañero de comida si también le gusta. ¿Imaginas lo que responderá si tiene interés en que la relación siga?, ¿aunque no practique ninguno? Pues que por supuesto que sí.

Pasemos ahora a conocer las características más importantes de un buen mentiroso. Según la revista de divulgación científica *Scientific American:*

«... el psicólogo Aldert Vrij, que ha enfocado su carrera en el desarrollo de herramientas que permitan a la policía detectar eficazmente las mentiras de los criminales, ha descrito las dieciocho características básicas que hacen que un mentiroso no solo consiga engañarnos sino que deseemos creer sus embustes.

1. *Manipulativo.* El maquiavélico no siente remordimientos, es dominante, pero se muestra relajado, talentoso y seguro.

2. *Es un buen actor.*

3. *Expresividad.* Las personas animadas crean buenas primeras impresiones, son seductores y sus gesticulaciones alejan la atención de las mentiras.

4. *Atractivo físico.* Puede que sea injusto, pero cuanto más atractivo es uno, más credibilidad le dan los otros.

5. *Espontaneidad.* Son capaces de cambiar sus argumentos de una manera fulgurante, que resulta convincente.

6. *Experiencia.* Los años mintiendo hacen que se sepa lidiar con emociones como el miedo y la culpabilidad, que se notan fácilmente en los inexpertos.

7. *Confianza.* Cree en ti mismo y tienes media batalla ganada.

8. *Camuflaje emocional.* Un embaucador simula emociones que siente, mostrando lo contrario.

9. *Elocuencia.* La labia confunde a los oyentes, dar largas y rebuscadas respuestas también sirve para conseguir tiempo.

10. *Buena preparación.* Es difícil detectar una mentira bien elaborada de antemano.

11. *Respuestas imposibles de verificar.* Esconder información con excusas como "no lo recuerdo" de verdad es preferible a una mala mentira.

12. *Ser ahorrador con la información.* Cuanto menos se diga a la hora de responder, más difícil será comprobar los detalles.

13. *Originalidad.* Dar respuestas que se salen de lo normal pilla desprevenido a cualquiera.

14. *Rapidez de pensamiento.* Un mal mentiroso necesita tiempo para crear una explicación alternativa y esa vacilación le pierde.

15. *Inteligencia.* La carga mental que supone mentir se puede manejar mejor cuando se es una persona inteligente.

16. *Buena memoria.* Un interrogador siempre pide a su interrogado que repita la historia hasta que la memoria le juegue una mala pasada y entonces deshilachar todo el lío de mentiras.

17. *Medias mentiras.* Son más convincentes y requieren mucho menos esfuerzo mental que crear una historia completa.

18. *Comprender el lenguaje corporal.* La habilidad de detectar la sospecha en el oyente permite al mentiroso hacer los ajustes necesarios a su historia, a tiempo» **(39)**.

A los mentirosos se les agrupa en tres categorías **(40)**:

• Mentiroso patológico: por enfermedad.
• Mentiroso criminológico: por conducta antisocial.
• Mentiroso adaptativo: para obtener beneficios o evitar castigos.

Veamos a continuación cuáles serían, a criterio de los investigadores, las características de cada uno de ellos.

• *Modelo patológico de mentiroso:*
• La simulación se utiliza para controlar la patología subyacente.
• La simulación se utiliza para negar la patología subyacente.
• La simulación se utiliza para prevenir crisis emocionales.

- El impulso por mentir no es consciente.

Ejemplos: mentira patológica o pseudología fantástica.

Modelo criminológico:

- Individuos «malos» (antisociales).
- Actuando con «maldad» (sin cooperar).
- Estilo arrogante y mentiroso.
- Déficits en expresión y experiencias afectivas.
- Estilo impulsivo e irresponsable.
- Ejemplos: trastorno antisocial de la personalidad y psicopatía.

Modelo adaptativo:

- Se valoran distintas alternativas antes de engañar.
- Se evalúan las circunstancias y la probabilidad de éxito en el engaño.
- La simulación es una estrategia de afrontamiento ante la adversidad.
- Se utiliza para obtener ventajas de los entornos desfavorables.
- Ante circunstancias adversas, se intenta obtener un beneficio externo.
- No existe una manera mejor de obtener lo que se necesita.

La directora del Laboratorio del Cerebro Afectivo, la doctora Tali Sharot, ha centrado una de sus investigaciones en comprobar si las personas mienten mejor o no cuanto más lo hacen. Su conclusión es la siguiente en palabras del psicólogo David Matsumoto: «A medida que una persona dice más mentiras, el cerebro, en un esfuerzo por disminuir el estrés emocional, se vuelve cada vez más insensible a la incomodidad causada inicialmente por el acto de mentir. El estudio informa de que, como resultado de esta disminución de la angustia emocional, decir más mentiras se vuelve más fácil con el tiempo (…), las mentiras pequeñas fácilmente "se convierten en una bola de nieve con el tiempo" y que las mentiras posteriores crean menos malestar emocional negativo» **(41)**.

Conozcamos, a continuación, algunas interesantes y hasta divertidas investigaciones sobre los mentirosos.

Robert Fieldman, en su libro *Cuando mentimos,* que como has visto es todo un referente, nos informa de que en una investigación realizada por Gideon de Bruin y Hilton Rudnick, de la Universidad de Johannesburgo, se llegó a la conclusión de que las personas que tienen una tendencia natural a buscar fuertes emociones, por lo que de excitación y riesgo conllevan, son más dadas a mentir, y no tanto por el beneficio a obtener, sino por las intensas sensaciones que les provoca.

Ahora pasemos a un estudio que se centró en si la edad influía a la hora de ser mejores mentirosos. Veamos el resultado: «¿Los jóvenes son mejores mentirosos que los ancianos? Eso es exactamente de lo que informa *Science Alert*. Un estudio de Nueva Zelanda de la Universidad de Otago ha descubierto que a las personas mayores les resulta más difícil mentir de manera más convincente que a las más jóvenes. Además, no solo tienen problemas para mentir, sino que también les resulta difícil detectar cuándo los demás mienten.

»Los investigadores creen que esto último se debe al declive relacionado con la edad en el reconocimiento de emociones. La capacidad de mentir utiliza ciertas partes del cerebro que están conectadas con la memoria y la capacidad de planificación, que en la mayoría de los casos disminuye con la edad (…)

»English.news.cn también informó de que esta investigación podría ayudar a explicar por qué las personas mayores podrían ser más susceptibles a los estafadores y estafas que las personas más jóvenes» **(42)**.

En otra investigación relacionada con mentir o no en una declaración escrita se comprobó que la cosa cambia mucho si se firma que se va a responder con la verdad al principio de la misma o cuando esta ha finalizado. A ver, juega conmigo, ¿cuándo crees que se mentirá más: si se firma al principio o al final? Vayamos a la solución: «Experimentos recientes han demostrado que las personas que firman después de completar su información tienen más probabilidades de mentir que las personas que firman esa declaración de honestidad antes de completarla. Los investigadores de las universidades de Harvard, Duke y Toronto señalaron que solo cambiando el lugar de la firma desde el final del documento al principio del mismo sería como si los estándares morales quedaran claros antes de rellenarlo y, en consecuencia, sería más difícil mentir. Con mi firma ya me he comprometido a no hacerlo. Sin embargo, si se firma al final del documento, una vez que ya se ha mentido, la persona buscará las razones mentales necesarias para justificar lo ya realizado» **(43)**.

Y he dejado para el final de estas investigaciones sobre los sujetos mentirosos la que se lleva el premio a la originalidad. En este tipo de trabajos siempre me pregunto lo mismo: ¿a quién se le habrá ocurrido la idea de experimentar con esta variable? Vayamos a la investigación y luego me dices si estás de acuerdo: «Blandon-Gitlin dijo que la tensión de la vejiga llena podría ayudar a alguien a mentir mejor al activar los centros de control de inhibición del cerebro. Para mentir, el cerebro tiene que inhibir el impulso de decir la verdad. Si ya está inhibiendo la necesidad de orinar, podría ser más fácil mentir (…) Este resultado evidencia algo llamado efecto de desbordamiento inhibitorio. Si ya está utilizando un tipo de autocontrol, es más fácil dominarse en otras cosas. Sin embargo, esto solo funciona para tareas simultáneas» **(44)**. Si me dices que ya se te había ocurrido, no te creo...

Y concluyo con un afable recuerdo a nuestros «primos» los simios. «Los primatólogos Richard Byrne y Andrew Whiten son los pioneros en el estudio de la mentira en monos. Observaron que cuanto más inteligente es la especie de primate, más tiende a utilizar la mentira» **(45)**. Esta conclusión es muy interesante para que reflexionemos sobre ella dadas nuestras similitudes.

Todos podemos ser engañados

Si en el apartado anterior nos centramos en el protagonista activo del engaño, el mentiroso, ahora tendremos que centrarnos en el pasivo, en la víctima. Debemos tener presente que además de que el mentiroso se va perfeccionando con la práctica, juega con las siguientes tres ventajas en relación con la víctima:

1. *La mayoría de las mentiras son intrascendentes.* Con lo cual, pasan inadvertidas, lo que conlleva, por una parte, que la víctima no se pare a investigar su veracidad y, por otra, que le sirvan de buen entrenamiento al mentiroso para cuando tiene que decir otras de mayor calado.

2. *La víctima ayuda a caer en el engaño.* En muchas ocasiones, la propia víctima quiere que le mientan. Por ejemplo: «¿A que te gusta mi coche nuevo?», pregunta quien se lo acaba de comprar a un amigo. Vamos a ver, con esa ilusión con la que lo pregunta… ¿quién le va a decir que no le gusta su coche?

Es fácil que le respondan incluso con una exageración del tipo: «Espectacular».

Por otro lado, ¿quién no se rinde ante una adulación? Qué difícil es escapar de ellas y creer que aquello bueno y bonito que nos dicen… realmente es falso. Mucho se ha escrito sobre los aduladores; aquí te dejo varias citas que merecen la pena. Jacinto Benavente escribió que «la adulación lo vence todo. Si el animal más bravo entendiese nuestro lenguaje, solo con decirle: "Qué bonito eres, animal, pero ¡qué bonito!" ya estaría domesticado». Antístenes también nos dejó unas palabras sobre la misma cuestión: «Los cuervos devoran a los muertos y los aduladores a los vivos». Al cardenal Richelieu no le faltó una sentencia sobre el tema: «Los aduladores son como ladrones; su primer cuidado consiste en apagar la luz». Y, por último, no podía faltar una cita de Sigmund Freud: «Uno puede defenderse de los ataques; contra la adulación se está indefenso».

Como vemos, tanto el fenómeno de la adulación como el de la mentira en general son eternos y lo mejor que podemos hacer ante los halagos es seguir el consejo de Horacio, uno de los poetas más importantes del mundo latino, que nos dejó escrito allá por el siglo i a. C.: «Trata de ser como te pintan los aduladores».

3. *La presunción de veracidad.* «El sesgo de la verdad nos lleva a asumir la veracidad en los demás» **(44)**. ¿Qué se quiere decir con ello? Pues que sole-

Horacio

mos actuar con presunción de veracidad respecto a aquello que nos cuentan. Es así de sencillo, damos por hecho que lo que nos dicen es verdad.

¿Imaginas ir por la vida pensando que cada cosa que alguien te dice es falsa y solo si lo compruebas te lo crees? Sería agotador. Supón que las personas actuáramos así, comprobándolo todo, ¿qué sería de las relaciones humanas? Por ello, solemos proceder creyendo a los demás y solo cuando se nos hace dudar, se derrumba esa presunción general de veracidad. De esta característica tan humana se aprovecha el mentiroso. El escritor Stephen King aporta una frase que explica muy bien lo que quiero expresar en este apartado: «La confianza del inocente es la herramienta más útil del mentiroso».

Llegó el momento de lanzarte otra de mis preguntas: ¿crees que suele ser más fácil que cuajen las palabras de un charlatán o las de un científico? Hay una diferencia fundamental: «Los charlatanes lo saben todo, son infalibles; mientras que los científicos y los divulgadores a veces te dicen "no sé, no te lo puedo explicar". Es más fácil decir que uno lo sabe todo que señalar los límites del propio conocimiento. Ellos pueden curar cualquier enfermedad, han conocido todo el mundo (…) Un científico y un divulgador te señalan que las cosas no son ni blanco ni negro, que hay matices (…) Pero es más fácil decir: "Aquí están los buenos y aquí están los malos"» **(47)**.

No puedo cerrar este apartado y capítulo sin referirme al autoengaño, donde la persona protagoniza ambos papeles: el de mentiroso y a la vez el de víctima; esto es, cuando nos engañamos a nosotros mismos. Las posibilidades en que se produce el autoengaño son diversas. Se utiliza tanto para no ver algo que nos puede provocar un dolor emocional, como para atrevernos a conseguir «imposibles». En este último caso, el considerarnos mejores en una labor, aunque no lo seamos, nos proporciona la fuerza y la confianza necesarias para atrevernos a hacerla.

El universo de la mentira es fascinante, aunque solo haya un jugador.

Curiosamente, esta última acción que he comentado, etiquetar positivamente, también nos puede servir para que otra persona cambie a mejor. Dile a alguien que cuenta con una cualidad positiva, aunque tú sabes que no es justamente por lo que se caracteriza y, en muchas ocasiones, tratará de no defraudarte y pondrá su fuerza de voluntad en conseguir ser como le has dicho que ya es. Inyecta confianza y seguridad en alguien, aunque creas que carece de ellas, y es muy posible que te sorprenda la próxima vez que lo veas.

Recomendaciones

1. Existe la mentira cuando el protagonista es consciente de que podía haber elegido decir la verdad y, sin embargo, no lo hizo.
2. Descubrir señales de mentira en una persona no implica necesariamente que mienta, pueden venir provocadas por otros motivos como el miedo o la inseguridad.
3. Conocer los patrones básicos de conducta y de comunicación de la otra persona es el elemento clave para después pasar a las señales de engaño, lo que se podría producir si esos patrones cambian.
4. La mentira resulta contagiosa. Cuando una persona descubre que quien habla con ella le miente, se siente liberada para hacerlo también.

5. A la hora de detectar mentiras debemos dar gran importancia a lo que se dice y a cómo se dice, a la parte verbal y no verbal de la comunicación, buscando incoherencias y contradicciones.

6 Quien repite muchas veces su mentira se perfecciona y resulta más difícil de detectar.

7. Todas las personas no somos iguales. Estudiar a las demás pensando en lo que haríamos o diríamos cada uno de nosotros es un gran error.

8. La mentira ayuda al éxito social. El ser humano evita el conflicto, así que será más fácil que la gente se lleve mejor con quien les da la razón y les cuenta lo que quieren escuchar, aunque no sea verdad, que con quien les lleva la contraria. Atentos a quienes siempre opinan como tú.

9 En nuestro día a día solemos actuar con la presunción de veracidad, esto es, creyendo que lo que nos cuentan es cierto. Esto hace más sencillo ser engañados.

10. En muchas ocasiones queremos que nos mientan. Nos hace sentir mejor y más seguros con nuestras propias elecciones y decisiones.

El momento de la verdad

Pon a prueba los conocimientos que has adquirido en este capítulo:

1. ¿Existe la seguridad al cien por cien a la hora de detectar mentiras?

a) Sí, cuando conozco las señales en que debo fijarme.

b) No, a día de hoy no se ha descubierto ninguna técnica que lo pueda garantizar, aunque conocer las señales más comunes nos ayudará a estar más alerta.

c) No, cada persona tiene sus maneras de mentir.

2. ¿Contamos con indicadores humanos infalibles de que la persona miente?

a) No, eso de que si se toca la nariz o no nos mira a los ojos miente son falsos mitos.

b) Sí, debemos desconfiar de la persona que no nos mira a los ojos.

c) Sí, cuando se rasca o se toca la nariz mientras nos cuenta algo es porque no se cree lo que dice.

3. ¿Nos resultan de ayuda los prejuicios a la hora de analizar la posibilidad de engaño en otra persona?

a) No, ciegan al cerebro a todo aquello que no sea conforme con la idea preconcebida.

b) No, da igual lo que creamos previamente en relación con el sujeto, nuestra mente aísla las ideas previas de las que obtengamos en el análisis presente.

c) Sí, dado que nos servirán para conocer mejor a la persona.

4. Las investigaciones más completas sobre la mentira han determinado que…

a) Son mejores detectando mentiras los hombres y las personas jóvenes.

b) Son mejores detectando mentiras las mujeres y las personas de mayor edad.

c) A la hora de detectar mentiras no existen diferencias significativas ni por género ni por edad.

5. El mentiroso preparará mejor…

a) Su comunicación verbal. El contenido de lo que va a contar.

b) Su comunicación no verbal. Las expresiones faciales, los gestos, la postura… que mantendrá durante el engaño.

c) Tanto la comunicación verbal como la no verbal.

6. ¿El contexto en que se construye la mentira resulta importante?

a) Sí, no podemos solo centrarnos en la comunicación verbal y no verbal, también debemos analizar el contexto de cuando todo ello se produce.

b) Sí, será el contexto el que nos dé la información más fiable y objetiva para poder obtener conclusiones fiables.

c) No, lo importante es lo que nos cuenta y cómo lo hace, el contexto resulta indiferente.

7. El índice de acierto en detección de mentiras…

a) Es similar cuando hay mucho o poco en juego para su protagonista.

b) Es mayor cuando hay mucho en juego para su protagonista.

c) Es mayor cuando hay poco en juego para su protagonista.

8. Para saber juzgar la credibilidad o falsedad de un testimonio nos resultará más fácil si trata sobre…

a) Acciones y actividades del sujeto.

b) Sus ideas y opiniones.

c) Sus emociones o sentimientos.

9. ¿Podemos engañarnos a nosotros mismos?

a) El autoengaño lo utilizamos los seres humanos para, por ejemplo, evitar ver algo que nos puede provocar un dolor emocional.

b) De ninguna manera. El mentiroso siempre debe ser otra persona.

c) Es imposible, dado que siempre sabemos si nos estamos diciendo la verdad a nosotros mismos.

10. Entre las características de un buen mentiroso estarían...

a) Expresividad, espontaneidad, desconfianza y elocuencia.

b) Inexpresividad, espontaneidad, confianza y elocuencia.

c) Expresividad, espontaneidad, confianza y elocuencia.

Resultados del test

1.   Respuesta b

2.   Respuesta a

3.   Respuesta a

4.   Respuesta c

5.   Respuesta a

6.   Respuesta a

7.   Respuesta b

8.   Respuesta c

9.   Respuesta a

10.   Respuesta c

Notas

(1) https://dle.rae.es/mentira.

(2) https://dle.rae.es/enga%C3%B1o?m=form.

(3) https://es.wikipedia.org/wiki/Mentira_piadosa.

(4) https://www.muyinteresante.es/innovacion/articulo/las-mentiras-son-buenas-para-la-sociedad-321406197324.

(5) https://www.elconfidencial.com/alma-corazon-vida/2019-08-18/por-que-debes-mentir-sobre-tu-edad-rejuvenecer_2174627/.

(6) https://es.wikipedia.org/wiki/Sesgo_de_ confirmaci%C3%B3n.

(7) https://www.humintell.com/2018/05/biases-of-expectation/.

(8) https://blogs.20minutos.es/comunicacion-no-verbal-lo-que-no-nos-cuentan/2018/01/03/descubre-el-autoengano-y-otra-forma-de-detectar-a-un-mentiroso/.

(9) https://www.humintell.com/2017/06/deception-as-human-nature/.

(10) DePaulo, B. M., Kashy, D. A., Kirkendol, S. E., Wyer, M. M. y Epstein, J. A.: «Lying in everyday life». *Journal of Personality and Social Psychology,* 70 **(5)**, mayo 1996: 979-995.

(11) Feldman, R. S., Forrest, J. A. y Happ, B. R. (2002): «Self-presentation and verbal deception: Do self-presenters lie more?». *Basic and Applied Social Psychology,* 24 **(2)**, junio 2002: 163-170.

Feldman, R. S.: *Cuando mentimos*. Barcelona, Urano, 2010.

(12) https://psycnet.apa.org/record/2007-06280-021.

(13) https://www.humintell.com/2016/01/childrens-lies-are-a-sign-of-cognitive-progress/.

(14) https://www.humintell.com/2017/06/deception-as-human-nature/.

(15) https://blogs.20minutos.es/comunicacion-no-verbal-lo-que-no-nos-cuentan/2019/12/12/que-tipo-de-ninos-mienten-mas-y-como-afrontarlo/.

(16) https://www.humintell.com/2017/06/deception-as-human-nature/.

(17) https://www.eluniversal.com.mx/ciencia-y-salud/como-detectar-un-mentiroso-segun-la-ciencia.

(18) https://www.comportamientonoverbal.com/ clublenguajenoverbal/creencias-de-policias-y-civiles-sobre-lassenales-faciales-del-engano-club-de-lenguaje-no-verbal/.

(19) https://es.noticias.yahoo.com/blogs/cuaderno-de-ciencias/historia-koko-gato-gorila-habla-miente-190641542.html.

(20) Houston, P., Floyd, M. y Carnicero, S.: *Descubre la mentira*. Málaga, Sirio, 2012.

(21) Martín Ovejero, J. L.: *Tú habla, que yo te leo. Las claves de la Comunicación No Verbal*. Barcelona, Aguilar, 2019.

(22) https://www.comportamientonoverbal.com/clublenguajenoverbal/el-principio-de-coherencia-verbal-no-verbal-y-su-uso-por-parte-de-ninos/.

(23) https://smg.media.mit.edu/library/DePauloEtAl.Cues%20to%20Deception.pdf.

(24) https://medlineplus.gov/spanish/aphasia.html#:~:text=La%20afasia%20es%20un%20trastorno,adultos%20que%20sufrieron%20un%20derrame.

(25) https://www.comportamientonoverbal.com/clublenguajenoverbal/afasia-y-emociones-no-comprender-el-lenguaje-te-hace-detectar-mejor-las-mentiras-club-lenguaje-no-verbal/.

(26) https://www.comportamientonoverbal.com/clublenguajenoverbal/deteccion-indirecta-del-engano-buscando-el-cambio/.

(27) Navarro, J.: *El cuerpo habla*. Málaga, Sirio, 2008.

(28) Blair, J. P., Levine, T. R., Reimer, T. O., y McCluskey, J. D.: «The gap between reality and research. Another look at detecting deception in field settings». *Policing: An International Journal of Police Strategies & Management,* 35 (4), 2012: 723-740.

Blair, J. P., Levine, T. R., y Shaw, A. S.: «Content in context improves deception detection accuracy». *Human Communication Research,* 36 (3), julio 2010: 423-442.

(29) Ekman, P.: *Cómo detectar mentiras.* Barcelona, Paidós, 2005.

(30) http://www.papelesdelpsicologo.es/pdf/1248.pdf.

(31) https://www.comportamientonoverbal.com/clublenguajenoverbal/reconocimiento-de-anomalias-conductuales-y-deteccion-de-mentiras-club-lenguaje-no-verbal/.

(32) https://www.comportamientonoverbal.com/clublenguajenoverbal/formacion-en-reconocimiento-de-microexpresiones/.

(33) https://www.humintell.com/2013/12/deception-detection-debunked/.

(34) https://www.comportamientonoverbal.com/clublenguajenoverbal/detectar-mentiras-mediante-el-comportamiento-verbal-y-no-verbal/.

(35) https://www.comportamientonoverbal.com/clublenguajenoverbal/revisando-los-efectos-del-genero-en-la-deteccion-del-engano-club-de-lenguaje-no-verbal/.

(36) https://blogs.20minutos.es/comunicacion-no-verbal-lo-que-no-nos-cuentan/2020/09/09/es-mas-dificil-que-nos-mientan-sobre-los-sentimientos/.

(37) https://blogs.20minutos.es/comunicacion-no-verbal-lo-que-no-nos-cuentan/2016/09/25/detectar-mentiras-mejor-en-grupo-estudiocientifico/.

(38) https://www.comportamientonoverbal.com/clublenguajenoverbal/no-puedes-mentir-a-un-mentiroso-club-del-lenguaje-no-verbal/.

(39) https://cibervortice.wordpress.com/2011/11/10/las-18-caracteristicas-de-un-mentiroso-de-exito/.

(40) Rogers, R. y Neumann, C. S.: «Conceptual issues and explanatory models of malingering», pp. 71-82. Capítulo del libro de Halligan, P. W., Bass, C. y Oakley, D.A. (editores): *Malingering and illness deception*. Oxford (Reino Unido), Oxford University Press, 2003.

(41) https://www.humintell.com/2020/01/lies-lies-and-more-lies-plus-the-top-5-myths-about-liars/.

(42) https://www.humintell.com/2011/06/youth-are-our-best-liars/.

(43) https://www.humintell.com/2011/06/how-to-keep-people-from-lying/.

(44) https://www.humintell.com/2015/09/32870/.

(45) https://www.rtve.es/noticias/20120622/decimos-mentiras/539043.shtml.

(46) https://www.humintell.com/2018/05/nonverbal-vs-verbal-deception-detection/.

(47) http://esmateria.com/2014/07/02/las-mentiras-tienen-las-patas-cortas-pero-los-charlatanes-las-piernas-muy-largas/.

Capítulo 2

La mentira tiene personalidad

«No intentes ser lo que no eres. Si eres nervioso,
sé nervioso. Si eres tímido, sé tímido»..

ADRIANA LIMA

Cada persona es un mundo

En el capítulo anterior hemos conocido a la gran protagonista de
este libro: la mentira. Ahora es obligado profundizar más todavía
en el ser humano que va a mentir o en el que será víctima del
engaño. A este fin, debemos tener presentes unas ideas fundamentales que nunca hay que olvidar, sobre todo cuando queramos
detectar si alguien miente:

1. Yo tengo una personalidad que me define y que me hace más
o menos racional, emocional, extravertido, introvertido…

2. Las demás personas no tienen que ser como yo. Esta idea
es clave. Me he encontrado con mucha gente que piensa que
el otro, desde su amigo hasta su adversario, debería reac-

cionar de igual manera a como él lo haría. Esto no es correcto. Habrá quienes se parezcan más a ti y quienes sean muy
diferentes.

3. Aquellos que tengan unos rasgos de personalidad que no coinciden con los tuyos no son mejores ni peores, solo son diferentes.

4. A la hora de comunicarse, también se hace de distinta manera
si se es de un tipo o de otro.

5. Estas características de personalidad debemos tenerlas siempre presentes a la hora de detectar el engaño, dado que, por
su manera de ser, de actuar y de comunicarse, alguien podrá
lanzar señales propias de la mentira cuando solo estarán
motivadas por cómo es; este será un caso de «falso positivo
de engaño». También puede suceder lo contrario, el «falso
negativo de engaño», cuando se miente sin lanzar ningún
indicador habitual; y esto será debido también a su personalidad.

No somos robots fabricados en serie. Olvidar esto al entrar
en el mundo de la detección de la mentira sería como entrar a
dar de comer a los diferentes animales de un zoo con los ojos
vendados, creyendo que todos son iguales, ya sea un koala o
un cocodrilo. Pues con las personas pasa lo mismo, somos diversas.

Como podrás imaginar, clasificaciones de seres humanos por
tipos de personalidad hay unas cuantas, aunque a los efectos de
la detección de la mentira, la que me parece más acertada es la
basada en el sistema DISC de personalidad.

Este sistema DISC se basa en los estudios y conclusiones
obtenidos por el médico psiquiatra y psicólogo suizo Carl G. Jung
en los años veinte del siglo pasado, y que concretó en su libro *Los
tipos psicológicos,* donde establecía cuatro tipos de dimensiones

basadas en el comportamiento humano: Dominancia, Influencia, Estabilidad y Cumplimiento; de aquí resulta el nombre del sistema: DISC.

El motivo de elegir este sistema para nuestro objetivo se debe a su sencillez (al menos tal y como nosotros lo vamos a aplicar) y su eficacia práctica para el objeto de este capítulo: conocernos mejor y encuadrarnos en uno u otro tipo de personalidad sin entrar en sistemas más complejos.

Por lo que en este capítulo vamos a tratar los siguientes tipos de personalidad:

- El racional y extravertido (Dominance-Dominante).
- El emocional y extravertido (Inducement-Influyente).
- El emocional e introvertido (Submission-Sereno).
- El racional e introvertido (Compliance-Concienzudo).

Como puedes ver, «DISC» viene de las palabras inglesas que he indicado. La traducción al español no es literal, sino que está adaptada para que, comenzando por las mismas letras, sea más descriptiva de cada tipo de personalidad.

Y ya que hemos puesto de ejemplo el zoo, utilizaremos un animal diferente para representar a cada uno de estos cuatro tipos de personalidad:

- El racional y extravertido: el león.
- El emocional y extravertido: el perro.
- El emocional e introvertido: el búho.
- El racional e introvertido: el águila.

Poner el nombre de un animalito a cada tipo (sistema utilizado con mucho acierto por la Fundación Behavior & Law, prestigiosa fundación española dedicada a la investigación, divulgación y formación en Ciencias del Comportamiento y Ciencias Forenses) hace más fácil su comprensión y recuerdo.

Como habrás imaginado, algunas de estas personalidades tienen mayor facilidad para engañar, dado que el ser de una determinada manera ayuda al sujeto a mentir mejor.

Serán puntos a su favor, por ejemplo, ser una persona extravertida, sociable, con una frialdad emocional que permita que no le afecten las consecuencias de sus acciones ni el perjuicio o daño que pueda provocar en los demás y con un nivel de inteligencia por encima de la media.

Además de la combinación de estos cuatro tipos de personalidad: racional/emocional, por una parte, e introvertidos/extravertidos, por otra, en este capítulo me detendré también a conocer, siempre a los efectos de la materia que aquí tratamos, cómo son las personas con un mayor o menor grado de extraversión, neuroticismo y psicoticismo.

Le daré una especial dedicación al psicópata. Por su manera de ser, y el peligro que comporta, le dedicaré más espacio en este libro. En este capítulo, me centraré en su personalidad, y en el último analizaré cómo miente y cómo detectarlo cuando lo haga.

Así que, sin más demora, pasemos a conocer cada tipo de personalidad. Te invito a que tú mismo te estudies para reconocer cuál es tu tipo predominante y hazlo también pensando en las personas de tu entorno. En mis clases, esta labor siempre resulta divertida cuando los asistentes me dicen: «Menudo perro estoy hecho», «Soy un león de pies a cabeza», «Está claro que soy búho» o «Tras analizar cada tipo con atención, creo que soy un águila». Aunque también te aviso que lo más frecuente es que tengamos rasgos de varios de estos animalillos (tipos de personalidad) y termines diciendo algo así como que «Yo soy un perro con alas», «Creo que tengo algo de todos»…, pero siempre suele ser uno el dominante.

Es imprescindible saber perfilar la personalidad de uno mismo y la de quien nos está tratando de convencer de algo si queremos que nuestra probabilidad de detectar la mentira supere al azar.

También resulta de gran interés identificar los tipos de personalidad para advertir cuándo cambian radicalmente y rompen sus patrones de comportamiento; en tales casos, deberíamos encender nuestras alertas porque sin duda algo sucede que ha provocado ese gran cambio.

En los próximos epígrafes utilizaré contenidos y explicaciones ofrecidos por la psicóloga Alicia Martos Garrido **(48)**, quien conoce a la perfección este sistema DISC de personalidad, así como las descripciones obtenidas de una web especializada en la materia **(49)**.

Tipo león: racional y extravertido

Las personas con un estilo de personalidad racional/extravertido (es decir, tipo león) se caracterizan por lo siguiente:

Características fundamentales. Son muy directos, de decisiones rápidas, innovadores, impacientes, dados a realizar labores directivas, a asumir riesgos y con gran poder de iniciativa. No les vengas con sentimentalismos, mejor preséntales resultados eficaces. Trabajan bien bajo presión y ni se te ocurra hacerles perder el tiempo. Suelen caer en el egocentrismo y en considerar secundarias las opiniones ajenas, pues para pensar ya están ellos. La rutina los mata y pueden estar trabajando a la vez en varios proyectos. Los líderes suelen tener este tipo de personalidad.

Su comunicación. Como los detalles les hacen perder el tiempo y despistarse con aquello que no les interesa, son breves, rápidos y van al meollo de la cuestión sin rodeos e incluso sin pensar en cómo pueden hacer sentir a los demás. Son más de preocuparse por el «qué» que por el «cómo». Tienden a centrarse en resultados y objetivos. Háblales de nuevos retos y habrás captado toda su atención. Hay que ser muy prácticos con ellos y, como las emociones quedan en un segundo plano, suelen ser de pocos besos y abrazos. No les vengas con lágrimas, que más que pensar que estás triste, imaginarán que te ha entrado algo en un ojo.

Tipo perro: emocional y extravertido

Las personas con un estilo de personalidad emocional/extravertido (es decir, tipo perro) se caracterizan por lo siguiente:

Características fundamentales. ¡Ha llegado la fiesta! Este perfil se caracteriza por ser el que transmite confianza desde el primer instante. Divertido, muy hablador, con sonrisa fácil y muy expresivo. Esto último se manifiesta tanto en las variadas expresiones de su rostro como cuando mueve las manos. No paran quietos y están a varios cometidos a la vez, pero es fácil que, al final, no concluyan alguno o se confundan por ir tan rápido. Un desconocido puede convertirse en su «mejor amigo» en cuestión de segundos, aunque en unos minutos, otra nueva persona puede pasar a ser su «nuevo mejor amigo». Son como una montaña rusa de un parque de atracciones; por eso, tienen tendencia a pasar de un estado de ánimo de euforia a sentirse abatidos, y a la inversa. Los términos medios no se han inventado para ellos. Aunque, por regla general, son optimistas, grandes motivadores y animadores. Necesitan constante actividad y, a ser posible, variada. Si los sientan en una mesa durante horas a analizar una documentación y sin hablar con nadie, acabarán lanzando un SOS.

Su comunicación. Son relaciones públicas por naturaleza, buenos vendedores, aunque a veces resultan agobiantes por su «don» de palabra. Lo cierto es que hablar demasiado tiene un gran inconveniente; quizá, en algún momento, resulten indiscretos y se les escapen los secretos que se les hayan confiado. Su tema de conversación favorito es «ellos mismos». Deja que hablen y céntrate en sus emociones, y si consigues que se diviertan con el proyecto, te los habrás ganado definitivamente. Invítalos a una lluvia de ideas y ya puedes llevar paraguas, porque habrá que repetirles varias veces que el tiempo se ha terminado.

Tipo búho: emocional e introvertido

Las personas con un estilo de personalidad emocional/introvertido (es decir, tipo búho) se caracterizan por lo siguiente:

Características fundamentales. Aquí nos encontramos con personas muy calmadas, tranquilas, que se sienten cómodas en la rutina y en la seguridad de una labor sin cambios. Son muy estables a nivel emocional. Sueles ser grandes conciliadoras. Cuidan mucho sus relaciones personales y no sería de extrañar que prefirieran salir ellas perjudicadas a cambio de evitar un conflicto. Son muy sensibles a las repercusiones que tengan en otras personas sus decisiones. En general, son leales, pacíficas, se les da bien escuchar y se puede confiar en ellas si les confiesas un secreto, lo guardarán como un tesoro. No suelen ser de acciones o de decisiones rápidas; de hecho, son lentas a la hora de tomarlas, precisan su tiempo para encontrar la mejor solución y cualquier ayuda a este fin será bienvenida. Asumen bien las órdenes y directrices de la autoridad, la rebeldía no va con ellas y son muy responsables en su trabajo.

Su comunicación. No serán las que primero levanten la mano para responder una pregunta o quienes tengan la iniciativa en comenzar una conversación, preferirán ser preguntadas. Se decidirán con mayor rapidez, aunque esta expresión en un tipo búho puede resultar una exageración, si se les explican los beneficios y perjuicios de cada opción a escoger. Hay que ser pacientes y amables con este tipo de personalidad y, sobre todo, ni se te ocurra presionarlos porque se pueden bloquear y acabar paralizados.

Tipo águila: racional e introvertido

Las personas con un estilo de personalidad racional/introvertido (es decir, tipo águila) se caracterizan por lo siguiente:

Características fundamentales. Aquí nos encontramos con los amantes de la precisión y la objetividad. Son cuidadosos hasta el máximo detalle y muy exactos en sus conclusiones. Les resulta complicado estar a muchas tareas a la vez, dado que dedicarán todos sus recursos a la que tienen ante ellos hasta encontrar la mejor solución. Son muy perfeccionistas y exigentes, tanto con su propio trabajo como con el resto de las personas, así que, a veces, pueden ser muy críticos con los demás. Gestionan muy bien sus emociones y no se dejan llevar por ellas. Incluso pueden parecer excesivamente fríos. Es fácil que den una imagen de solitarios y distantes, dado que dan prioridad a su objetivo de estudio antes que a socializar con quienes lo comparten. No son amigos de delegar, les puede provocar inseguridad al desconocer la exactitud con que los demás han hecho sus trabajos. Preferirán la exactitud a la rapidez; por ello, son lentos a la hora de tomar una decisión; eso sí, cuando lo hacen, estará bien respaldada. Por otro lado, tener tanta información les hace caer, más que a otros perfiles de personalidad, en el pesimismo, aunque ellos se califiquen como «realistas bien informados».

Su comunicación. Tratar de convencerlos de algo desde una perspectiva emocional puede resultar frustrante. Mejor hazles un esquema, dales datos claros y contrastados, dibuja gráficos… que los convenzan de que tu sugerencia es la mejor. Los detalles son sus amigos. Se sentirán más firmes al ofrecerlos y será más fácil que modifiquen su opinión si se les muestran. Enumérales pros y contras de las diversas alternativas. Y, si no eres como ellos, ármate de paciencia para escuchar sus amplias y detalladas explicaciones.

La extraversión

En este epígrafe vamos a conocer cómo son los extravertidos y, como contraste con estos, también nos encontraremos con los introvertidos. Es importante conocer sus características para evitar caer en lo que podríamos denominar «trampas de la personalidad» o, lo que es lo mismo, sufrir errores a la hora de detectar la mentira que vengan provocados por la especial comunicación de tipos específicos de personalidad.

Como estamos comprobando, tratar de saber si alguien miente no consiste en aplicar unos parámetros en frío a cualquier persona que tengamos delante sin tener en cuenta cómo es ella; todo lo contrario, debemos tanto conocer lo mejor posible la comunicación coherente a su personalidad, como no olvidar nunca que nosotros tenemos una personalidad específica que nos define y puede influir en nuestro buen juicio.

Nuestra propia personalidad nos puede llevar a pensar, por ejemplo, que nuestro interlocutor es muy introvertido cuando, en realidad, soy yo el que es muy extravertido, lo que me hace verlo más distante a mí. Este error es muy frecuente y no lo podemos, de ninguna manera, pasar por alto.

Si no me conozco a mí mismo, así como mis rasgos de personalidad y mis tendencias naturales, malamente voy a perfilar adecuadamente al de enfrente.

Centrándonos en la extraversión, leemos la siguiente acepción: «Rasgo que define un tipo de personalidad, descrito por Jung, que se caracteriza por un predominio de la implicación de la persona con su entorno, acompañado de un gran interés hacia las personas, los acontecimientos y las cosas» **(50)**.

Así, nos encontramos con que los extravertidos tendrían como características «la sociabilidad, impulsividad, desinhibición, vitalidad, optimismo y agudeza de ingenio; mientras que los introvertidos son tranquilos, pasivos, poco sociables, atentos, reservados, reflexivos, y pesimistas» **(51)**.

Vistas también las características de los introvertidos, a la introversión se la entiende como «aquella actitud caracterizada en la concentración en los procesos internos del propio sujeto. Los introvertidos se interesan por sus pensamientos y sentimientos, es decir, por su mundo interior, por lo que tienden a ser profundamente introspectivos» **(52)**.

Ambos, ya sean más extravertidos o más introvertidos, tienen sus formas de comunicarse, las cuales, si no tenemos cuidado, como ya hemos comentado, pueden acarrear errores en la interpretación de sus señales o indicadores de mentira, haciéndonos pensar que mienten o que dicen la verdad cuando lo que vemos y escuchamos solo es fruto de su manera de ser.

Estos errores, y cómo evitarlos, los estudiaremos con más detenimiento tras conocer con detalle los indicadores de engaño, ya que hacerlo antes sería precipitarnos. Por ahora vayamos sabiendo que así somos los seres humanos, tan variados y diferentes.

El neuroticismo

A la hora de analizar si una persona puede estar mintiendo, o simplemente tiene un comportamiento natural según su tipo de personalidad, es necesario conocer los rasgos de quienes puntúan más alto o más bajo en neuroticismo.

Comencemos por saber de lo que estamos hablando. El neuroticismo «se define típicamente como una tendencia hacia la ansiedad, la depresión, la duda y otros sentimientos negativos» **(53)**. Y añado más matices: «Entre los síntomas más frecuentes destacan los altibajos en el estado de ánimo sin un motivo significativo, baja autoestima, inseguridad, tristeza y desesperanza, desinterés por todo, incapacidad para disfrutar, poca tolerancia a las frustraciones, dependencia emocional, talante enamoradizo, poca perseverancia...» **(54)**.

En general, las personas con un alto nivel de neuroticismo tienen una gran dificultad a la hora de controlar y gestionar sus emociones. De hecho, se pueden señalar las siguientes características para detectar a la persona neurótica: «Hay algunas señales y varios síntomas con los que podemos identificar a una persona con propensión a la neurosis. Las personas neuróticas son especialmente vulnerables ante los cambios en el medio ambiente, padecen más estrés y son menos capaces de enfrentarse a él.

»Por otro lado, el neuroticismo hace referencia a problemas de gestión emocional en prácticamente todas las áreas de la vida de una persona, no en unas pocas. Los individuos que obtienen una alta puntuación en los test que miden el neuroticismo son más propensos a sufrir afectividad negativa, es decir, ansiedad y síntomas de tipos depresivos. Tienden a experimentar vaivenes emocionales con mayor frecuencia que el resto de personas, dado que son más sensibles a las potenciales fuentes de frustración o de preocupación de su entorno.

»Por otro lado, las personas que sufren neurosis (como entidad clínica y que va asociada a un cierto nivel de psicopatología) suelen presentar mayor temor ante situaciones que otras personas toleran y manejan eficazmente. Suelen percibir la realidad de forma más negativa de lo que realmente es, y se desesperan con facilidad ante pequeñas frustraciones que, a ojos de los demás, no revisten mucha importancia.

»(…) Los síntomas y señales más comunes entre las personas neuróticas son los siguientes:

- Sensación permanente de tristeza.
- Apatía y falta de interés por realizar actividades placenteras.
- Problemas en sus relaciones personales debido a su baja tolerancia hacia los demás.
- Alta sensibilidad y susceptibilidad.
- Se muestran irritables, agresivos y frustrados.
- Emocionalmente inestables» **(55)**.

Una de las características más frecuentes en las personas con alto neuroticismo son las rumiaciones, entendidas como «cualquier cosa que nos suceda, sea más o menos importante, puede provocar que pasemos después mucho tiempo dándole vueltas a ese acontecimiento, en un pensamiento totalmente circular que no nos lleva a ninguna parte» **(56)**.

Una vez que conocemos las características de este tipo de personalidad es importante saber que estas personas se comunican de una manera especial que podría parecer indicar que nos están mintiendo, cuando puede que solo sea la comunicación propia de su manera de ser.

Ahora solo las hemos conocido, más adelante, tras estudiar los indicadores concretos de mentira, volveremos sobre ellas para evitar lo que se denominan «falsos positivos de engaño».

El psicoticismo

Pasemos ahora a conocer el psicoticismo: «Es un estado conductual alterado que se caracteriza por la agresividad, baja empatía hacia los demás y la impulsividad. Quienes lo padecen son egocéntricos, irresponsables e indiferentes ante el dolor ajeno» **(57)**. Aunque también son «más creativos, objetivos, realistas, competitivos, originales y críticos» **(58)**.

Las personas que puntúan alto en psicoticismo, en general, son: egoístas, desconfiadas, impulsivas, descuidadas, desorganizadas, negligentes, perezosas, solitarias, hostiles incluso con las personas de su círculo más cercano, superficiales, frías…, y además, suelen tener problemas con la autoridad. Por eso, al igual que comentábamos que quienes fueran de alto neuroticismo podrían provocar falsos positivos de engaño, es decir, que pudiésemos percibir pistas de que nos están mintiendo y, sin embargo, no ser así, quienes son de psicoticismo alto podría parecer que no nos mienten y, sin embargo, lo están haciendo. En este último supuesto nos encontraríamos con «falsos negativos de engaño».

También lo estudiaremos con más detalle tras conocer los indicadores de mentira, dado que será más sencillo de comprender.

El psicópata

Hemos llegado al perfil de personalidad más contradictorio, y la verdad es que es mejor tenerlo lejos, pero hay una tendencia popular muy extendida a acercarse a su figura.

Su manera de comportarse les hace ser como un imán, pero lo más fácil es que acabemos huyendo de ellos. Sienten poco, pero hacen sentir mucho.

Lo primero que tenemos que quitarnos de la cabeza es que todas las exparejas, políticos o gente que nos caiga mal son psicópatas. Mira si está extendido el término, que fácilmente se pone esta etiqueta a quien nos amarga la vida. Puede que lo sean y puede que no. También vamos a descartar que todos los psicópatas son delincuentes o criminales, así como que todos los criminales son psicópatas.

Para aclarar lo que es un psicópata, acudamos a los expertos en la materia, a quienes mejor los han estudiado. Por un lado, tenemos a Cleckley, considerado uno de los primeros investigadores sobre la psicopatía, y quien ya les adjudicó las siguientes características en 1941 **(59)**:

1. Encanto externo y notable inteligencia.
2. Ausencia de alucinaciones u otros signos de pensamiento irracional.
3. Ausencia de nerviosismo o de manifestaciones psiconeuróticas.
4. Inestabilidad, poca formalidad.
5. Falsedad e insinceridad.
6. Falta de sentimientos de remordimiento o vergüenza.
7. Conducta antisocial inadecuadamente motivada.
8. Razonamiento insuficiente y falta de capacidad para aprender la experiencia vivida.
9. Egocentrismo patológico e incapacidad de amar.
10. Pobreza general en las principales relaciones afectivas.
11. Pérdida específica de intuición.
12. Insensibilidad en las relaciones interpersonales generales.
13. Comportamiento fanático y poco recomendable con y sin bebida.
14. Amenazas de suicidio raramente llevadas a cabo.
15. Vida sexual impersonal, trivial y pobremente integrada.
16. Fracaso para seguir un plan de vida.

Posteriormente, el autor más reconocido como estudioso del comportamiento psicopático ha sido el doctor en Psicología y profesor emérito de la University of British Columbia, Robert Hare, autor de uno de los libros más vendidos sobre la materia, *Sin conciencia* (1993) **(60)**.

Pues bien, Hare ha establecido las principales características de este tipo de comportamiento **(61)**:

- Gran capacidad verbal y un encanto superficial.
- Autoestima exagerada.
- Constante necesidad de obtener estímulos y tendencia al aburrimiento.

- Tendencia a mentir de forma patológica.
- Comportamiento malicioso y manipulador.
- Carencia de culpa o de cualquier tipo de remordimiento.
- Afectividad frívola, con una respuesta emocional superficial.
- Carencia de empatía. Crueldad e insensibilidad.
- Estilo de vida parasitario.
- Falta de control sobre la conducta.
- Vida sexual promiscua.
- Historial de problemas de conducta desde la niñez.
- Falta de metas realistas a largo plazo.
- Actitud impulsiva.
- Comportamiento irresponsable.
- Incapacidad patológica para aceptar responsabilidad sobre sus propios actos.
- Historial de muchos matrimonios de corta duración.
- Tendencia hacia la delincuencia juvenil.
- Revocación de la libertad condicional.
- Versatilidad para la acción criminal.

Robert Hare afirma que a un 1 por ciento de la población mundial se la podría considerar como psicópata.

En general, yo utilizo tres importantes indicadores para definir a las personas que pueden tener algún grado de psicopatía: la necesidad enfermiza de mentir, la ausencia de empatía porque nunca se ponen en el lugar del otro y la falta de culpa o remordimiento por sus acciones.

Hare se refiere a los psicópatas como «depredadores de su propia especie que utilizan el encanto, la manipulación, la intimidación y la violencia para controlar a los demás y satisfacer sus propias necesidades egoístas. Faltos de conciencia y de sentimientos hacia los demás, toman con extraordinaria sangre fría lo que les viene en gana y cuando lo desean, violando las normas y expectativas sociales sin el menor sentimiento de culpa ni remordimiento alguno».

En las conferencias que he dado por España especializadas en esta materia, junto al doctor en Psiquiatría José Carlos Fuertes Rocañin y la abogada criminóloga Paz Velasco de la Fuente, que titulamos *¿Vivimos entre psicópatas?,* siempre he mantenido que el punto débil del psicópata es su comunicación, es decir, donde podemos «cazar» al «cazador». Como he señalado antes, en el último capítulo, una vez conozcamos más a fondo el mundo de la detección de la mentira, dedicaré un epígrafe a ello, es decir, a las señales que deja la comunicación del psicópata, las cuales nos permitirán sospechar de sus malvadas intenciones.

Recomendaciones

1. Tendrán más facilidad para mentir a otras personas quienes sean más extrovertidos, sociables, con una frialdad emocional que permita que no les afecten las consecuencias de sus acciones ni el perjuicio o daño que puedan provocar en los demás y con un nivel de inteligencia por encima de la media.

2   Si no me conozco primero a mí mismo, mis rasgos de perso-
    nalidad y mis tendencias naturales, mal voy a perfilar al de
    enfrente.

3. Perfila lo mejor posible la personalidad de quien está tratando
    de convencerte de algo si quieres que tu probabilidad de de-
    tectar la mentira supere al azar. Primero perfila, segundo ob-
    serva y escucha, y, en tercer lugar, saca tus conclusiones.

4. Cada tipo de personalidad tiene su manera de ser, de entender
    los tiempos, de reaccionar y también de comunicar. Cuando la
    persona se desvíe de ello, es hora de encender las alertas.

5. Los extravertidos se caracterizan por ser más sociables, impul-
    sivos, vitales y optimistas, mientras que los introvertidos son
    más tranquilos, pasivos, reservados, reflexivos, y con tendencia
    al pesimismo.

6. Las personas con alto nivel de neuroticismo son propensas a
    las rumiaciones, esto es, a dar vueltas y vueltas en su mente
    a cualquier cosa que les suceda, aunque no tenga excesiva
    importancia, sin que ese pensamiento circular los lleve a nin-
    guna parte.

7. Quienes son de alto nivel de psicoticismo se caracterizan por
    su falta de empatía y egoísmo, así como por su frialdad y su-
    perficialidad.

8. Las características fundamentales del psicópata son la falta de
    empatía, no sienten culpa o remordimiento por sus acciones,
    y conviven con la mentira.

9. Quitémonos la idea de nuestra mente de calificar como psicó-
    pata a toda persona que nos cae mal, que nos ha hecho daño
    o cuya profesión detestamos.

10. Ni todos los delincuentes son psicópatas, ni todos los psicópa-
    tas son delincuentes.

El momento de la verdad

Pon a prueba los conocimientos que has adquirido en este capítulo:

1. Entendemos que se produce falso positivo de engaño cuando alguien...

a) Me miente sin querer hacerlo.

b) Lanza señales de engaño sin que vengan provocadas por él mismo.

c) Me miente por hacerme un favor o por no causarme un perjuicio.

2. El tipo de personalidad león será el que corresponda con personas...

a) Racionales y extravertidas.

b) Emocionales y extravertidas.

c) Racionales e introvertidas.

3. Los líderes suelen encajar más en el tipo de personalidad...

a) Águila.

b) Perro.

c) León.

4. Los «relaciones públicas» por naturaleza corresponden al tipo de personalidad...

a) Perro.

b) León.

c) Búho.

5. Las personas que resultan muy calmadas, estables a nivel emocional y se sienten cómodas en la rutina, ¿en qué tipo de personalidad encajan?
a) León.
b) Águila.
c) Búho.

6. Si estás ante una persona que prefiere la exactitud a la rapidez y que respalda sus decisiones con multitud de datos precisos, estarás ante un tipo de personalidad…
a) Águila.
b) Búho.
c) Perro.

7. El tipo de personalidad que sufre más ansiedad por todo aquello que le sucede es el…
a) Introvertido.
b) Neurótico.
c) Psicótico.

8. Una de las claves para distinguir a una persona extravertida de otra introvertida será…
a) Su frialdad emocional.
b) Su predisposición a sufrir de estrés.
c) Su sociabilidad.

9. Algunas de las características típicas del psicópata son:
a) Falsedad, encanto externo y falta de remordimientos.
b) Alucinaciones, falsedad y falta de vergüenza.

c) Autoestima exagerada, carencia de empatía y asumir la responsabilidad de sus actos.

10. De acuerdo a los estudios de uno de los más importantes estudiosos de la psicopatía, Robert Hare, ¿a qué porcentaje de población se la podría encuadrar como psicópata?
   a) Un 10 por ciento.
   b) Un 5 por ciento.
   c) Un 1 por ciento.

Resultados del test

1.   Respuesta b.
2.   Respuesta a.
3.   Respuesta c.
4.   Respuesta a.
5.   Respuesta c.
6.   Respuesta a.
7.   Respuesta b.
8.   Respuesta c.
9.   Respuesta a.
10.   Respuesta c.

Notas

(48) https://blogs.20minutos.es/comunicacion-no-verbal-lo-que-no-nos-cuentan/tag/disc/.

(49) http://www.perfildisc.com/acerca-de-disc/estilos-de-personalidad-disc.

(50) https://www.cun.es/diccionario-medico/terminos/extraversion.

(51) https://psicologiaymente.com/personalidad/teoria-personalidad-eysenck-modelo-pen.

(52) https://www.drahumbert-psiquiatria.es/introversion-y-extraversion/.

(53) https://www.psychologytoday.com/es/fundamentos/neuroticismo.

(54) https://www.psicologos-malaga.com/inestabilidad-emocional-neuroticismo/.

(55) https://psicologiaymente.com/clinica/neurosis-neuroticismo.

(56) https://www.psicologoencasa.es/que-son-las-rumiaciones-y-como-pararlas/#:~:text=Cualquier%20cosa%20que%20nos%20suceda,en%20psicolog%C3%ADa%20se%20llama%20rumiaciones.

(57) https://www.menteasombrosa.com/el-psicoticismo-y-su-realidad-psicologica/.

(58) https://esacademic.com/dic.nsf/eswiki/967956.

(59) https://psikipedia.com/libro/psicopatologia-2/2193-definicion-de-psicopatia-y-criterios-diagnosticos

(60) Hare, R. D.: *Sin conciencia*. Barcelona, Paidós, 2003.

(61) https://es.wikipedia.org/wiki/Psicopat%C3%ADa.

Capítulo 3

La mente que miente

«El que dice una mentira no sabe qué tarea ha asumido,
porque estará obligado a inventar veinte más
para sostener la certeza de la primera».

ALEXANDER POPE

Mentir no es tarea fácil

Lo que nos dejó escrito este poeta inglés es una gran verdad.
Hasta ahora, hemos conocido la mentira y al ser humano. Ahora
toca juntar a ambos: entrar en nuestra mente y conocer la diferencia entre cómo trabaja nuestro cerebro al mentir y cómo lo hace al
expresar algo de lo que está seguro. Puede sorprender, pero no
actúa de la misma manera, sobre todo por el mayor o menor esfuerzo interior que hacer una cosa u otra le supone.

El doctor David Matsumoto, psicólogo de la Universidad Estatal de San Francisco y director de Humintell, señala en un artículo
de *Inside Science:*

**«Mentir es una tarea emocionalmente agotadora y cogni-
tivamente exigente».**

Y añade también que «cuando las mentiras son más complicadas, es más difícil mentir» **(62)**.

Al mentir, se provocan cambios internos en el cerebro que dividiremos, para su conocimiento, en los que se suceden a nivel emocional y los que se producen a nivel puramente cognitivo, los cuales se podrán traducir, a su vez, en cambios externos. Precisamente tendremos que estar alerta a esos cambios porque serán los indicadores de engaño y de los que trataremos pormenorizadamente en próximos capítulos.

Una vez que te he comentado lo anterior, te voy a hacer una pregunta para ver qué opinas: ¿crees que tu estado de ánimo puede influir a la hora de ser mejor o peor detector de engaños? Pues parece ser que «según el estudio realizado por Joseph P. Forgas y Rebekah East (2008), publicado en el *Journal of Experimental Social Psychology,* mientras que el estado de ánimo positivo nos hace más propensos a no dudar de los demás, emociones como la tristeza o el enfado nos inclinarían hacia un mayor nivel de escepticismo y sospecha.

»Si estamos de buen humor, de manera sesgada primamos los bits positivos de información que recibimos —y en este caso daríamos mayor credibilidad al mensaje del interlocutor—, mientras que si nos encontramos malhumorados la tendencia es a seleccionar información negativa, por lo que nos podría resultar más fácil detectar posible información falsa» **(63)**.

Y concluyamos con una advertencia necesaria, relativa a cómo funciona el cerebro del mentiroso cuando se convierte en un profesional de la mentira: «Parece intuitivo que mentir se vuelve más fácil cuanto más lo hacemos, pero ¡eso en realidad puede estar respaldado a nivel neurológico!

»Una nueva investigación encontró que, cuando mentimos con frecuencia, nuestro cerebro comienza a adaptarse a la práctica del engaño, hasta el punto de que ya no sentimos el estrés emocional que normalmente acompaña a la mentira. (…)

»El estudio también encontró que las personas no solo comenzaron a sentirse mejor acerca de mentir cuanto más lo hacían, sino que también se volvieron más propensas a hacerlo (…)

»¡No solo aprenden a mentir, sino que su cerebro se adapta a la práctica!» **(64)**.

Del recuerdo a la invención

¿Crees que te resultaría más fácil narrar a otra persona lo que has hecho en las últimas horas o tener que inventarte la historia? ¿Cómo crees que «suda» más tu cerebro? «*Live Science* informa que mentir requiere mucha capacidad intelectual. Necesita tener en mente información contradictoria (la verdad y la mentira), mientras se inhibe el impulso de decir la verdad». Además, tengamos en cuenta que, salvo excepciones, «mentir es difícil, porque la honestidad es el modo de comunicación predeterminado» **(65)**.

Te confieso lo que para mí supuso una revolución mental en esta materia y me ayudó a comprender todas las señales que se dejan al mentir: en una persona que cuenta lo que realmente le ha sucedido solo existe una historia en su mente, y es a la que acude al narrarla. Sin embargo, en el cerebro de quien miente conviven dos historias, la verdadera y la falsa. ¿Te habías parado a pensar en esta importante diferencia?

La historia falsa no borra la verdadera del recuerdo, solo la amordaza.

Por este motivo, el cerebro se tiene que esforzar más al contar una mentira. Más aún si, además, debe ir construyéndola en vivo y en directo. Porque no será igual la historia falsa que trae bien preparada con antelación a la que tenga que ir improvisando sobre la marcha.

Nuestra tarea es que se vea obligado a saltar de la primera a la segunda. No se lo pongamos fácil, provoquemos que su cerebro necesite construir o ampliar su historia falsa. Su comunicación probablemente cambiará, y entonces nuestras alertas... se encenderán. ¿Y cómo conseguirlo? ¿Cómo hacer que salga de su zona de confort de la historia que trae preparada de casa? Con nuestra mejor arma, con aquello que más teme un mentiroso: LAS PREGUNTAS.

Una frase que siempre llevo conmigo es la siguiente: «La verdad no teme a las preguntas». Si preguntamos y preguntamos a quien no quiere contarnos la verdad, le obligaremos a ir completando su historia, ya sea con verdades que al principio no nos dijo o tratando de construir un mayor castillo de mentiras.

Un ejemplo del primer caso puedes verlo en este diálogo:

—¿Qué tal lo pasaste en la fiesta anoche, cariño?

—Bien, fue divertida.

—¿Había mucha gente?

—Sí, mucha.

—¿A quiénes viste conocidos?

—Estuve con Ana, María, Juan y Antonio.

(Aquí ya tendríamos una pista de posible engaño: ha cambiado el verbo, no le han preguntado con quién estuvo, sino a quién vio conocido).

—¿Y Carolina no fue?

(Da la casualidad de que Carolina es la exnovia del chico al que se pregunta).

—Ah, sí, también estuvo.

Ahora dejo que tu imaginación piense cómo siguió la conversación.

Un ejemplo del segundo caso podría ser:

—¿Cuándo llegó usted al acuerdo?

—Fue hace ya una semana.

A partir de aquí el entrevistador tiene preparada una batería de preguntas para obligar al que miente a construir un castillo de mentiras:

—¿Y por qué no nos ha hablado antes de él pese a que hemos estado reunidos?

—¿Qué día de la semana fue?

—¿A qué hora?

—¿Dónde fue la reunión?

—¿Quién más estuvo en ella?

—¿Duró mucho? ¿Hasta qué hora?…

Al mentiroso hay que ponérselo difícil. Cuanta más información pidamos, más inesperada sea la pregunta y, en general, cuanto menos hablemos nosotros y más hagamos hablar a la otra persona, mucho mejor.

Durante este «juego de preguntas y respuestas» deberíamos prestar atención tanto a lo que dice como a la manera de decirlo y al comportamiento corporal mientras todo ello ocurre.

Más adelante nos detendremos en todas estas señales a las que deberíamos estar atentos.

Las preguntas las prefiero abiertas. Son aquellas en las que el sujeto debe darnos más información. Te voy a facilitar unos pocos ejemplos de preguntas cerradas para que lo entiendas mejor: «¿Fuiste al cine el sábado por la tarde?», «¿Iba vestido de negro?» o «¿Se veía algo en la calle al ser de noche?». Y ahora haré lo mismo, pero con las preguntas abiertas: «¿Adónde fuiste el sábado por la tarde?», «¿Cómo iba vestido?» o «¿Qué más viste a tu alrededor en la calle donde se produjeron los hechos?». Está clara la diferencia, ¿verdad?

Procuremos que la persona, si no dice la verdad, luche contra uno de sus grandes enemigos: la cantidad de información.

A más información, mayor cantidad de datos para ser comprobados, mayor esfuerzo mental de construcción y más posibilidades de caer en errores y contradicciones.

Sin embargo, a quien dice la verdad no le costará ningún esfuerzo contarlo.

Otro medio interesante de obtención de información es a través del dibujo. «Algunos especialistas sugieren que se le pida al mentiroso que dibuje la historia después de contarla. Normalmente les cuesta bastante hacer bocetos de lugares y personas que no son reales. En cambio, las personas honestas (incluso si no son buenas dibujando) pueden ser muy rápidas haciendo un dibujo tosco, debido a que pueden extraer la imagen real de su mente.

»En una investigación se pidió a dos grupos de personas que dibujaran una experiencia. Un grupo debía ser honesto y el otro grupo debía mentir. Se descubrió que el 80 por ciento de las personas honestas dibujaban la experiencia desde su propio punto de vista, mientras que los mentirosos dibujaban la experiencia vista desde arriba» **(66)**.

En conclusión, el cerebro, en muchas ocasiones, se delata si no somos meros espectadores o víctimas pasivas del engaño. Tomemos la iniciativa y contaremos con más bases sólidas para pensar si nos dicen la verdad o nos mienten. Hasta dónde queramos llegar solo dependerá de cada uno de nosotros y de cada caso concreto en el que nos encontremos.

Las emociones en danza

Cuando una persona cuenta algo que le ha sucedido, no solo mueve su boca mientras escuchamos sus palabras; su rostro reflejará lo que siente y su cuerpo expresará su grado de compromiso y seguridad en lo que narra. Lo que nos dice la otra persona puede ser falso y contarlo sin dificultad; pero que el resto del cuerpo acompañe, sobre todo el rostro..., eso es mucho más difícil.

A este respecto, tengamos siempre presente que el lenguaje, la historia que nos están contando, se crea en la parte razonadora del cerebro, en su neocórtex; sin embargo, las emociones que se filtran al rostro y gran parte de toda la comunicación no verbal surgen de la zona límbica del cerebro, de la parte emocional del mismo.

Mientras que el límbico es más antiguo en la evolución del ser humano, el neocórtex se ha desarrollado más recientemente. Ello provoca que el primero sea más rápido de respuesta, más automático e incontrolado, más de acción-reacción y, por todo ello, menos manipulable a voluntad.

> Por este motivo, cuando la comunicación verbal y no verbal se contradicen, siempre resulta más fiable la segunda de ellas, dado que nuestra razón interviene menos en su expresión.

Nuestra intuición se fía más de ella sin necesidad de haber leído libros ni habernos formado en la materia, es una reacción evolutiva del ser humano. Así lo concluyó Albert Meharabian **(67)**, profesor emérito de Psicología en la Universidad de California, Los Ángeles. En sus investigaciones determinó que siempre que entraban en conflicto comunicación verbal y no verbal, los seres humanos tendemos a dar más fiabilidad a la parte no verbal del mensaje.

Y es que no hace falta irse a los investigadores, llévatelo a tu día a día: ¿qué te resulta más fácil, decir con palabras que no pasa nada, aunque estés triste o enfadado o dejar de sentir lo que sientes? Cuando el cerebro se ve afectado con intensidad por una emoción, actúa automáticamente activando músculos en el rostro y, en general, toda nuestra comunicación no verbal, por lo que es fácil que esa emoción nos delate.

Nunca lo olvidemos, el cuerpo no se mueve por azar. Los cambios reflejan una activación cerebral que vendrá motivada por algún estímulo específico.

> No podemos comunicar con frialdad cuando las emociones queman nuestra mente.

Cuando una persona decide mentir, en ella se pueden producir diferentes reacciones cerebrales a nivel emocional. Podríamos decir que las emociones cambian respecto a las que hubieran nacido en caso de decir la verdad.

Van a ser tres esas posibles emociones que se pueden ver incrementadas al mentir, lo que no significa que se produzcan siempre ni que se acumulen varias de ellas; ahora bien, dado que son mucho más probables que cuando se dice la verdad, deberíamos estar atentos por las pistas que se van a filtrar en el comportamiento del individuo.

La alegría del embuste

El mentiroso puede sentir esta emoción por diferentes motivos; por ejemplo, por lo difícil que es, *a priori,* que el engaño se crea.

Os cuento mi propio caso de hace unos años. Era 28 de diciembre, día de los Santos Inocentes en España, fecha en que algunas personas gastan bromas y engañan a otras, siendo toleradas si no tienen mayor trascendencia. Conseguir que un engaño prospere ese día tiene mayor mérito, dado que estamos a la expectativa de la broma que nos puedan gastar.

La idea de esta broma/engaño la llevaba pensando y trabajando desde hacía un par de días, se trataba de hacer creer a mis seguidores en redes sociales que me habían escogido como candidato para un viaje espacial al planeta Marte sin posibilidad de retorno a la Tierra.

Un engaño así debe prepararse bien y darle una cobertura que le aporte mayor credibilidad. Lo que hice fue manipular el código fuente de la web de uno de los periódicos más leídos en España; es decir, me metí en su propio texto para cambiarlo a mi voluntad, y así escribí la noticia según la cual, entre otros aventureros, yo había sido preseleccionado para ir a Marte. Una vez montado todo, solo había que esperar al 28 de diciembre y subirlo a mis redes: ¡¡¡bombazo!!!!

Hoy, que estás leyendo esto, puede parecer increíble, pero mucha gente se lo creyó. Unos me decían que si me había vuelto loco, que cómo se me ocurría abandonar a mi familia para no verlos más; otros me dieron la enhorabuena por la elección.

Lo que me reí viendo el éxito del engaño... Por cierto, mi mujer me dijo: «¿Te das cuenta de que se lo han creído porque te creen capaz de hacerlo?». Pues también es verdad. Tras un rato de intensa búsqueda he encontrado la imagen real que subí aquel día, aquí la tienes:

Tres españoles entre los cien candidatos elegidos para viajar a Marte sin retorno

» Un físico, un técnico en energía solar y un experto en comunicación no verbal han pasado a la tercera ronda de selección de la misión Mars One, que pretende enviar seres humanos al Planeta rojo en 2018

14 💬   🖨 🔖 ✉   Compartir **f** 🐦 **8+** **in**   Compartido 929 veces

EP / - Madrid

Guardado en: **Ciencia**

Mars One, el proyecto de viaje sin retorno a Marte para establecer una colonia permanente propuesto por una fundación holandesa, ha publicado la lista de **100 candidatos que pasan a la tercera ronda de selección**, que incluye a tres españoles, un licenciado en Físicas, un técnico en energía solar y un experto en Comunicación No Verbal. Este último, a quien no le importa desvelar su identidad (José Luis Martín Ovejero), cuenta con muchas posibilidades de ser elegido. Su perfil profesional es muy valorado, dado que sería el encargado de enviar a la Tierra sus análisis de comportamiento diarios sobre el grado de adaptación de sus compañeros y emociones que experimenten en esta gran aventura espacial.

Desde los 202.586 aspirantes iniciales, un total de 660 candidatos lograron llegar a la segunda fase de pruebas después de participar en entrevistas personales en línea con Norbert Kraft, director médico del proyecto Mars One. Durante las entrevistas, los candidatos tuvieron la oportunidad de demostrar su comprensión de los riesgos que implica, el espíritu de equipo y su motivación para ser parte de esta expedición.

NOTICIAS RELACIONADAS

› Investigadores portugueses plantarán semillas en Marte

› La misión «Mars One», técnicamente inviable, según el MIT

› Viaje a Marte sin retorno: muerte por asfixia a los 68 días

› Mars One crea la réplica de la casa de los futuros colonos en Marte

› Casi 40 españoles, entre los primeros elegidos para viajar a Marte y no volver

› Candidato español para vivir en Marte: «Mars One busca cobayas humanas»

› 3.722 españoles, voluntarios para el viaje a Marte sin retorno

› ¿Por qué viajar a Marte? Las historias

Como vemos, el engaño puede provocar una gran satisfacción; en este caso, por la dificultad de que fuera creído. Aunque también la alegría puede venir por el sujeto engañado, ya sea porque el mentiroso piense que es difícil lograr engañarlo o por considerar que se lo merecía. Te daré un ejemplo en primera

     Miénteme... si te atreves

persona también, ahora que tenemos confianza. Recuerdo aquella tarde de otoño como si fuera hoy. Andrés, amigo y compañero de trabajo, y yo íbamos a nadar a una piscina cubierta cercana, en el tiempo de descanso del trabajo. Tras nadar un ratito, y el diminutivo está bien puesto, llegaba nuestro gran momento: el de meternos en un *jacuzzi* relajante y maravilloso. Lo confieso, sí, íbamos por el *jacuzzi*.

En aquellas fechas nosotros teníamos unos 35 años y solíamos compartir el *jacuzzi* con un matrimonio más mayor que se dedicaba a criticar todo lo que pasaba en el día a día, así que nuestro momento de relax a veces nos provocaba más estrés.

Hasta que llegó ese gran día en que, sin haberlo preparado, surgió la oportunidad de mentir con gran satisfacción por nuestra parte. En esta ocasión estaban nuestros compañeros de *jacuzzi* quejándose de una huelga de pilotos de Iberia; no paraban de soltar barbaridades. Cuando concluyeron, uno de ellos nos miró y nos preguntó: «¿Y vosotros en qué trabajáis?». Y mi amigo y yo, a la vez, sin haberlo planeado, respondimos: «Pilotos de Iberia». Bueno, bueno, sus caras al escucharnos son de las que no se olvidan, era como si el agua del *jacuzzi* se hubiera congelado para ellos; se levantaron y se fueron avergonzados.

¿Te imaginas la reacción que tuvimos cuando se alejaron de nuestra vista? Nos reímos tanto que casi nos ahogamos en el *jacuzzi;* eso sí que habría sido noticia. Como puedes comprobar, la satisfacción por el engaño, por diferentes causas, puede ser enorme.

En casos con mucha mayor maldad que la que acabo de relatar también se puede filtrar la satisfacción por el éxito del engaño. De ahí que, tanto por el incremento de esta emoción como por el de las dos siguientes, debamos estar atentos a las señales no verbales, pues es fácil que delaten al mentiroso.

La culpa por mentir

Estamos haciendo referencia tanto a la culpa que la persona experimenta por el propio hecho de mentir como a la derivada por las consecuencias de la mentira. Pongamos un ejemplo para dejarlo más claro: imaginemos a una persona que ha robado en su empresa y, cuando le pregunta su encargado, él lo niega. Supongamos que es una empresa que le dio una oportunidad cuando se encontraba en un apuro y que este encargado en concreto fue quien más confió en él. El simple hecho de mentirle puede llevar aparejada una carga de culpa que incluso podría ser mayor que la culpa por hacer un acto que sabe que no está bien, como es coger algo que no es suyo. La conciencia, en este caso, puede llevar dos cargas: una carga por mentir y otra por robar.

Paul Ekman, en su libro *Cómo detectar mentiras,* al que ya hemos hecho referencia anteriormente, nos hace una interesante diferenciación entre la culpa y la vergüenza, tanto en su naturaleza como en las consecuencias que puede producir: «La vergüenza es otro sentimiento vinculado a la culpa, pero existe entre ambos una diferencia cualitativa. Para sentir culpa no es necesario que haya nadie más, no es preciso que nadie conozca el hecho, porque la persona que la siente es su propio juez. No ocurre lo mismo con la vergüenza. La humillación que la vergüenza impone requiere ser reprobado o ridiculizado por otros. Si nadie se entera de nuestra fechoría, nunca nos avergonzaremos de ella, aunque sí podemos sentirnos culpables. Por supuesto, es posible que coexistan ambos sentimientos. La diferencia entre la vergüenza y la culpa es muy importante, ya que estas dos emociones pueden impulsar a una persona a actuar en sentidos contrarios. El deseo de aliviarse de la culpa tal vez la mueva a confesar su engaño, en tanto que el deseo de evitar la humillación de la vergüenza tal vez la lleve a no confesarlo jamás».

Por otra parte, hay mentiras que forman parte del juego, que no están mal consideradas y, en consecuencia, su protagonista no tiene el más mínimo sentimiento de culpa. Son aquellas que se dan por hechas, en las que uno sabe que va a mentir y la persona a quien se miente lo asume como normal. Este sería el caso de los «faroles» en algunos juegos de cartas, donde se hace creer al adversario que se posee una buena o mala jugada para provocar en él una decisión que beneficiará al que miente; también el de algunos espectáculos de magia o el de los papeles interpretados por actores.

En cualquier caso, la culpa es más fácil que se sienta cuando lo que se presupone es la sinceridad, así como cuando ya existe una relación de confianza entre el autor del engaño y su víctima.

El miedo a que se le descubra

Quien no dice la verdad puede transmitir, de manera automática, señales, sobre todo faciales, que exteriorizarán el temor a ser descubierto en su engaño, por lo que tendremos que estar atentos a ellas.

Ahora bien, mucho cuidado con otro miedo que también se puede filtrar, el de no ser creído cuando se cuenta la verdad. Y aquí juega un papel importante la propia personalidad del sujeto, como estudiamos al tratar los falsos positivos de engaño derivados de la personalidad.

El gran problema es que ambos transmiten las mismas señales. Lo difícil y a la vez lo apasionante de esta disciplina es que no debemos sacar conclusiones matemáticas a la vista de lo detectado. Habrá que seguir investigando o preguntando allí donde hayamos constatado señales de posible engaño. Como es lógico.

Cuanto más está en juego, más miedo puede experimentar la persona.

Ahora ya conoces las causas que originan algunos de los cambios en la persona sospechosa de mentir, a cuyas señales específicas dedicaremos el próximo capítulo, el referido a las señales del comportamiento.

El esfuerzo de la razón

Partamos de la base de que decir la verdad sobre algo que nos preguntan le supone al cerebro un trabajo único, el de verbalizar el recuerdo. Sin embargo, mentir conlleva una tarea de construcción. La diferencia, como veremos, es notable.

Al cerebro, por regla general, le resulta más sencillo recordar que construir. De tal manera que cuando la persona miente, precisa emplear más recursos cerebrales que cuando dice la verdad. Esto quiere decir que su actividad cognitiva se incrementa.

Vayamos a las tareas fundamentales que tiene que realizar el cerebro mentiroso. Aunque ya lo comenté en el epígrafe de advertencias, conviene recordar que estudiamos al cerebro que sabe que miente.

1. *Amordazar la verdad.* Lo primero que se deberá hacer es cortar las salidas a la historia verdadera, que es considerada la dominante, dado que el ser humano tiene la tendencia natural a

contar lo que recuerda; a decir la verdad. El mentiroso debe coger la historia verdadera y amordazarla para que no le delate.

2. *Crear la mentira.* Esta labor conlleva varias actividades simultáneas que el cerebro debe realizar a la perfección para no ser descubierto en su engaño:

a) Elaborar un discurso coherente. Si contase una historia falsa estrambótica, se caería por su propio peso. Así que tiene que narrar algo que tenga consistencia, que podría perfectamente haber sucedido.

b) Incluir detalles. Para que la historia gane en verosimilitud debe contener algunos detalles secundarios que hagan que resulte más creíble.

c) Memorizar el discurso. Aspecto fundamental. Para mí, el más importante. No puede construir una historia que olvide según la cuenta, dado que le pueden volver a preguntar sobre ella pasado un tiempo. Este trabajo de memorización de algo que no ha sucedido, como veremos en próximos capítulos, deja pistas muy destacables de que no se recuerda lo sucedido, sino que se cuenta algo memorizado.

d) Observar a su víctima. Quien miente no puede hacerlo mirando al suelo o al infinito, salvo que dé muy poca importancia a las repercusiones de ser descubierto, o bien que el peso de su vergüenza supere al interés de que su mentira tenga éxito. No debe «quitar ojo» a su víctima para tratar de saber si su propósito triunfa.

e) Control del propio comportamiento. «Los mentirosos son más propensos que aquellos que dicen la verdad a supervisar y controlar su comportamiento a fin de parecer creíbles» (De-Paulo y Kirkendol, 1989).

Dado que tal y como hemos visto mentir conlleva un sobrees-fuerzo a nivel cognitivo, se utilizan determinadas técnicas para ponérselo más difícil al mentiroso, entre las que destaco las siguientes:

- *Darle una segunda tarea al sujeto entrevistado mientras se le hacen preguntas.* Recuerdo un capítulo de la serie de televisión *Miénteme,* que desde ya recomiendo, en la que el protagonista pedía al investigado que, mientras contaba la historia, sirviera unos vasos de agua con una jarra. Este tuvo que dejar de contar la historia para echar el agua.

- *También aquellas personas que mienten presentan más dificultad para responder a preguntas inesperadas.* Quien cuenta la verdad solo debe acudir a su recuerdo y responder, pero a quien miente, si estas preguntas no las tenía previstas, le provocarán cambios en sus patrones de respuestas que serán de gran importancia. «Cuando los mentirosos no han anticipado la pregunta, tienen que elaborar una respuesta en el acto. La memoria de un mentiroso sobre esta respuesta inventada puede ser más inestable que la memoria de un sincero sobre el evento real. Por lo tanto, los mentirosos pueden contradecirse a sí mismos más que los sinceros» **(68)**.

No obstante, debemos tener en cuenta también las siguientes tres variables y jugar con ellas:

1ª. Cuanto mayor es la motivación para mentir, mayor debería ser también el sobreesfuerzo mental.

2ª. Hagamos una triple comparación y veamos qué le cuesta más al cerebro:

a) *La verdad frente a la mentira planificada.* «Decir la verdad requiere más esfuerzo mental que una mentira planificada, pues en esta la persona previamente ya pensó en lo que le podrían preguntar y en cómo contestar. En el caso de la verdad, la persona necesita recordar al detalle qué es lo que en realidad pasó para responder según las preguntas».

b) *La mentira improvisada frente a la mentira planificada.* Ahora bien, «una mentira improvisada requiere mayor esfuerzo mental que una planificada».

c) *La mentira improvisada frente a la verdad.* «La mentira espontánea requiere más esfuerzo que decir la verdad» **(69)**.

3ª. «La carga cognitiva suele ser mayor al mentir. Si esta se incrementa todavía más, mediante intervenciones deliberadas del entrevistador durante la entrevista, el mentiroso puede agotar sus recursos cognitivos, mostrando indicios conductuales de sobrecarga cognitiva (Vrij *et al.*, 2016)» **(70)**. Dicho en términos más sencillos:

> **Si quien entrevista es activo con preguntas o haciendo que el entrevistado realice algunas tareas y no se limita solo a escuchar, al mentiroso le resultará más complicado engañar, dado que su cerebro tendrá una sobrecarga añadida a la de solo narrar su historia.**

Como vemos, mentir no es tarea fácil para el cerebro. Menos aún si se lo ponemos complicado con las que son grandes amigas para nosotros y terribles enemigas para quien miente. ¿Las recuerdas?: las preguntas. Ya te adelanto que en el último capítulo te contaré cómo hacer una buena entrevista para obtener el máximo de información.

La unión hace la fuerza

¿La fuerza para quién? ¿Crees que será para el mentiroso o para quien trate de descubrirlo? Ya hemos visto todo lo que tiene que trabajar el cerebro de la persona que ha decidido mentir, la sobrecarga a nivel emocional que conlleva, y eso sumado a la cognitiva. Tengamos en cuenta que todos los aspectos que hemos indicado en los epígrafes anteriores no se van realizando uno detrás de otro, sino que deben efectuarse de manera simultánea...

el cerebro debe inhibir la historia verdadera

+

construir un discurso coherente

+

incluir detalles

+

memorizarlo todo

+

observar a su víctima

+

autocontrolar su propia conducta

+

los cambios emocionales producidos.

Todo y a la vez. Imagina ahora sumarle preguntas bien formuladas, abiertas, donde tenga que dar más información y prolongarlo durante un cierto tiempo. ¿Te parece que esto es igual para el cerebro que recordar? De ninguna manera. En este momento viene a mi mente el título del libro que tienes en tus manos: *Miénteme... si te atreves*.

De la teoría a la práctica

Una vez que ya conoces a la mentira, además de algunos aspectos de perfilación de personalidad relevantes en nuestra materia, así como la diferente manera de trabajar del cerebro a la hora de decir la verdad o de mentir, ha llegado el momento de que identifiques esas señales que pueden delatar al cerebro que no confía en aquello que cuenta.

Como hemos estudiado en el epígrafe anterior, es frecuente que mentir provoque un sobresfuerzo a nivel cognitivo por el trabajo más complicado de construcción, así como por la simultaneidad de todas las actividades cerebrales a realizar y, además, un incremento emocional. Todo ello hace que se cometan errores, dado que el cerebro no trabaja de un modo perfecto en multitarea, lo que dejará pistas y señales a las que llamamos «indicadores».

> La mentira o la verdad se exteriorizan por la comunicación. Por eso, cuando no se tiene seguridad en la historia que se narra, es fácil que existan cambios significativos tanto a nivel de lenguaje como de comportamiento, así como en la propia voz.

Por ello, a cada uno de estos tres canales de comunicación le dedicaremos a continuación tres capítulos diferenciados.

Los indicadores que estudiaremos en los próximos capítulos son los que utilizo frecuentemente en mis análisis. Los he aprendido directamente de los responsables de las unidades de análisis de conducta de la Policía Nacional y la Guardia Civil de España. No te contaré los que los investigadores teóricos consideran que podrían ser más eficaces, aunque ya te adelanto que, no obstante, también coinciden, sino que vas a saber en qué se fijan los mejores especialistas a nivel práctico en sus entrevistas e interrogatorios a testigos de acciones delictivas o directamente a los sospechosos de haber cometido las mismas.

Como decimos en el mundo del derecho, «quien puede lo más, puede lo menos», lo que, llevado a nuestro campo de estudio actual, significa que tú podrás fijarte en estos mismos indicadores en tus interacciones diarias, sea quien sea con quien estés hablando u observando.

Insisto (aviso que sobre este punto me pondré algo reiterativo dada su importancia) en que es fundamental establecer los patrones normales en la comunicación de la persona a observar. Saber cómo se expresa y se comporta cuando dice la verdad resulta fundamental para alertarnos de los cambios y tratar de investigar qué los provoca, dado que ahí, en su origen, se puede encontrar la mentira. ¿Te parece que los llamemos «los momentos de la verdad»? Pues hecho.

¿Cómo establecer esos momentos de la verdad? En el día a día, lo mejor será mantener una conversación intrascendente con la persona objeto de estudio, totalmente diferente al tema sobre el que queremos estudiar su credibilidad, e ir trazando nuestros patrones mentales de sus respuestas, para después, cuando toquemos los temas «calientes», poder comparar.

Se presentarán dos opciones en esos patrones. En la primera, no hay cambios; así que todo parece normal y voy a presumir que me está diciendo la verdad. En la segunda, hay cambios y, además, varios; así que me pongo en alerta, de tal manera que investigaré más sobre el tema que los ha motivado y haré más preguntas al respecto.

Ni que decir tiene que para encontrar el patrón básico de conducta de un individuo no nos valen las imágenes estáticas, como las fotografías que previamente hayamos obtenido del sujeto. Estas solo nos mostrarán momentos congelados en el tiempo, en muchas ocasiones descontextualizados. Además, las fotos no tienen sonido, y resulta fundamental escuchar conversaciones, comparecencias, preguntas, respuestas... A más y mejor información previa, mayor fiabilidad en nuestras conclusiones. También resulta de utilidad estar muy atentos a cómo interactúa el posible mentiroso con quienes le acompañan. Y un detalle que nunca debemos olvidar es el cultural.

Las culturas modelan la comunicación en algunos aspectos tan importantes como el mantenimiento de la mirada, el manejo de las distancias, el contacto físico con nuestros semejantes..., lo cual no debemos pasar por alto.

Llegó el momento de la verdad. ¿Tu mente está preparada para conocer las señales de quien miente? Permíteme que antes te dé un consejo: vuelve a repasar, aunque solo sean sus títulos, las advertencias que expuse en el primer capítulo. Recuerda que malo es que nos mientan, pero terrible es que tomemos por mentiroso a quien no lo es. Ahora... pasa la hoja y entra a conocer los indicadores de la mentira.

Recomendaciones

1. Nacemos predispuestos a decir la verdad. Cuando dejamos de hacerlo, nuestra mente trabaja contra su propia inclinación natural.

2. En el cerebro del mentiroso hay dos historias: la que realmente sucedió y la que se ha inventado. En el de quien dice la verdad solo existirá una.

3. La verdad no le teme a las preguntas. Nuestra mejor arma contra quien trata de engañarnos es hacerle preguntas, a ser posible inesperadas cuya respuesta no haya podido prepararse.

4. Mentir es fácil que provoque en su autor cambios tanto a nivel emocional como cognitivo que, a su vez, lanzarán, sin advertirlo, señales o indicadores que podrían delatarle.

5. Cuando el cerebro se ve afectado con intensidad por una emoción, este actúa automáticamente activando músculos en el rostro y, en general, toda nuestra comunicación no verbal, por lo que es fácil que esa emoción delate al mentiroso, cuyas palabras dicen una cosa, pero su rostro otra contradictoria.

6. Mentir puede provocar sensación de culpa en quien miente, tanto por el propio hecho de mentir, como por las consecuencias que se podrían derivar de su mentira.

7. Cuanto más está en juego, más fácil es que asome el miedo en las reacciones faciales y corporales del protagonista.

8. Construir una historia falsa requiere elaborar un discurso coherente e incluir detalles, aunque siempre suele haber menos precisión que en la historia de quien dice la verdad.

9. Quien cuenta la historia que ha sucedido solo debe recordarla, pero quien miente, además de construir una historia inexistente está obligado a memorizarla, por si la tiene que volver a contar.

10. Siempre debemos tener presente la cultura a la que pertenece el protagonista. Puede afectar a su manera de comunicar, tanto verbal como no verbalmente, sin que signifique que esté lanzando señales de engaño.

El momento de la verdad

Pon a prueba los conocimientos que has adquirido en este capítulo:

1. ¿Nuestro estado de ánimo nos puede hacer mejores o peores a la hora de detectar mentiras?
   a) Resulta indiferente.
   b) Sí, emociones como la tristeza o el enfado nos hacen mejores detectores.
   c) Sí, emociones como la alegría consiguen que resultemos más precisos.

2. Para descubrir al mentiroso ¿qué tipo de preguntas iniciales debemos realizarle?
   a) Abiertas. Para que se exprese cuanto más mejor.
   b) Cerradas. Para que tenga que elegir una respuesta muy concreta.
   c) Ir intercalando abiertas y cerradas. Para desconcertarle.

3. Las emociones que resulta más probable que se incrementen en el mentiroso son...
   a) El enfado, el miedo y la culpa.
   b) La alegría, el miedo y la culpa.
   c) La tristeza, el miedo y la culpa.

4. A nuestro cerebro ¿qué le resulta más sencillo?
   a) Construir una historia inexistente.
   b) Recordar una historia real.
   c) El esfuerzo es el mismo.

5. La gran diferencia entre una mentira bien preparada y una improvisada se encuentra en que...

a) No existe ninguna diferencia.

b) La improvisada podría suponer menor esfuerzo mental que contar la verdad.

c) La bien preparada podría suponer menor esfuerzo que contar la verdad.

6. Para encontrar los patrones básicos de comportamiento de una persona que nos servirán de base de comparación con sus declaraciones más importantes, tendrán una menor relevancia...

a) Nuestras conversaciones iniciales.

b) Las imágenes en movimiento que hayamos podido conseguir previamente del sujeto.

c) Las imágenes estáticas del mismo.

7. Dibujar el escenario donde se produce su historia o aspectos relativos a la misma ¿ayuda a diferenciar a quien puede o no decir la verdad?

a) Sí, a quien cuenta la verdad le resultará más sencillo, aunque sus dibujos sean de mala calidad.

b) No, todo dependerá de lo bien o mal que dibuje su protagonista.

c) Sí, el dibujo del mentiroso será de peor calidad artística que el de quien dice la verdad.

8. ¿Existe diferencia entre que el mentiroso sienta por su acción vergüenza o culpa?

a) Ninguna. En ambos casos tratará de no reconocer su engaño.

b) Sí. El deseo de aliviarse de la culpa tal vez le mueva a confesar su engaño, en tanto que el deseo de evitar la humillación de la vergüenza tal vez le lleve a no confesarlo jamás.

c) Sí. El deseo de dejar de sentir vergüenza y afrontar la realidad puede hacerle confesar su engaño. Las consecuencias de la culpa nunca lo provocarían.

9. ¿Hay mentiras que no generan ninguna culpa en su autor?
a) Sí, las hechas en su propio beneficio.
b) No, todas generan, de alguna manera, la sensación íntima de culpa.
c) Sí, las que socialmente se tienen asumidas, como los faroles en los juegos de cartas, los trucos de magia o las interpretaciones de los actores.

10. ¿Sólo sentirá miedo el mentiroso por el temor a ser descubierto?
a) No. También quien diga la verdad por temor a no ser creído.
b) No. Todas las personas sienten algo de miedo cuando cuentan una historia que les importa.
c) Sí. Son ellos los únicos que tienen motivo para sentirlo.

Resultados del test

1. Respuesta b.
2. Respuesta a.
3. Respuesta b.
4. Respuesta b.
5. Respuesta c.
6. Respuesta c.
7. Respuesta a.
8. Respuesta b.

9. Respuesta c.
10. Respuesta a.

Notas

(62) https://www.humintell.com/2013/06/lying-summed-up-believe-it-or-not/.

(63) https://psynthesis.wordpress.com/2013/04/01/las-emociones-negativas-ayudan-a-detectar-enganos/.

(64) https://www.humintell.com/2017/10/adaptation-to-deception/.

(65) https://www.humintell.com/2013/03/practice-makes-perfect-liars/.

(66) Allen, S.: *Cómo detectar mentiras y engaños a través del lenguaje corporal.* Steve Allen, 2016.

(67) https://en.wikipedia.org/wiki/Albert_Mehrabian.

(68) https://www.comportamientonoverbal.com/clublenguajenoverbal/teorias-de-la-carga-cognitiva-en-la-deteccion-de-mentira-la-tecnica-sue/.

(69) https://www.milenio.com/ciencia-y-salud/cientificos-detectan-mentiras-en-los-ojos.

(70) https://www.sciencedirect.com/science/article/pii/S1133074017300193.

Capítulo 4

El lenguaje del mentiroso

«Si no mintiéramos ni de palabra ni de silencio... Hablar no sería sino pensar en voz alta, pensar para los demás».

MIGUEL DE UNAMUNO

Tras las pistas del lenguaje

Comenzaremos con los indicadores de mentira relacionados con el uso del lenguaje que aparecerán en los discursos que estemos analizando de aquellos que hablen, narren o cuenten un hecho que queremos verificar si es cierto.

Siempre me han llamado la atención las pistas que las personas dejamos al hablar cuando no confiamos en aquello que contamos.

En la mayoría de las ocasiones ni nos damos cuenta, pero no nos expresamos igual cuando estamos convencidos de lo que decimos que cuando no lo estamos.

Llévate esta idea clave: cualquier cambio en el lenguaje de la persona es provocado por un cambio en la realidad, en su realidad. Recuerda aquí todo lo que ya he expuesto sobre la necesidad de conocer los patrones básicos de comunicación del sujeto estudiado para que se nos enciendan las alertas con sus cambios.

He dividido este capítulo en cinco familias de indicadores:

a) Debilidad de las narraciones.

b) Lenguaje de distanciamiento.

c) Falsa perfección.

d) Necesidad de tiempo.

e) El uso de los tiempos verbales.

Como ves, es clave saber escuchar y, para ello, ¿qué es lo primero que debemos hacer? Fácil; dejar que la otra persona hable y hable. Cuanto más lo haga, mejor, más fácil será que advirtamos señales de mentira o que cometa un error.

También debemos estar atentos a las reacciones defensivas de quien se siente acorralado. La persona acorralada puede:

- *Atacar.* Se dice que no hay mejor defensa que un buen ataque. En muchas ocasiones, la persona que se siente sin salida ante una pregunta reacciona de una manera verbalmente agresiva hacia quien le está preguntando, con el fin de que se olvide de la pregunta, no siga por ese camino o intimidarle y avergonzarle. Es habitual que ponga en duda la profesionalidad del entrevistador, que trate de minar su confianza o que le haga dudar incluso de su inteligencia.

- *Encantar.* Aunque también se puede utilizar la estrategia contraria: responder con un exceso de gratitud o cortesía. Es posible que no se busque más que «encantar» y nunca mejor dicho. Fíjate cómo se define esta acción por la RAE: «Atraer o ganar la voluntad de alguien por dones naturales, como la hermosura, la gracia, la simpatía o el talento» y también como «entretener con razones aparentes y engañosas» **(71)**. Qué buena es esta última definición, ¿verdad?

- *Desviar la atención.* Una tercera opción es mostrar más interés por el procedimiento que por la pregunta. Por ejemplo: «¿Vamos a estar mucho tiempo con preguntas sobre este tema?».

Aviso: Pondré ejemplos, algunos reales, en los que el protagonista mostrará algún indicador de engaño en el momento analizado, lo cual no tiene que significar que mienta. Lo importante es que transmite algún indicador interesante para nuestro estudio y que cuando tú veas algo similar, acompañado de otros cuantos, te pongas en alerta. Ya sabes que a mayor número de señales, más falta de credibilidad tendrá el relato del sujeto de estudio.

Los casos reales que mostraré corresponden a análisis efectuados por mí tanto para algún medio de comunicación como para compartirlos en mi web: www.martinovejero. com o en cualquiera de mis redes sociales.

Si aún continúa expuesto en la red, mi explicación irá acompañada de un código QR para que, enfocando la cámara de tu móvil al mismo, y siempre que tu teléfono cuente con una aplicación para poderlo hacer, puedas ver el vídeo. Así podrás leer mis explicaciones mientras contemplas el momento. Pasemos a los indicadores...

Debilidad de las narraciones

En este apartado me voy a centrar en las deficiencias de un contenido preciso en el relato del mentiroso. Al ser, al menos en parte, fruto de la invención, este carecerá de aspectos importantes que sí podrá incluir un relato verdadero.

1. *Menor número de detalles.*

Recordarás que comenté que el mentiroso deberá adornar con detalles su historia. Por supuesto, esta debe resultar creíble. Pero tendrá un número menor de detalles o serán menos precisos que los de alguien que recuerda el suceso que describe.

Los motivos de este indicador son varios. En primer lugar, porque como los detalles no han existido en la realidad, no existen en su mente, y los debe crear de otro recuerdo diferente o de la nada. En segundo lugar, debe tener cuidado con su creación para que no puedas comprobarlos.

Si nuestro interlocutor no da casi detalles, ahí te toca mover ficha, sería interesante que tú los pidieras. Ya sabes que nunca debes ponerlos en su boca. Haz preguntas abiertas para que tenga que crearlos en vivo en ese instante. A quien cuenta una historia real, lo habitual será que no le cueste contarlos; sin embargo, si esa persona miente, suele provocarle un cambio a nivel comunicativo.

Es lógico, ha pasado de contar la historia previamente preparada, e incluso ensayada, a tener que salir de su zona de confort y ampliarla con datos no imaginados previamente que deben tener perfecto encaje con su narración.

2. *Respuestas indirectas, vagas, más cortas, evasivas.*

La falta de respuesta ya es en sí misma una respuesta.

Debemos preguntarnos: ¿por qué no quiere contestar? Tengamos en cuenta que también puede contestar y estar quince minutos hablando sin parar, pero de aquello que le interesa o de aspectos no relacionados con la pregunta. Ahora bien, mucho cuidado con pensar que te engaña alguien a quien si le preguntas la hora te explica el mecanismo del reloj. Hay personas que hablan y hablan y hablan…, y creo que al final se les olvida hasta lo que les habías preguntado. Por eso es tan importante conocer bien a cada persona, es decir, si suele ser de los que «se enrollan» o su línea de respuesta suele ser precisa.

En el cambio está la clave. Y vale para ambos casos. Imagina que preguntas a un interminable hablador sobre algo y te responde de manera escueta. O a alguien preciso y se alarga innecesariamente con su respuesta. En ambos supuestos debes extrañarte y preguntarte el porqué. En el primer supuesto, el sujeto puede temer hablar de más, por lo que contesta con una respuesta preparada. En el segundo, parece que huye de la verdad y quiere llevarte a otra situación donde siente mayor seguridad.

Cuando como respuesta a una pregunta me dicen «no me acuerdo», se me encienden todas las alertas, dado que, aunque es indudable que solo esa persona sabe de lo que se acuerda y de lo que no, es una manera muy sencilla y, sobre todo, muy utilizada para evitar responder.

Yo le daría la medalla de oro en los juicios como la respuesta evasiva más escuchada. Y hay que reconocerlo, es difícil de tirar abajo, salvo que se cuente con bastante tiempo como para poder repetir la pregunta de otro modo o bien podamos demostrar que sí recuerda en cambio otros sucesos ocurridos en ese mismo momento.

Por este motivo es por el que, en mis cursos formativos a cuerpos de seguridad, mundo de la justicia, periodistas..., siempre les insisto a los asistentes en que jamás se olviden de la pregunta y comprueben si se está contestando o no. Que no valoren por el número de palabras, sino por la calidad de la información suministrada.

Además, se puede engañar diciendo la verdad: por ejemplo, uno puede contestar a una pregunta contando algo que es cierto, pero que no es exactamente la respuesta a lo que se ha preguntado. ¿Estás pensando en algún colectivo que lo practica con frecuencia? Los políticos. Así lo han determinado en una investigación efectuada por la Universidad de Harvard.

Aunque no hay que ir a los políticos; existen ejemplos mucho más cercanos: «Le preguntas a tu hijo adolescente si ha terminado los deberes, y te responde que ha hecho una redacción sobre William Shakespeare para su clase de inglés. Puede ser cierto, pero no te ha respondido a tu pregunta. Quizá la escribió la semana pasada y no ha realizado las tareas de hoy, o quizá de cuatro tareas solo ha realizado la redacción». Esta técnica de mentir diciendo la verdad recibe la denominación de *paltering* **(72)**.

3. *Discurso con menos referencias espaciales, temporales y perceptuales.*

Para que se entienda mejor a qué me refiero con este tipo de referencias, empecemos con algún ejemplo de cada una de ellas:

- Referencia espacial. «Sucedió en una calle sin salida y muy estrecha en la que solo había un par de tiendas que estaban cerradas».
- Referencia temporal. «Fue a las 3.30 de la madrugada y, aunque el momento me pareció una eternidad, no creo que durará más de diez minutos».
- Referencia perceptual. «Hacía frío a esa hora. Se acercaron gritando y vi que dos de ellos se quedaron vigilando al final de la calle mientras los otros cuatro nos rodeaban. El que más se acercó a mí olía a sudor. Cuando se marcharon, los escuché reírse».

Cuando la situación es real, este tipo de referencias se suelen incluir en el relato, pero cuando es inventado hay vacíos significativos. Es importante destacar que, ante sucesos traumáticos, en ocasiones el cerebro se cierra a su recuerdo, y es normal. Existen técnicas, como la entrevista cognitiva, de la que hablaré en un capítulo posterior, que tratan de abrir los cerrojos que pone el cerebro para no revivir una segunda vez un hecho terrible.

4. *Alusiones grupales y palabras que implican generalizaciones.*
Las generalizaciones evaden al protagonista de lo concreto. Acudir a ellas es más fácil que entrar en detalles o en motivos concretos sobre los que uno mismo no se encuentra convencido. Además, quien miente se siente más cómodo o justifica su conducta amparándose en la masa. ¿Te resulta familiar una respuesta del tipo?: «Es que todo el mundo hace lo mismo», «Como todos», «Nadie lo habría imaginado».

Recuerdo un caso de hace unos años en el que la policía de un país ordenó la detención de unos padres por llevarse a su hijo enfermo de cáncer de un hospital, sacarlo de ese país y trasladarlo a otro diferente para tratar de que se curara. Preguntado el portavoz de la policía por el motivo de su orden de búsqueda y captura, que luego los jueces dijeron que era injustificada, respondió: «Es lo que cualquier policía del mundo habría hecho». ¿Ha dado los motivos? No, se ha justificado en la masa. Por cierto, el final fue feliz, el niño se curó.

5. *Refuerzos de credibilidad.*

En este caso, nos encontramos con un tipo de respuesta que, he de reconocer, me divierte especialmente. Se produce cuando el sujeto repite, sin que se le haya pedido, un mismo argumento o respuesta. Es como si tratara de convencer por cantidad lo que sabe no va a conseguir por calidad. Me explico:

> **Como la persona no se encuentra convencida de lo que dice y sabe que su argumento es muy débil, lo repite incansablemente para tratar de vencer por el efecto de la reiteración.**

También puede producirse este indicador cuando, antes o después de decir algo importante, se utilizan expresiones como «en verdad te digo que...», «sinceramente...», «te juro que...». En estos casos tratan de que lo que se va a contar después gane en credibilidad; ¿por qué hacerlo si estamos seguros de ello?

He advertido este indicador en innumerables ocasiones, si bien destaco una, que fue la respuesta que dio el futbolista Cristiano Ronaldo al periodista Josep Pedrerol cuando, en una entrevista, le preguntó sobre si estaba tranquilo con Hacienda. Su respuesta fue la siguiente: «Yo, muy tranquilo, la verdad que sí, muy tranquilo, muy, muy tranquilo». Como comenté en el programa de televisión en el que analicé este comportamiento *(El Chiringuito de Jugones,* canal de televisión Mega), si hubiese estado tranquilo no habría necesitado repetirlo tantas veces y con tanto «muy» **(73)**.

Ve al minuto 4 de la entrevista para que analices la reacción que tuvo Cristiano Ronaldo.

6. *Omisiones significativas en el relato.*

Siempre doy una gran importancia a la falta de un «no» claro y contundente cuando se está tratando de negar algo.

La incomodidad por la negativa radical, cuando la persona sabe que no es cierta, se salva dando otra información.

Prestemos especial atención a las que podríamos denominar «negativas indirectas», tales como «yo nunca podría hacer algo como lo que dice». Cuando somos acusados de una acción reprochable que no hemos cometido, nuestro cerebro lo primero que desea dejar muy, pero que muy claro, es que no la ha cometido. ¿Y cómo crees que lo consigue antes y mejor: con un «no» o con un «jamás haría algo como lo que me estás diciendo»? Es evidente que con la negativa tajante. Sería mucho menos efectivo y más sospechoso que empleáramos toda una frase o un rodeo para llegar a negar algo de manera contundente.

Sobre este aspecto de las omisiones, he practicado mucho en mis interrogatorios judiciales como abogado. Siempre que preguntaba a la parte contraria, ya imaginaba que habría preparado adecuadamente su declaración junto a su defensa; por eso, la pregunta que yo me hacía mientras respondía era siempre la misma: «¿Qué falta?». Cuando lo encontraba, ya te puedes suponer en qué me centraba a partir de ese momento; precisamente, en ese contenido oculto. Sin querer, mi oponente me lo había sugerido. Y te contaré que, en muchas ocasiones, cuando esto sucedía, la persona interrogada dirigía su mirada antes de responder a su abogado, le estaba lanzando un SOS. Y es que decimos tanto sin ser conscientes de ello...

7. *No se describen emociones o pensamientos.*

La persona que cuenta un suceso que no ha existido, raramente lo acompaña con la descripción de las emociones o pensamientos que se sucedían en su mente mientras acontecía. Se inventa y, en ocasiones muy bien, el relato de la historia, pero lo hace sin carga emocional ni pensamientos.

Para verlo más claro, imagina que he llegado tarde a una cita que tenía contigo. Me justifico de dos maneras: la primera, «No me arrancaba el coche y, tras intentar repararlo, he llamado a un taxi»; la segunda, «No me arrancaba el coche, lo tenía aparcado cerca de un descampado y he visto a unos tíos con aspecto muy sospechoso que se acercaban hacia mí. ¡Qué miedo!, he pensado en volverme a casa y llamarte desde allí, pero luego vi que pasaba un taxi, lo he parado y he venido. ¡Ufff! Una vez dentro me he sentido a salvo. Mañana ya volveré, ojalá no me hayan robado el coche». En el primer caso me centro en la historia. En el segundo lo acompaño de emociones como el miedo y la angustia, y además he regado el relato con pensamientos diversos que pasaron y pasan por mi mente. Ya puedes suponer cuál de las dos historias tiene más indicadores de verdad. A más datos, emociones, pensamientos…, más fiable.

8. *Ruptura del equilibrio temporal.*

Toda historia se compone de tres partes: el antes, el durante y el después del acontecimiento. Pasado, presente y futuro del hecho. Tanto en la historia verdadera como en la falsa, el relato del «durante» es más importante, lleva más tiempo. La diferencia se encuentra en que mientras que en un relato auténtico también existe información de lo que sucedió antes y después, o si se pregunta por ello, se obtiene sin dificultad, en el relato falso casi no existe. Es más, si se pregunta a continuación por lo que pasó antes o después, la comunicación cambia y ya parece que la historia no sale tan fluida. Como ya hemos dicho con anterioridad, aquello que ni ha existido ni se ha pensado que se tendría que contar requiere un mayor esfuerzo a nivel cognitivo, lo que suele dejar pistas a las que deberás prestar atención.

Lenguaje de distanciamiento

Como la persona que miente no ha vivido la historia que nos cuenta, ya sea en todo o en parte, al escucharle narrarla parece que le hubiera sucedido a otra persona.

Es frecuente que se distancie de los hechos o incluso de su propio protagonismo. La sensación que transmite es más la de ser alguien a quien se lo han contado o que lo ha visto como testigo, que la de ser quien ha vivido los hechos que describe.

1. *No se utiliza el «yo».*

«Los mentirosos tienden a usar menos pronombres en primera persona (para evitar aceptar la responsabilidad)» **(74)**. En ocasiones, el cerebro delata al mentiroso haciéndole contar su propia historia como si a él no le hubiera sucedido, por lo que destaca la inexistencia de la primera persona del singular.

Transmiten credibilidad frases tales como: «Ayer estuve en el cine viendo una película de miedo» (yo estuve), «Cuando me trató de besar, yo me sentí fatal» (yo me sentí), «Soy un experto en cocina italiana, hago una pizza deliciosa» (soy / hago)…

2. *Uso de la tercera persona, plural o pasiva.*

En contraposición con el punto anterior, se sustituye la primera persona por la utilización de la tercera persona, el plural o los verbos en pasiva. Al no involucrarse, inconscientemente, en la historia que cuenta, se le escapan expresiones tales como «Él nunca tendría que haber estudiado esa carrera», «Todos la echamos de menos», «Se te echa de menos»… Todas estas formas de comunicarse me transmiten mucha lejanía con un compromiso personal, y en consecuencia, me hacen dudar.

3. *No se utilizan palabras duras o emotivas, se acude a terminología genérica.*

Un caso muy frecuente, por desgracia, relacionado con los políticos acusados de corrupción es el siguiente: no es lo mismo decir «Yo jamás he cometido un acto de corrupción» a «Yo no he hecho esas cosas». ¿Ves la diferencia? Mientras que en el primer caso escuchamos la palabra dura o emotiva, en el segundo es sustituida por un término genérico que no afecta al cerebro.

Vayamos a otro ejemplo. Un alumno me dijo: «La hermana de mi mujer me acusó de haberla intentado violar»; no habría sido lo mismo si me hubiera dicho: «La hermana de mi mujer me acusó de haber tratado de hacer actos indebidos». Me transmite más fiabilidad cuando escucho de boca del propio interesado aquello de lo que trataría de huir, y no pronunciar, si realmente lo hubiera hecho.

Interesante a este respecto, fue la declaración de Iñaki Urdangarín en el juicio por el caso Nóos, antes de ser condenado. En un determinado momento expresó lo siguiente: «Yo me dedicaba a lo que me dedicaba y tenía unos asesores que me ayudaban en estos temas y luego pues me he dado cuenta que… algunas de estas cosas pues… estos empleados no sabía que estaban con nosotros» **(75)**.

Desde la expresión «yo me dedicaba a lo que me dedicaba», hasta «estos temas» o «estas cosas». Como vemos, la mente parece que trata de no pronunciar las palabras más duras relacionadas con aquello de lo que se le acusa o a lo que se dedicaba él o personas próximas. Es un buen ejemplo de lenguaje de distanciamiento.

Dentro de este apartado en el que hacemos referencia a palabras con un fuerte contenido emocional debemos hablar obligatoriamente de los nombres propios.

Es significativo cuando alguien se refiere a una persona cercana y nunca le escuchamos pronunciar su nombre.

Es un detalle para no pasar por alto, pues aunque nos esté diciendo con sus palabras que esa persona no le afecta, parece hacerlo y mucho. De lo contrario, se referiría a ella por su nombre, ya que lo conoce perfectamente. Es como si el cerebro tratase de «querer» alejarse de la persona y utiliza para referirse a ella términos tales como «esa», «el padre o la madre de mis hijos», «mi ex»...

Un ejemplo que me viene a la memoria ahora es el de un análisis que hice de Isabel Díaz Ayuso, presidenta de la Comunidad de Madrid, cuando, en plena pandemia del coronavirus, dimitió su directora general de Salud Pública. En una entrevista que le hicieron en el programa *Cuatro al Día*, en el canal Cuatro, Díaz Ayuso nunca pronunciaba el nombre de la dimitida, siempre decía «ella».

Otro caso llamativo se produjo en uno de los juicios celebrados contra Enrique Abuín, conocido popularmente como El Chicle, actualmente condenado y en prisión por el crimen de la joven Diana Quer. Cuando se refería a ella, pese a conocer de sobra su nombre, trataba de distanciarse denominándola «la joven de Madrid».

Es como si el cerebro se sintiese más cerca de aquellos a los que llama por su nombre. Decir el nombre personifica y aproxima a la persona. Dejar de hacerlo la convierte en casi una extraña, por lo que, en estos casos, deben despertarse nuestras alarmas.

Falsa perfección

En este apartado trataremos los indicadores referidos a cómo la persona que no confía en aquello que cuenta trata de resultar más creíble, aunque, en el fondo, transmiten debilidades del propio relato o cierta culpabilidad por sus propias acciones.

1. *Discursos cronológicamente más correctos.*

Al entrar a conocer este indicador, debemos diferenciar entre que el protagonista de la mentira la traiga preparada o la tenga que improvisar. Aquí nos referimos al primero de los supuestos.

Dado que ha tenido tiempo de diseñar al milímetro su historia e incluso ensayarla, esta se suele caracterizar por su perfección, sobre todo en relación con la sucesión de hechos, la cual es muy precisa y con orden en los tiempos.

Ahora bien, esta característica, que el mentiroso piensa que es una fortaleza, en verdad puede ser su debilidad.

El recuerdo no suele ser tan perfecto. Es fácil que el relato salga algo desordenado, con pequeños saltos en el tiempo e incluso con rectificaciones espontáneas.

De este modo, la persona que dice la verdad se corrige a sí misma sin que nadie se lo pida; por ejemplo: «Lo que te cuento sucedió después de comer, a las tres de la tarde. ¡Ah, no!, que ese día comimos antes, fue a las dos, una hora antes de lo que te dije». Esto es dificilísimo que lo haga el mentiroso. La historia es tan perfectamente narrada que parece que se estuviera recitando un poema. Por lo tanto, se nota que es algo memorizado, no recordado.

Además, como en el caso de la mentira juega más la memoria que el recuerdo, si le pides que te lo vuelva a contar un par de días después, lo que suele suceder es que lo hace en el mismo orden y con las mismas palabras. Claro, uno no cambia los versos de un poema que se ha aprendido, por eso aquí sucede lo mismo.

Sin embargo, quien dice la verdad, lo habitual es que te cuente el mismo hecho, pero con cambios en las palabras o en el orden de los acontecimientos. El recuerdo aquí no es tan perfecto como sí lo es una historia inventada y memorizada.

Una divertida comprobación que se puede hacer para poner en evidencia a quien ha contado una historia perfecta es pedirle que la cuente al revés, hacia atrás. Le resultará muy difícil, casi imposible, sobre todo si contiene bastantes acontecimientos que se suceden en el tiempo. Además, es fácil que reaccione con enfado. Sin embargo, a quien dice la verdad, esta petición le parecerá un juego que, aunque pueda costarle un poco, acabará haciendo sin mayor dificultad.

Es evidente que esta prueba no es fácil llevarla a la práctica en el día a día. Yo llegué a pensar que solo se podría realizar en interrogatorios policiales. Porque si un abogado quisiera hacerla en un juicio mientras interroga a la otra parte o a un testigo, puede provocar que el juez le pregunte si se ha vuelto loco o si piensa seguir perdiendo el tiempo; créeme, hablo por experiencia. La realidad de los juicios no es como nos la pintan en las películas americanas.

Sin embargo, mi amiga Patricia, a quien conocí como alumna de mis cursos, me sacó de mi error. Me dijo que puso a prueba esta técnica con éxito en su trabajo. Entre otros cometidos, ella se encarga en su empresa, una gran multinacional española, de hacer selección de personal. En una de sus entrevistas con un candidato que le presentó un currículo bastante espectacular, tras detectar algunos de los indicadores de engaño que verás en este libro, le cogió el currículo para que no lo tuviera a la vista y le pidió que le contara los trabajos que había desempeñado desde una empresa cualquiera hacia atrás. Le fue imposible. Tras su agobio, ¿qué hizo el candidato? Reconoció que lo había «inflado» con trabajos que no eran verdad; y añadió lo siguiente: «Esto es algo que hace todo el mundo». ¿Te recuerda a un indicador de los que acabamos de estudiar? Efectivamente, el uso de la generalización. En lugar de salir del pozo, se estaba metiendo más al fondo. Sobra decir que no fue contratado.

2. *Lenguaje más formal y cuidado.* Este es otro de los que yo denomino «complejos del cerebro mentiroso».

Sabedor de que lo que cuenta es falso, trata de resultar muy formal, con un lenguaje mucho más preciso, a veces incluso complejo, para dar una apariencia de seriedad a aquello en lo que ni él mismo confía.

El escritor y científico Georg Christoph Lichtenberg nos dijo que «hay gente que cree que todo cuanto se hace poniendo cara seria es razonable». Otro escritor, Ugo Foscolo, también nos dejó la siguiente frase: «Reímos y reiremos; porque la seriedad fue siempre amiga de los impostores».

No digo que las personas que tengan un carácter serio sean unas mentirosas, o que lo que se cuente con seriedad sea falso, faltaría más. Lo que sí digo es que el mentiroso se puede colocar este disfraz para su propósito engañoso.

3. *Información irrelevante.*

Que tampoco te lleve a su terreno quien te bombardea con numerosa información que, por regla general, no está directamente relacionada con la pregunta que le has hecho. He escuchado tantas veces respuestas que daban mucha información, pero sin relación alguna con el tema en cuestión... Qué sabio es el refranero popular cuando dice: «Oradores vanos, mucha paja y poco grano».

4. *Justificaciones innecesarias.*

«El que se excusa, se acusa» o, entrando al terreno jurídico, *«excusatio non petita accusatio manifesta»,* que traducido sería «disculpa no reclamada, acusación clara».

Presta toda tu atención a quien se justifica sin que nadie se lo haya pedido, su culpabilidad le hace responder lo que no se le ha preguntado. Si buscas la pregunta no dicha, encontrarás algo de lo que trata de escapar. Hay una gran falta de confianza en quien actúa así.

Un ejemplo lo encontramos en la respuesta que dio la reina Letizia de España a una comentarista deportiva de baloncesto, quien tras acabar con victoria el partido de la selección española femenina de baloncesto le dijo:

—¡Nos has traído suerte!

—Bueno, he venido cuando he podido —respondió doña Letizia.

Y tras esta respuesta se fue, casi corriendo, de la entrevista. Aunque en redes sociales se criticó mucho a la comentarista al considerar que había molestado a la reina al tutearla, yo lo analicé al detalle y no estuve de acuerdo. La huida fue más debida a la vergüenza y a un cierto sentido de culpabilidad porque había llegado tarde al partido que por el tuteo. La justificación innecesaria es de libro. Se le habla de traer suerte y responde que ha llegado al partido cuando ha podido.

5. *Traiciones del subconsciente.*

¿Te acuerdas cuando comentaba que el cerebro, al mentir, lo primero que debe hacer es atar y amordazar a la historia verdadera para que no le delate? La realidad no desaparece, no es sustituida por la falsedad, solo se la esconde en el rincón más apartado del cerebro.

Pues en ocasiones, la verdad se libera y, sin quererlo el protagonista, se hace notar y se la escucha. Unas veces por completo y otras parcialmente, dado que el cerebro se da cuenta y la amordaza de inmediato.

Como nos señala Paul Ekman en su libro *Cómo detectar mentiras,* al que ya hemos hecho referencia varias veces, «Sigmund Freud en su libro *Psicología de la vida cotidiana* los llama deslices verbales: "Aquello que no se quería decir se vuelve un medio de traicionarse a sí mismo"».

También en *20 Minutos*, la psicóloga Alicia Martos toca el tema: «Freud aseguraba que son aportaciones del inconsciente y que cuando cometemos este tipo de errores es porque nos topamos de repente con esa parte oculta de nuestros deseos y tendencias, en definitiva, con la realidad de lo que sentimos internamente» **(76)**.

He visto numerosos ejemplos de este punto en concreto, con los políticos especialmente, dado que están constantemente expuestos a los medios y muchas veces tienen que callar aquello que piensan, por lo que son muy dados a ello. Recuerdo que el presidente de España, Pedro Sánchez, en una rueda de prensa contestó a un periodista: «No he querido responder», aunque de inmediato rectificó a un «No he podido responder».

En el ámbito judicial, la más notable que he estudiado es la que expresó en su juicio Santiago Mainar por el crimen del alcalde de Fago. Se le preguntó por la puerta de un coche que estaba en el lugar del crimen y el acusado respondió con un «yo salí» e inmediatamente después, cuando en la sala de justicia se le interrogó por cómo salió, respondió: «Y dale con salir», y empezó a titubear nerviosamente. Tengamos en cuenta que él afirmaba que no había estado presente en los hechos **(77)**.

Ve al minuto 3:50 de la declaración y analiza la reacción que tuvo Santiago Mainar.

6. *Tratar de dar una imagen positiva de sí mismo.*

Si no tiene base real la historia del mentiroso, este intenta que se difumine y gane en credibilidad, dándose a sí mismo una mayor importancia, como si alguien con un cargo de relevancia o con varias carreras universitarias no pudiera mentir como lo hacemos todos. Pero ese es su propósito.

El propio Santiago Mainar, del que hemos hablado en el punto anterior, durante el juicio calificó su comportamiento como altruista, dado que, si se pudo autoinculpar durante la investigación, lo hizo por ayudar a sus vecinos y que no los molestaran.

Me quedo con la frase de Coco Chanel cuando decía: «No es la apariencia, es la esencia. No es el dinero, es la educación. No es la ropa, es la clase».

Necesidad de tiempo

Debido a que el cerebro necesita más tiempo para crear una historia inventada, es frecuente que utilice distintos mecanismos que ahora vamos a ver.

1. *Mecanismos para ganar tiempo en la respuesta: repetición de palabras, frases, detalles o argumentos. Pide que se repita la pregunta.*

La persona que está mintiendo y se ve sorprendida por una pregunta inesperada, para la que no traía preparada una respuesta, necesita tiempo extra para pensarla y valorarla antes de contestarla.

Si la historia es inventada, el recuerdo no vale; por ello, el trabajo del cerebro es de construcción desde cero. El mentiroso debe responder algo creíble y coherente con el resto del relato. Eso precisa de tiempo, y aquí es donde se le puede cazar.

Es frecuente que, de pronto, escuchemos cómo comienza a repetir y repetir palabras o frases ya dichas, así como detalles o argumentos que ya nos había proporcionado. Mientras tanto, ¿qué hace su cerebro? Construir una planta más en su castillo de la mentira. También suele pedir que se le repita la pregunta y así el cerebro va ganando tiempo, oro puro en esos instantes en que se siente acorralado.

No me resisto a volver a recordar al poeta Alexander Pope cuando dijo que un mentiroso no sabe qué tarea ha asumido, dado que necesitará más mentiras para sostener a la primera.

2. *Comunicación evitativa: cambio de tema, responde con otra pregunta.*

Ahora bien, con idéntico propósito se puede acudir a un tipo de comunicación cuyo propósito es hacer un quiebro, un regate en términos futbolísticos, y responder sin hacerlo realmente. Los mecanismos más frecuentes son varios. Uno de ellos es cambiar de tema para llevarse la conversación a una zona más segura. También se puede tratar de evitar el asunto espinoso devolviendo otra pregunta al que preguntó primero, y muchas veces tiene éxito esta estrategia y se sigue hablando de la segunda de las preguntas, haciendo que caiga en el olvido la primera.

Un ejemplo donde advertí indicadores, tanto del presente punto como del anterior, fue cuando el presidente de EE. UU., Barak Obama, visitó Cuba y dio una rueda de prensa junto a Raúl Castro, presidente de Cuba. Este último fue sorprendido por la pregunta de una periodista americana sobre el respeto a los derechos humanos en la isla. La reacción de Castro fue muy, pero que muy interesante. Primero repitió una y otra vez el nombre de la periodista: «¿Andrea es usted? Bien, Andrea…», y respondió con una pregunta: «¿Cuántos países del mundo cumplen todos los derechos humanos? ¡Ninguno!» **(78)**. Se ve que su cerebro primero buscó una respuesta concreta y adecuada mientras repetía el nombre, pero no la encontró, así que devolvió la pregunta con otra; además de caer en otro de los indicadores estudiados: la generalización. ¡Magnífico!

3. *Utilización de frases hechas.*

Recurrir a frases hechas también ayuda al cerebro a transmitir confianza en sus palabras. La peculiaridad de estas frases es que tienen un contenido ya conocido por todos y en algunos casos se repiten insistentemente.

Cuando al ministro del Interior de España, Fernando Grande-Marlaska, se le preguntó por unas grabaciones en las que otra ministra (antes de que lo fuera) hablaba sobre él para saber si le podían haber molestado las declaraciones realizadas por esta, su respuesta a modo de mantra fue: «Lo importante son los hechos y no las palabras». Aferrarse a esta frase le hacía sentirse más tranquilo y no dar más detalles, así que la repitió en múltiples ocasiones en unos pocos minutos.

4. *Injustificados silencios.*

Por supuesto que los silencios inexplicables deben despertar todas las alertas.

¿Por qué tarda tanto en responder a una sencilla pregunta? He llegado a vivir silencios interminables. Como el que se produjo en el juicio por el crimen de la presidenta de la Diputación de León, Isabel Carrasco. Una de las entonces acusadas, Triana Martínez, hoy condenada en prisión por el citado hecho, tardó muchísimo en responder a una cuestión determinada que le formuló el fiscal: el motivo por el que había dejado una pistola (el arma usada en los hechos) debajo del asiento del coche de otra de las acusadas y condenadas, Raquel Gago. Y, como muchas veces ocurre con estos indicadores, no llegó a responder a la pregunta, dado que su respuesta fue: «Pensaba en volver a recogerla». Contestó lo que pensaba hacer en el futuro, pero no explicó el motivo de dejarla allí, que es lo que realmente se le preguntó.

El cerebro se delata en muchas ocasiones con silencios provocados por no saber qué responder para no comprometerse, o debidos a tener que cortar el paso a la respuesta natural que trata de salir, la verdadera, teniendo que crear simultáneamente la respuesta alternativa.

El uso de los tiempos verbales

Vamos a entrar a estudiar en estos momentos uno de mis indicadores favoritos. Es llamativo comprobar cómo se delata el cerebro empleando unos tiempos verbales inadecuados para la historia que se narra.

Imagina que te estoy contando un suceso que me ocurrió hace una semana. ¿Qué tiempo verbal debería emplear? Lo correcto es el pasado. Ni el presente ni el futuro. Pues en ocasiones esto no sucede, lo que supone una ruptura temporal de gran interés.

Pongamos algunos ejemplos. El futbolista del Barcelona Leo Messi envió un burofax a su club para comunicarle que ya no seguiría jugando con ellos. Posteriormente todo quedó en nada y siguió en el club. La carta fue una bomba informativa, como es lógico. Un periodista le hizo una entrevista y le preguntó por su burofax, a lo que respondió lo siguiente: «Yo pensaba, no, pensaba no, estamos seguros de que yo quedaba libre». ¿Qué tiempo verbal ha empleado primero, ese que le ha salido de manera automática? El pasado: «Yo pensaba». Inmediatamente, el cerebro reacciona y lo rectifica al presente: «Estamos seguros de que yo quedaba libre». Siempre tiendo a dar un mayor valor y fiabilidad a lo que primero se dice, a aquello que parece escapar como un resorte de nuestro cerebro antes de ser filtrado por la razón. Por este motivo, cuando se reacciona cambiando la respuesta con posterioridad, entiendo que las primeras palabras que se han dicho son más auténticas.

Otro de los casos más impresionantes que he analizado fue el de Popeye, no el personaje de dibujos animados que se fortalecía comiendo espinacas, sino un personaje mucho más siniestro: el sicario principal del narcotraficante Pablo Escobar, abatido por la policía en el año 1993. Popeye reconoció haber asesinado a más de doscientas personas por su propia mano y a más de tres mil por orden suya. Cuando salió de prisión, concedió una entrevista (año 2016) en la que señaló que ya estaba en proceso de resocialización. En la misma, para justificar el crimen de quien fue, según sus propias palabras, «el amor de su vida», afirmó: «Yo soy un hombre de Pablo Escobar» **(79)**.

¿Adviertes la importancia del tiempo verbal? Si Popeye ya estaba en proceso de resocialización, si ya se declaraba arrepentido de sus crímenes, a los que calificaba durante la entrevista de «locura de juventud», si además añadimos que Pablo Escobar llevaba muerto, al hacerle la entrevista, veintitrés años, ¿qué tiempo verbal habría sido correcto? Por supuesto que el pasado, debería haber dicho: «Yo era un hombre de Pablo Escobar», y no el «yo soy». Lo que me trasmite esta acción es que cuando respondió a la pregunta de la periodista, él se seguía viendo y sintiendo a sí mismo como tal, no como algo perteneciente a su pasado, dado que su propio cerebro no lo veía así.

Ve al minuto 32 de la declaración y analiza la reacción que tuvo Popeye.

Le pudo delatar el tiempo verbal empleado.

Nunca olvidemos que los verbos siguen a la acción. Si la acción en la mente de la persona es de hace tiempo, empleará el pasado; pero si es algo que piensa en ese momento, utilizará el presente.

Concluiré este apartado con el uso de condicionales, que también he escuchado muchas veces pronunciar de manera sospechosa. Una frase como «yo diría que eso es falso» parece que nos está diciendo lo que tiene que decir por las circunstancias más que lo que realmente piensa. Ese «yo diría» es extraño y no tiene sentido cuando lo normal sería responder con un simple «eso es falso», sin añadir el «yo diría».

También es muy habitual que quien ha cometido un delito, por ejemplo, de estafa o de corrupción, haga las siguientes manifestaciones: «Si lo que he hecho ha podido molestar o hacer daño a alguien, le pido disculpas». ¿Crees que realmente se siente arrepentido por lo que hizo quien así se expresa, en condicional? ¿Crees que su petición de perdón es sincera cuando ni siquiera admite con contundencia que haya perjudicados por su acción? Puede parecer que dice que está arrepentido, claro que sí, pero sentir, lo que se dice sentirlo, no mucho, la verdad.

Recomendaciones

1. Nuestro lenguaje cambia cuando no tenemos seguridad en lo que contamos.

2. Que no te extrañe si quien se muestra acorralado por una pregunta reacciona contra ti de manera agresiva, hace todo lo contrario tratando de encantarte, o bien intenta desviar tu atención refiriéndose a las formas empleadas y obviando responder sobre el fondo de la cuestión.

3. Aunque su autor pueda pensar que no lo hace, cuando no responde a una pregunta con aquello que se le ha pedido, ya está respondiendo.

4. Lo importante en una respuesta no es la cantidad de palabras, sino la calidad de la información que contiene la contestación.

5. La reiteración de una misma respuesta sin que se pida, en alguien en que este proceder no es habitual, puede venir provocada por su propia inseguridad en el argumento. Trata de ganar por cantidad cuando sabe que no puede hacerlo por calidad.

6. La ausencia de un «NO» contundente en una respuesta que se debería dar una respuesta negativa, siempre debería ser investigado.

7. A una persona que narra una historia que no le ha sucedido, es fácil que la escuchemos como si ella no fuera la protagonista.

8. Quien cuenta un relato inventado suele repetirlo, incluso varios días después, en el mismo orden y con las mismas palabras. No acude al recuerdo, extrae la historia de lo que ha memorizado.

9. El mentiroso necesita tiempo extra para preparar su respuesta ante una pregunta imprevista. Cualquier medio que pueda emplear la persona para este fin, siempre que la pregunta sea sencilla, debería hacernos sospechar de su contestación.

10. El tiempo verbal empleado al contar una historia es una importante señal de si se recuerda algo sucedido (tiempo verbal en pasado) o, si pese a quererlo parecer, sin embargo, el relato se construye en ese mismo momento (tiempos verbales en presente).

El momento de la verdad

Pon a prueba los conocimientos que has adquirido en este capítulo:

1. La cantidad y calidad de detalles secundarios en una historia inventada…

 a) Será mayor que en una historia real para ganar en credibilidad.

 b) Será similar al de una historia real.

 c) Será menor que en una historia real dado que, entre otros motivos, el mentiroso no desea que sean comprobados.

2. ¿Un suceso traumático puede provocar en su víctima que no recuerde nada o casi nada de lo sucedido?

a) No. Su impacto es tan grande que recordará mejor cada detalle.

b) Sí. La mente se cierra a revivir nuevamente el acontecimiento.

c) No. El recuerdo de lo vivido siempre está en su mente y si no lo cuenta es porque desea ocultar algo comprometedor.

3. En un mentiroso, un indicador de engaño consiste en…

a) Que emplee reiteradamente el «yo» al narrar su historia.

b) Escucharle cómo se siente protagonista de lo que nos cuenta.

c) Que emplee la tercera persona o el plural para referirse a lo que él mismo ha vivido.

4. Si escuchamos como alguien nos habla de otra persona, bien conocida para ella, sin pronunciar nunca su nombre es porque…

a) Existe una importante carga emocional respecto a esa persona, que trata de alejar.

b) Lo más fácil es que solo sea un despiste.

c) No le importa lo más mínimo.

5. Las rectificaciones que hace espontáneamente la persona que nos cuenta algo es un indicador de…

a) Que está mintiendo, puesto que quien dice la verdad no debe dudar sobre aquello que recuerda.

b) Que está diciendo la verdad, dado que los recuerdos, en ocasiones, son imprecisos.

c) Que está diciendo la verdad, porque cambia su historia para comprobar si estamos atentos a lo que nos cuenta.

6. Cuando alguien se justifica contestando algo sobre lo que no se le ha preguntado…

a) Nos intenta aclarar más y mejor el contenido de su respuesta.

b) Es un indicio de que no había entendido la pregunta.

c) Debemos prestar especial atención a lo que se cuenta, dado que, en muchas ocasiones, con su justificación nos desvela su gran temor.

7. Cuando escuchamos a alguien pedir que se repita una pregunta sencilla que se le ha hecho, o responde repitiendo la citada pregunta, o contesta haciendo a su vez otra pregunta…

a) Es un indicador de engaño, dado que intenta ganar tiempo para responder.

b) Es un indicio de que le sorprende o enfada la pregunta, pero no tiene nada que ver con la mentira.

c) Es una señal de verdad, puesto que trata de conseguir más información para responder adecuadamente.

8. Una persona que suele contestar con rapidez escucha una pregunta sencilla y, antes de responder, advertimos un prolongado silencio, ¿nos debemos alertar?

a) No, solo está pensando qué decir.

b) Sí, el cerebro podría estar cortando el paso a la respuesta automática, la verdadera, y construyendo la alternativa falsa.

c) No, es un indicador de que se piensa bien su respuesta que es verdad.

9. Si una persona rectifica el tiempo verbal, por ejemplo, del pasado al presente, según nos está respondiendo, ¿a cuál debemos dar mayor fiabilidad?

a) A ninguno de los dos ante el cambio producido.

b) Al que dijo más tarde, dado que rectificó al advertir el error.

c) Al que primero dijo, que salió de su mente de manera automática, puesto que el segundo es posible que lo añadiera por su propio interés.

10. Si pides a una persona que cuente la sucesión de acontecimientos en orden inverso y le resulta de gran dificultad o imposible, ¿qué podemos deducir?

a) Posible engaño, dado que el mentiroso se aprende su historia en orden.

b) Es normal, hacer eso es muy complicado para el cerebro.

c) Su historia es verdadera puesto que los recuerdos salen ordenados de la mente.

Resultados del test

1.   Respuesta c.
2.   Respuesta b.
3.   Respuesta c.
4.   Respuesta a.
5.   Respuesta b.
6.   Respuesta c.
7.   Respuesta a.
8.   Respuesta b.
9.   Respuesta c.
10.   Respuesta a.

Notas

(71) https://dle.rae.es/encantar

(72) https://blogs.20minutos.es/comunicacion-no-verbal-lo-que-no-nos-cuentan/2020/10/14/paltering-una-nueva-forma-de-engano/.

(73) https://www.youtube.com/watch?v=hYtLpNGzWWg&list=LL O1QVuhk5mRM0gyM4MFVcvA&index=4763&ab_ channel=ElChiringuitodeJugones.

(74) https://www.comportamientonoverbal.com/ clublenguajenoverbal/mentiras-arriesgadas-lenguaje-no-verbal-y-deteccion-de-mentiras/.

(75) https://www.youtube.com/watch?v=dlYDtDSOmHY&ab_ channel=AGENCIAEFE.

(76) https://blogs.20minutos.es/comunicacion-no-verbal-lo-que-no-nos-cuentan/.

(77) https://www.lasexta.com/programas/donde-estabas-entonces/mejores-momentos/la-confesion-santiago-mainar-del-asesinato-del-alcalde-de-gago-pues-nada-dispare-y-ya-esta_20 2003035e5ed1257795c7000186009a.html.

(78) https://www.youtube.com/watch?v=xb65eAn6T5w&ab_ channel=CiberCuba.

(79) https://www.youtube.com/ watch?v=OsKfVXL9lhk&feature=emb_logo&ab_channel=Todos obrePabloEmilioescobargaviria.

Capítulo 5

El comportamiento del mentiroso

«Si quieres entender a una persona,
no escuches sus palabras, observa su comportamiento».

Albert Einstein

Señales que delatan

En el capítulo anterior nos centramos en los indicadores de engaño referidos al lenguaje. Ahora pasemos a los que deja nuestro comportamiento. ¿A qué canales de comunicación nos referimos?

Empezaré por el más importante: el rostro. A continuación, pondremos nuestro foco de atención en el resto del cuerpo, con especial mención a la gestualidad. El uso de las distancias y el tacto también lanzan señales. Dedicaré un apartado específico a la mirada y concluiré con algunas reacciones fisiológicas de nuestro organismo que, al resultar visibles, pueden dejarnos pistas de lo que está sintiendo realmente la persona.

> **Nuestro cerebro se expresa de manera coherente cuando está convencido de algo, no lanza señales contradictorias.**

Voy a poner una serie de ejemplos para que se entienda esta afirmación: si alguien te dice que está deseando comer contigo, sería raro que pusiera cara de asco; o si un amigo te cuenta que le ha salido muy bien un examen, no tendría sentido que lo hiciese en voz baja y con la mirada caída; o si una persona te contesta que no le molesta algo que le has dicho, no puede dar un golpe en la mesa; o, por último, si a un ser querido le ha gustado el regalo que le has hecho, no sería normal que no quisiese ni tocarlo. Estas incoherencias comunicativas nos producirán extrañeza, y lo más seguro es que no demos fiabilidad a lo que nos están contando con sus palabras.

> **No olvides que llevamos muchos más milenios utilizando la comunicación no verbal que la verbal. La primera la hemos estado cultivando desde hace más de dos millones de años y la segunda tan solo unos doscientos mil añitos. Antes de expresarnos con un lenguaje oral común lo hacíamos con nuestro rostro y cuerpo.**

Venimos diseñados de serie para dar mayor fiabilidad a lo que se nos comunica de manera no verbal que con palabras. No es azar ni un capricho del destino, es pura evolución humana. ¿Quién crees que dejó descendencia? ¿El que advirtió la ira en alguien que se acercaba, o el miedo en un compañero del grupo, o el que no lo hizo? Evolución por selección natural. Tú y yo somos sus descendientes y llevamos esta información sobre comunicación en nuestros genes.

La zona cerebral destinada a procesar la comunicación no verbal, el límbico, es mucho más rápida a la hora de lanzar y recibir información que la parte racional de nuestro cerebro, el neocórtex. Por algo el límbico se desarrolló en una etapa inicial de la evolución del ser humano y ha resultado sumamente eficaz para su supervivencia. Cuando expresamos con palabras aquello, real o no, que sentimos o pensamos, estamos añadiendo un trabajo más al cerebro, además de la reacción a nivel muscular y corporal. Esta idea es clave, como veremos, en la detección del engaño: la multitarea cerebral.

Y es que... ¡estamos de suerte! El mentiroso, cuando está en plena acción, se centra en las palabras (en el mensaje) para tratar de engañar al otro, y deja en segundo lugar su comportamiento. Ahí precisamente debemos poner el foco de nuestra atención. Otra buena noticia es que, aunque quisiera controlarlo, se encuentra con tres enemigos:

- El primero será tener que controlar toda su conducta (emociones en el rostro + cuerpo + gestos + mirada + distancias + tacto...).
- El segundo, conseguirlo a la perfección.
- Y el tercero, durante todo el tiempo.

Además, por si esto fuera poco, también tendrá que sumar la narración de una historia no real sin fisuras. Más aún si le realizamos las preguntas adecuadas y se ve obligado a abandonar su zona de confort. ¿Fácil o difícil mentir bien? Yo lo considero difícil; sobre todo si no se lo ponemos en bandeja y conocemos las señales en que debemos fijarnos.

Hemos encontrado la gran debilidad del mentiroso. En el castillo de su mentira, nos colaremos por las ventanas entreabiertas que ha dejado: su rostro, sus gestos, su cuerpo, su voz... Como he repetido, no solo el lenguaje le delata.

Veamos a continuación un truco para enfrentarnos a quien monopoliza el uso de la palabra y no nos deja preguntar. Es fácil decir algo que no es cierto, sobre todo si el sujeto acapara la conversación o la entrevista y dificulta que se le hagan preguntas. Tal vez hayas advertido que muchos políticos, con una pregunta en apariencia sencilla, alargan mucho su respuesta. El tiempo en los medios de comunicación es caro y breve, así que, si el entrevistado conquista el tiempo, saldrá más airoso. Una buena entrevista no es solo una «batalla» por obtener información, también es una «batalla» por el tiempo. Amigo periodista, aunque también vale para ti si no lo eres, aprovecha cuando respire para meter la siguiente pregunta; eso no falla, tarde o temprano va a respirar...

Llegados a este punto, resulta obligatorio recordar la regla básica que tantas veces he reiterado en este libro y que también hay que tener presente en este capítulo. ¿Sabes a cuál me refiero? Si has respondido que fijarnos en el patrón básico de comportamiento de la otra persona, enhorabuena, esa es. Tan importante es lo que hace como lo que no; pero sobre todo debemos advertir y ponernos en alerta cuando cambie su manera de comunicar habitual, fijándonos también en su comportamiento.

Muchos de los conceptos que daré en este capítulo los extraigo de mi libro *Tú habla, que yo te leo. Las claves de la Comunicación No Verbal* (Aguilar, 2019). Si ya lo has leído, te vendrá muy bien el repaso, y si no lo has hecho, además de animarte a hacerlo, pues es el perfecto complemento de esta obra, no tienes que preocuparte, ya que el contenido necesario para la detección de la mentira lo vas a tener también aquí.

Concluiré esta introducción con una encuesta que yo mismo hice en mis redes sociales. Mientras escribía este libro, hice un estudio consistente en que las personas que siguen mis perfiles diesen respuesta a la siguiente pregunta: «¿Qué canal de comunicación humano es para ti más fiable a la hora de detectar la mentira?».

1. El rostro.
2. Los gestos con brazos, manos, pies y piernas.
3. Las posiciones corporales.
4. El manejo de las distancias.
5. El contacto físico.
6. La mirada.
7. La apariencia.
8. Las reacciones fisiológicas.
9. La voz.

Antes de ofrecerte los resultados, tómate un tiempo para pensarlo tú también. ¿Ya? Pues vayamos a los resultados:

EL ROSTRO	101	21,96 %
LOS GESTOS CON BRAZOS, MANOS, PIES Y PIERNAS	43	9,35 %
LAS POSICIONES CORPORALES	28	6,09 %
EL MANEJO DE LAS DISTANCIAS	4	0,87 %
EL CONTACTO FÍSICO	1	0,22 %
LA MIRADA	223	48,48 %
LA APARIENCIA	4	0,87 %
LAS REACCIONES FISIOLÓGICAS	14	3,04 %
LA VOZ	42	9,13 %
	460	100,00 %

Como puedes comprobar, ganan por goleada la mirada y el rostro. Qué interesante es ver la importancia que damos los seres humanos a toda la información no verbal que transmitimos a través de nuestra cara y, en este caso concreto, centrada en el objetivo de la detección de la mentira.

Así que, sin más que añadir, conozcamos cuáles son los indicadores de engaño a partir del rostro.

El rostro

Vamos a conocer al mejor delator de la mentira.

El rostro transparenta nuestras emociones, las desnuda a la vista de quien sepa qué observar. Hay mentiras que se descubren porque las emociones no acompañan.

Por ejemplo, se transmite un mensaje que debería ir acompañado de alegría, pero el rostro refleja ira o tristeza.

Ten en cuenta que es prácticamente imposible ocultar una emoción sincera, sobre todo si el sujeto la siente con intensidad. Además, esa emoción se contagia a quien la observa; podríamos decir que ese sujeto es capaz de arrastrarnos a su mismo nivel emocional. Esto raramente ocurre con las emociones fingidas, salvo en el caso de los buenos actores, quienes se meten tanto en su papel que incluso alguno de ellos ha tenido que recibir tratamiento psicológico por cómo le ha afectado su personaje. Un actor puede no solo interpretarlas, sino también sentirlas.

A continuación, analicemos a nuestras protagonistas: las emociones.

Las siete emociones básicas

«Darwin sugirió que algunos movimientos de los músculos faciales asociados con la emoción no pueden ser completamente inhibidos a pesar de los esfuerzos realizados por el poseedor de la emoción. Propuso además que el intento de contraer ciertos músculos faciales durante la simulación emocional sería un fracaso...» y, por otro lado, «el rostro humano está marcado por su propia historia y los intentos de ocultar las emociones en un acto engañoso probablemente fracasen» **(80)**.

Hay siete expresiones faciales a nivel emocional que se reflejan en nuestro rostro y tienen la consideración de universales (da igual dónde haya nacido la persona) e innatas (nacemos con ellas). Cuando cualquiera las siente, las va a expresar con su rostro de igual manera.

En un estudio realizado en el año 2008, el doctor David Matsumoto y el fotógrafo Bob Willingham investigaron si las expresiones faciales de emoción eran innatas o un producto del aprendizaje cultural. «El estudio, que fue el primero de su tipo, estudió a atletas de judo con ceguera congénita (ciegos de nacimiento) y videntes en los Juegos Paralímpicos y en los Juegos Olímpicos de Verano de 2004 en Atenas, Grecia.

»Su artículo, titulado "Expresiones faciales espontáneas de la emoción de personas con ceguera congénita y no congénita", se publicó en la revista *Journal of Personality and Social Psychology* en 2009.

»Durante el transcurso del estudio, se capturaron y analizaron más de 4.800 fotografías, incluidas imágenes de atletas de 23 países. Según los hallazgos, "no hubo diferencias entre los atletas congénitamente ciegos, no congénitos ciegos y videntes. (...) Esto significaba que los atletas ciegos y videntes producían exactamente la misma expresión facial, activando exactamente los mismos músculos y al mismo tiempo en situaciones similares…"» **(81)**.

La conclusión es evidente: no son fruto del aprendizaje por observación, sino que nos vienen innatas como seres humanos que somos.

Estas siete expresiones faciales universales e innatas son las siguientes:
1. **La alegría.**
2. **La tristeza.**
3. **La ira.**
4. **La sorpresa.**
5. **El asco.**
6. **El miedo.**
7. **El desprecio.**

Cuando nuestro cerebro las siente con intensidad no puede evitar comunicarlas activando una serie de músculos que tenemos en nuestra cara. Así que lo primero que hay que saber es cómo se expresa cada emoción y en qué debemos fijarnos para sospechar si no son verdaderas. Los conceptos de cada emoción corresponden a mi libro *Tú habla, que yo te leo*.

La alegría. Esta se expresa mediante una sonrisa: «Aquella que hacemos cuando estamos felices de verdad. Se activan dos músculos en nuestro rostro: uno, bajo las mejillas, que hace que los laterales de los labios se muevan simétricamente hacia arriba, y el otro, bajo los ojos, que provoca, al contraerse, unas arruguitas laterales en ellos, las tan renombradas "patitas de gallo"».

La señal más fiable que avisa de que esa emoción no se está sintiendo es que faltan las arruguitas laterales a los lados de los ojos. En ocasiones incluso la sonrisa es más horizontal, no asciende por las mejillas. Sería la que llamamos «sonrisa social». Vamos, la sonrisa esa que, a veces, ponemos para las fotos.

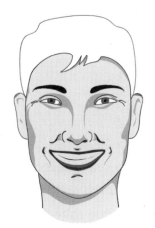

La tristeza. «Podríamos decir que la parte superior del rostro se nos triangula. Las cejas se elevan por la parte interna en V invertida y, si es muy marcada, además, la barbilla asciende y los labios forman una U también invertida; es lo que solemos llamar "el puchero del bebé"».

La señal más fiable que avisa de que esa emoción no se está sintiendo es que no se produce la orientación ascendente de las cejas. La frente es una zona del rostro humano que siempre debemos tener en nuestro punto de mira para detectar los movimientos musculares que allí se producen, dado que resultan los más difíciles de hacer a voluntad. Al escapar en mayor medida de nuestro control, sus señales son más fiables.

La ira. «Cuando nos enfadamos las cejas se nos colocan en forma de V. Las unimos por el centro, lo que suele provocar que se nos frunza el ceño, creándose una o varias arruguitas verticales entre ambas cejas. Es una acción que consigue estrechar el campo visual para reducirlo y centrarlo en el objetivo. Además, aunque no siempre, se nos suele tensar el rostro (atentos a la tensión en la mandíbula), ensanchamos las fosas nasales, podemos apretar los dientes o abrir la boca y todo ello acompañado de una mirada penetrante de esas que "atraviesan". Las demás características se pueden disimular, pero las cejas van a delatar a la persona que se enfade».

La señal más fiable que avisa de que esa emoción no se está sintiendo es que no existe movimiento alguno en las cejas, en concreto no se forma la V que hemos indicado.

No obstante, tengamos en cuenta que juntar las cejas por su parte central, además de corresponder a la expresión facial de ira, también es la señal de sobresfuerzo mental en la tarea que está realizando el sujeto; por algo Darwin lo calificó como «el músculo de la dificultad».

La sorpresa. «Advertiremos auténtica sorpresa en una persona cuando, con gran rapidez, los ojos se abren "como platos", lo que provoca que tanto las cejas como los párpados superiores se eleven y que los parpados inferiores desciendan; además, la boca la veremos relajada y, en muchos casos, abierta».

La señal más fiable que avisa de que esa emoción no se está sintiendo es que no se abren los ojos con ascenso vertical de ambas cejas.

No confundamos la elevación de cejas con los ojos muy abiertos con otra expresión: cuando solo se mueven las mismas. Como señala Paul Ekman en su libro *Cómo detectar mentiras:* «Elevamos ambas cejas como manera de enfatizar el mensaje o también cuando dudamos de algo. Son como nuestros signos de interrogación o de exclamación. (…) Y elevamos una sola ceja como muestra de escepticismo».

El asco. «La nariz se contrae como tratando de cerrarse y el labio superior asciende, como si lo cogieran con un anzuelo y le pegaran un pequeño tirón con un sedal».

La señal más fiable que avisa de que esa emoción no se está sintiendo es que no retraemos la nariz como si estuviésemos impidiendo que un mal olor entrase en ella.

El miedo. «Cuando detectamos algo en el entorno que nos asusta, se produce una apertura mayor de nuestros ojos y, además, se ponen en tensión músculos faciales que provocan que estiremos horizontalmente nuestros labios, pudiendo quedar la boca abierta o cerrada».

La señal más fiable que avisa de que esa emoción no se está sintiendo es que no se abren más los ojos con estiramiento horizontal de la boca.

El desprecio. «El desprecio es una intensa sensación de falta de respeto o de reconocimiento, aversión o sentimiento de superioridad moral hacia otra persona o hacia algo en concreto o hacia una situación determinada. Lo exteriorizamos elevando la comisura de la boca por un solo lado de la cara. Es indiferente si es el lado derecho o el izquierdo. Si es muy pronunciado, se nos crea un hoyuelo donde termina de elevarse la boca, e incluso podemos apreciar una línea vertical, denominada "nasogenial", que desciende por el lateral del rostro donde se ha producido la elevación».

La señal más fiable que avisa de que esa emoción no se está sintiendo es que el labio no sube por el lateral de la cara.

Una vez que conocemos cómo se expresan las emociones en la cara, tenemos que centrarnos en cuándo el cerebro no quiere que sean descubiertas. De esta manera, entramos en el mundo de las microexpresiones.

El gran valor de las microexpresiones

En el estudio del rostro para lograr la detección de la mentira tienen un gran valor las microexpresiones. Se producen cuando una emoción aparece en el rostro de una persona como un destello y no como una expresión algo más prolongada. El científico David Matsumoto nos marca sus características fundamentales: duran menos de medio segundo y ocurren cuando las personas, consciente o inconscientemente, intentan ocultar o reprimir lo que sienten. En contraste, existen también las macroexpresiones, que «duran de medio segundo a cuatro segundos; las vemos en nuestras interacciones diarias con la gente todo el tiempo. Es el rostro que muestra la gente cuando no tiene nada que ocultar» **(82)**.

Pero volviendo a lo que nos interesa, «podemos ver microexpresiones debido a algo que los científicos llaman "fuga". (…) Cuando una persona está pensando una cosa (cognición) y siente otra, hay un pequeño tira y afloja dentro del cerebro. El destello rápido de una microexpresión, que muestra lo que la persona realmente siente en ese instante, literalmente se filtra como resultado de esta lucha interna» **(83)**.

Si las detectamos, nos indicarán aquellas emociones filtradas que la parte más racional del cerebro ha tratado de retener.

El rostro no elige a voluntad qué cara poner cuando siente alegría, tristeza, ira, sorpresa, asco, miedo o desprecio. Los músculos faciales se activan y cuando queremos frenarlos, ya es demasiado tarde. Estas emociones han aflorado, aunque haya sido por un brevísimo espacio de tiempo.

Si alguien te dice que algo que le has comentado no le afecta, pero adviertes una microexpresión de tristeza, lo más seguro es que le haya afectado más de lo que piensas, aunque no ha querido que te enterases. Es posible que incluso esa persona sonría, así que te encontrarás con dos expresiones emocionales contradictorias en su rostro. Entonces ¿qué expresión es la que te crees? Vamos a analizarlo.

La primera expresión es la que cuenta

El cerebro trabaja duro cuando trata de ocultar una emoción y encubrirla con otra falsa que, habitualmente, es contradictoria. Imagina que tu cerebro quiere «gritar» que estás triste o enfadado, pero no quieres que se te note; ¿qué haces? Lo más habitual es dar una orden desde el cerebro racional (no el emocional) al rostro para que sonría. ¿Crees que sonreirás igual que si realmente te sintieras feliz desde el primer instante? ¿Aparecerá en tu rostro con la misma rapidez? ¿Durará el mismo tiempo? La construcción de una máscara, como ves, no es fácil.

Es por ello por lo que:

> **Cuando veas dos emociones consecutivas y contradictorias en el rostro de la persona que tienes delante, da mayor credibilidad a la primera en aparecer, ya que será aquella que ha escapado al control del cerebro razonador y que ha surgido del cerebro límbico, que es el emocional, el más rápido y sincero.**

El cóctel de emociones está servido: la verdadera y la falsa, en el mismo cerebro y al mismo tiempo. Una que escapa y se quiere retener contra otra que no nace espontáneamente y se lanza adrede para que se vea.

¿Fácil para el cerebro? ¿Igual que cuando se lanza al exterior la misma emoción que se siente sin censuras? Ni mucho menos, de ahí las pistas que deja el rostro al mentir. Y puestos a engañar, ¿te imaginas cuál es la máscara que más utiliza el cerebro para ocultar lo que de verdad siente?

La careta favorita

> **La sonrisa es la principal careta que se utiliza para enmascarar otras emociones.**

El enfado, la tristeza, los estados de nervios… se suelen intentar ocultar tras una sonrisa, dado que es la emoción que más fácil resulta de simular y porque es la que transmite mayor grado de confianza al prójimo para tratar de lograr la cooperación social. Cuando alguien sonríe, pero en realidad no se siente feliz, emplea esa sonrisa para convencer al otro de que se encuentra bien, no quiere que se preocupe o que piense que lo sucedido no tiene importancia.

Los errores involuntarios más habituales al mentir

A continuación, me pararé en el estudio individualizado de varios errores que comete el cerebro a través del rostro cuando decide mentir:

- *La asimetría facial.* Una expresión emocional facial unilateral (es decir, que vemos en un solo lado de la cara), salvo en el caso del desprecio, es una señal de que la emoción no es real, sino que se trata de forzar. Y no suele salir bien. El cerebro, cuando es sincero, activa los músculos en ambos lados del rostro a la vez y no más en un lado que en otro.
- *El tiempo de ejecución.* Una emoción prolongada en el tiempo, si no existe un estímulo que así lo provoque, tiene todas las papeletas de que sea falsa. Es cuando solemos decir que la persona está sobreactuando. Las auténticas emociones son más fugaces. Por lo tanto, una sonrisa prolongada, más que indicar alegría, puede ser sinónimo de malestar y tensión nerviosa.
- *El retardo.* Me refiero a cuando la emoción sale… pero tarde. El disparo de las emociones a nuestro rostro es instantáneo. Son como las cosquillas, si las tienes lo vas a entender de

maravilla. Si te tocan en el punto de tu cuerpo que te hace reaccionar, saltar o gritar, ¿a que sería extraño que tardaras en hacerlo? Sería como si forzaras la reacción, no como si la sintieras de verdad. Pues lo mismo sucede con las emociones. Caso aparte son las personas que entienden tarde los chistes, claro. ¡Es broma!

- *Cuando el rostro se expresa después del mensaje verbal.* Recordemos ahora que nuestro cerebro contiene una zona más emocional y otra más racional. La primera es la más primitiva, fiable, automática y rápida, y de la cual surge el mensaje no verbal; la segunda se caracteriza por ser más joven, manipulable a voluntad y lenta, y arma el mensaje verbal.

Por ello, el mensaje no verbal siempre precede al verbal, es decir, sale primero. Aunque por la práctica del día a día, así como por su rapidez, es fácil que los veamos prácticamente a la vez.

Así que, si primero escuchas decir a alguien que está enfadado y la cara típica de enfado te la pone después, no estaría mal sospechar de ese enfado, pues parece que la razón se ha impuesto a la emoción.

- *La inadecuación del afecto.* En este punto hago referencia a cuando alguien nos expresa verbalmente una emoción, pero el rostro muestra otra diferente.

Me voy a fiar más de lo que veo que de lo que oigo, es decir, de lo que se le filtra incontrolado que de aquello que trae pensado.

En una situación determinada, siempre debemos comprobar si la emoción esperada coincide o no con la presentada. Si esa coincidencia se produce, nos está indicando que ahí hay verdad. Pero si no es así, tenemos que ponernos en alerta e investigar más a fondo. Si esperamos ver tristeza en alguien que lamenta la pérdida de un ser supuestamente querido, pero nos muestra alegría, sería un caso de evidente inadecuación del afecto. Y sería lógico que nos hiciéramos la siguiente pregunta: ¿puede una persona eliminar a voluntad su expresión emocional cuando así lo desea?

Acudamos a la siguiente investigación: «El experto facial Mark Frank ha pasado dos décadas estudiando los rostros de personas que mienten en situaciones de alto riesgo. El estudio, publicado a principios de este año en el *Journal of Nonverbal Behavior,* examina si los sujetos podrían reprimir acciones faciales como movimientos de cejas o sonrisas cuando se lo ordenen mientras están bajo el escrutinio de un receptor de mentiras. Carolyn M. Hurley, PhD, autora principal del estudio y Frank, coautor del estudio, encontraron que estas acciones se pueden reducir, pero no eliminar» **(84)**.

¡Qué interesante estudio! Así que incluso cuando se nos pide que lo hagamos y sabemos hacerlo, podemos reducir las expresiones faciales, pero no suprimirlas de nuestro rostro. No quiero pasar por alto las lágrimas, que se pueden derramar por tristeza, pero también por alivio, alegría… Además, y por eso las menciono en este punto, se pueden fingir. Anda que no las he visto veces en personas que trataban de no responder una pregunta comprometida o querían conmover al juez. Te lo digo por experiencia personal en interrogatorios judiciales que yo he practicado en mi vida de abogado. Cuidado con las lágrimas, que como bien decía Lope de Vega: «No sé yo que haya en el mundo palabras tan eficaces ni oradores tan elocuentes como las lágrimas».

• *El parpadeo.* Me encantaría que estuvieras leyendo este libro casi sin parpadear. ¿Eso significaría que estarías mintiendo? Por supuesto que no, el contexto es importante. Pero... ¿qué se ha investigado en la relación existente entre la mentira y el parpadeo?

«La investigación de Sharon Leal y Aldert Vrij, llevada a cabo en la Universidad de Portsmouth en el Reino Unido, en la que se pretende demostrar que las personas cuando mentimos, parpadeamos menos que cuando decimos la verdad, llegó a las siguientes conclusiones: los autores han demostrado que el parpadeo disminuye cuando aumenta la demanda cognitiva (...)». Esto quiere decir que disminuye cuando se miente. Además, «una vez que se ha dicho la mentira, se produce una pausa de la demanda cognitiva, lo que desembocaría en un aumento de parpadeo (que denominan el efecto compensatorio)» **(85)**.

Otras investigaciones interesantes en torno al rostro y la mentira

A continuación, te muestro algunas investigaciones interesantes que se han realizado en torno al rostro en relación con la mentira:

• *La realidad de las emociones contradictorias.* Si ves a alguien que ríe en un funeral o que llora en una boda. Ambos son ejemplos de manifestaciones emocionales incongruentes que a veces se consideran un poco inapropiadas. Pero ¿son estos comportamientos solo errores vergonzosos? ¿Qué propósito psicológico podrían tener?

La doctora Oriana Aragon, de la Universidad de Yale, y sus colegas sospecharon que tales demostraciones podrían jugar un papel importante en la regulación emocional general. Quizá cuando las personas corren el riesgo de sentirse abrumadas por cierta emoción, tener la reacción opuesta ayuda a restablecer el equilibrio emocional.

En un blog reciente del *Huffington Post,* el autor, Wray Herbert, explica: «Aragon y sus colegas creen que las personas tienen límites emocionales. Cuando sentimos que nuestra creciente tristeza o alegría está llegando a un límite inmanejable, que nuestros cuerpos están a punto de ser abrumados fisiológicamente, esta percepción desencadena una emoción incongruente para equilibrar las cosas. Al menos esa es la teoría que los científicos han estado explorando en sus estudios» **(86)**.

- *Las personas con caras aniñadas.* «Las caras aniñadas eran percibidas como más honestas, más creíbles, más débiles, más sumisas, más ingenuas y afectuosas que las maduras» **(87)**.

- *Las peticiones de ayuda públicas.* «Durante el llamamiento (de ayuda por desaparición), los asesinos mentirosos eran más propensos a expresar indignación que tristeza, al contrario que los "reclamantes" sinceros» **(88)**.

Y también me he encontrado a personas que piden ayuda por la desaparición de un hijo, y su rostro no muestra absolutamente nada. Esto último tampoco podemos pasarlo por alto. Este es el caso de la comparecencia ante los medios de Susan Smith, hoy en prisión, y condenada por el asesinato de sus hijos, quien no solo parecía que estuviera hablando de algo intrascendente, sino que incluso en algún instante parecía que estaba sonriendo. Lo que no vi fue tristeza, que habría sido la emoción esperada **(89)**.

Y concluyo con un práctico aviso a la hora de detectar la mentira en emociones faciales: cuidado con el bótox, que paraliza los músculos de la cara, y con las parálisis faciales. En estos casos, aunque sus protagonistas sientan emociones no se las vamos a notar. Estas variables también deben considerarse para no llegar a conclusiones equivocadas. Y siempre tengamos en cuenta el contexto en que se produce lo que observamos, así como toda la información que nos va a regalar el resto del cuerpo.

El cuerpo

Tras haber estudiado la gran importancia del rostro en la detección de la mentira, pasemos ahora a un segundo canal de comunicación del ser humano, que, aunque en menor medida que el anterior, también expresa mucho sin el control consciente del cerebro: la actividad de nuestro cuerpo.

A continuación, centraremos nuestra atención en los siete comportamientos que considero más importantes para el asunto que nos traemos entre manos y que, cuando los detectemos, deberemos estudiar sus motivos, ya que en muchas ocasiones la persona transmite con ellos una gran inseguridad en aquello que expresa con sus palabras. Inseguridad que podría venir provocada por la mentira.

1. *El efecto estatua.*

Partamos de una base teórica que ya conocemos: el cerebro, sobre todo cuando miente de manera improvisada, se ve afectado por una importante sobrecarga a nivel cognitivo. Es decir, esto ocurre cuando debe ir construyendo o ampliando la historia sobre la que sustenta su mentira. Es como si todo su ejército de recursos mentales se uniera en la misma misión, en transmitir un discurso convincente, pero que sabe que no es verdadero.

Al proceder así, un efecto simultáneo es la paralización corporal. El cerebro no puede estar a todo, por lo que no consigue ocuparse también, al menos con la misma intensidad, de los movimientos corporales que seguramente sí acompañarían a su relato de ser cierto.

Uno de los ejemplos más interesantes que he estudiado en mis años como analista lo advertí en el presidente de Siria, Bashar Al Assad, en una entrevista que concedió tras unos ataques con armas químicas a diversas zonas pobladas. Si quieres ver mi análisis detallado lo tienes en mi web **(90)**.

En mi análisis realicé un doble estudio. En primer lugar, examiné cuándo Al Assad estaba convencido, firme y comprometido con aquello que contaba, por ejemplo, cuando criticaba a EE. UU. y Europa porque consideraba que no eran serios en la lucha contra el terrorismo. Entonces se podía comprobar que todo su cuerpo le acompañaba con coherencia. Bien, ya tenemos fijado su patrón base de conducta.

A continuación, acudí al momento clave de la entrevista, cuando el periodista le preguntó si él había ordenado el lanzamiento de armas químicas. Ahí pude advertir cómo su cuerpo se paralizó, y donde antes había movimientos coherentes y comprometidos, ahora se cogía sus propias manos y su rigidez corporal era patente. Su mente parecía centrarse únicamente en su respuesta verbal. Muy interesante. Evidentemente, su respuesta fue negativa.

¿Y este cambio solo es evidente en los adultos? Veamos lo que nos dice una investigación que se efectuó con niños: «en el artículo "Nonverbal markers of lying during children's collective interviewing with Friends", de Sen, H. H. y Küntay, A. C. (2018), en el cual se analiza y compara el comportamiento no verbal de niños/as que mienten con el de otros que dicen la verdad, los participantes del estudio son 45 pares de niños y niñas (pares del mismo sexo), con edades comprendidas entre 4 y 7 años. En cuanto a la expresión de gestos en el discurso, se observó que los sujetos que mintieron gesticularon menos que los que dijeron la verdad» **(91)**. Desde luego el ser humano cambia poco con la edad.

2. *El efecto huida.*

Cuando la persona se encuentra insegura, el cuerpo busca escapatorias. El cerebro quiere abandonar el lugar cuanto antes. ¿Qué tienes que observar? Verás cómo quien está frente a ti, ahora cambia su postura y se coloca más de lado. Aquí te puedes encontrar con varios niveles, desde aquel sujeto que dirige todo su cuerpo hacia fuera de lo que se podría denominar el círculo de conversación o el que consigue mantener el tronco dirigido hacia ti, pero le delatan sus pies, que quieren escapar hacia otro lugar.

Aviso importante: en una conversación un tanto prolongada, es normal que cualquiera cambie de postura. La clave estará en que observes que el cambio se produce justo cuando el otro responde a una pregunta más comprometida o cuando narra una historia y no otra. Algo en lo que debes fijarte es en si tiene una puerta a la vista y dirige su cuerpo o, al menos, sus pies hacia ella. La orden del cerebro es bastante clara, ¿verdad? Quiere escapar.

Este indicador es interesante observarlo también cuando alguien está posando ante las cámaras. A veces, he podido comprobar cómo en personas que siempre posan de frente, un día en concreto sus pies gritaban claramente que querían marcharse. Como en este caso solo tenemos una foto, que es una imagen fija, hay que tener cuidado con las conclusiones, dado que son innumerables los motivos que pueden provocar que una persona quiera irse cuanto antes; puede ser que se estuviese colocando justo cuando se hizo la instantánea.

3. *El efecto defensa.*

Comencemos con una experiencia que Joe Navarro, exagente del FBI, comenta en su libro *El cuerpo habla,* al que ya he hecho referencia. En un interrogatorio policial advirtió cómo la persona interrogada poco a poco fue levantando un muro con objetos que había en la mesa. Efectivamente, suele suceder que la persona que está mintiendo trate de buscar protección tras algún objeto. Los objetos más frecuentes para este acto de defensa son las sillas y las mesas.

Si le preguntas algo a alguien y, cuando te responde, da unos pasos para situarse tras el respaldo de una silla, esa conducta puede deberse al miedo, pues busca protección. El origen de ese miedo tiene diferentes causas, y la mentira puede ser una de ellas.

4. *El amago de fuga.*

Este comportamiento es un aviso de que el sujeto se encuentra incómodo. Se suele exteriorizar con el cuerpo, y ese amago de fuga es provocado por el propio acto de mentir. Recordemos que la mentira puede incrementar el miedo y la culpa.

Por ejemplo, estás charlando con alguien y, de repente, al contarte algo, coge el brazo de su silla y hace ademán de levantarse. No termina el acto, solo hace el primer movimiento, levanta un poco el trasero del asiento y se inclina hacia delante para levantarse, aunque inmediatamente vuelve a su posición corporal anterior. Eso es un amago de fuga.

Recuerdo varios casos que he analizado. Uno de ellos fue el de Popeye, el sicario principal de Pablo Escobar, quien cada vez que la periodista le preguntaba por algo que le provocaba incomodidad hacía ese movimiento; en concreto, cuando tocaba el tema de su familia. Era como si su cuerpo dijera: «Me quiero marchar y no responder a temas relacionados con mi familia».

Por eso, te debes poner alerta si observas que la persona que analizas realiza ese amago de levantarse de la silla.

5. *La cabeza contradictoria.*

Con este indicador debemos tener mucho cuidado, pues resulta fácil equivocarse. Voy a tratar de explicarlo con un ejemplo práctico para conocer este indicador bien y aprender a no sacar conclusiones erróneas.

Estás hablando con un amigo y, en medio de la conversación, le preguntas:

—¿Te ha gustado la chaqueta que te he regalado?

—Claro que sí, mucho —responde.

Pero al pronunciar estas palabras, te das cuenta de que niega con su cabeza.

Te dice SÍ con sus palabras y NO con su cabeza.

¿Qué piensas que ha podido ocurrir?

En la mayoría de los casos, el movimiento de la cabeza es más sincero que las palabras. El primero no se controla, es un movimiento involuntario que está respondiendo a la pregunta. El segundo también responde, pero con una frase razonada. Siempre me creo más lo automático, aquello que escapa del control consciente del cerebro, que lo que sí se construye, como es el contenido de un mensaje verbal.

Ahora bien, mucho cuidado, porque nos podemos equivocar con este indicador. El error se produce si nos quedamos solo con una parte de lo que se dice y no con todo el contexto.

Volvamos a nuestro ejemplo para verlo más claro:

—¿Te ha gustado la chaqueta que te he regalado?

—Claro que sí, mucho. —Y añade, además—: Hoy no me la he puesto porque hace calor.

¿Ves la diferencia?

Justo a continuación aparece una negación que justificaría la negativa que acaba de hacer con su cabeza.

Nunca olvidemos que el gesto, el movimiento corporal, precede o se simultanea (visualmente) con las palabras. De tal manera que la negativa de la cabeza en nuestro caso iría emparejada con que no se ha puesto la chaqueta por el calor que hacía, a pesar de que la hayamos visto antes, cuando afirmaba que le ha gustado mucho.

Es muy fácil equivocarse. Como todo, exige práctica para poder distinguir ambos casos. Tengo ejemplos como para llenar un libro. Bueno, exagero un poco. Pero sí que he analizado muchos supuestos de este tipo de incoherencia comunicativa.

Voy a coger uno de los más claros y llamativos. Fue el momento en el que Iker Casillas dio una rueda de prensa para despedirse del Real Madrid. En un momento de esta comparecencia, el portero dijo con sus palabras: «Me he sentido acompañado y muy querido», pero al decir «y muy querido» fue evidente que negó con la cabeza. Yo en su momento deduje que, tal vez, en sus últimos tiempos en el club no se había sentido tan querido como habría deseado o como en anteriores etapas **(92)**.

Ve al minuto 4:50 de la rueda de prensa.

6. *La imitación corporal.*

> **Una pista de la coincidencia de opiniones es la imitación corporal.**

Podemos decir que cuando existe una sintonía mental, es fácil la sintonía corporal. Se las denomina posturas eco o posturas espejo, dado que uno de nosotros se refleja en su interlocutor a nivel postural.

Imagina que esta imitación postural es habitual en una conversación que mantienes con otra persona y, de repente, como reacción a una pregunta, la rompe. En tal caso, convendrá rebobinar en el tiempo y recordar lo que ha pasado para averiguar cuál ha sido el motivo del cambio.

Tal vez no tenga mayor importancia, pero si existe un efecto acción-reacción, lo más probable es que obedezca a un motivo interno mental de desagrado, incomodidad o inseguridad. Así que ahí, atento, por si ha dejado de ser sincero en la conversación, tal vez para evitar contar algo que no desea que sepas.

7. *El bloqueo de sentidos.*

¿Por dónde entra la información a nuestro cerebro? Para lo que nos interesa en este apartado, por la vista y por el oído. ¿Y por dónde sale? Por la boca.

Te aconsejo prestar mucha atención cuando tu interlocutor cierra los canales de entrada o salida de información; es decir, cuando cierra prolongadamente los ojos o se los tapa con las manos, o se lleva estas a los oídos. El además de colocar una barrera con las manos en los sentidos de la vista o el oído nos manda una alerta de que algo no se quiere ver o escuchar.

En cuanto a taparse la boca, si esta acción la hace la otra persona antes de responderte, te aconsejo que estés muy atento a lo que te diga; puede que quiera ocultar algo y sepa más de lo que nos cuenta. Tampoco debemos pasar por alto que lo haga después de contar algo, dado que es posible que haya dicho más de lo que pretendía.

Cuando advirtamos cualquiera de los indicadores que hemos comentado, no podemos pasarlos por alto. La pregunta es obligada: ¿qué ha sucedido para provocar en el cerebro este gran cambio? Como ya advertí al inicio del libro, nunca hay que precipitarse en las conclusiones y pensar en la mentira como única respuesta. ¿Algo ha sucedido que le ha cambiado? Sí. ¿El qué? Toca convertirse en detective del comportamiento.

La gestualidad

En este apartado ponemos nuestro punto de mira en las manos y en los brazos. En qué hacen y cómo lo hacen. Pasemos a detallar siete gestos que son muy frecuentes y que expresan, en ocasiones, más de lo que su autor imagina.

1. *Los gestos que dicen: «Me lo creo».*

Como señalo en mi anterior libro *Tú habla, que yo te leo:*

«Cuando una persona se encuentra segura de lo que dice y cree en lo que está contando, de manera totalmente involuntaria, sus manos suelen acompañar a sus palabras. Sus gestos refuerzan y aclaran el mensaje. A este tipo de gestos los llamamos "ilustradores"».

Son esos movimientos que haces con tus manos cuando cuentas algo de lo que estás convencido. Cuanto más creemos lo que expresamos, más lo vamos a acompañar de este tipo de gestos.

Aunque, como es normal, hay materias que se pueden ilustrar más que otras. No es lo mismo indicar a alguien la dirección para llegar a su destino o contar lo grande que es el árbol de Navidad que te han regalado, de ancho y de alto, que explicar una fórmula matemática.

También hay que tener en cuenta que estos gestos los empleamos más si nuestros estados emocionales están exaltados, es decir, si estamos muy alegres o muy enfadados. No es así cuando sentimos otro tipo de emoción como la tristeza, pues en esos casos reducimos la gestualidad, incluso podemos llegar a la parálisis ante emociones como el miedo o la sorpresa.

La gran importancia de este tipo de gestos en materia de detección de la mentira es la siguiente: disminuimos los ilustradores si no confiamos en nuestro mensaje; más aún, si nuestro cerebro debe construir un discurso y a la vez tratar de frenar una emoción. Ya ni te cuento si encima debe fingir también lo que no siente. El cerebro se centra en la historia, que es a lo que da más importancia, y deja en un segundo plano la comunicación no verbal, que saldría fluida en caso de creer y sentir lo que se dice, porque no puede ocuparse también de ella. Por eso dejamos de gesticular. Ya no es que nuestro cuerpo no se mueva, como comentamos en el efecto estatua, sino que hasta las manos, que son las que más bailan en el aire, se quedan quietas. Además, si el mentiroso siente miedo a ser descubierto, algo que es fácil que suceda, este le puede paralizar, dado que es una de sus reacciones de autodefensa.

Otro detalle importante a tener en cuenta es que la gestualidad ilustradora sea coherente con el mensaje. No me vale con que se muevan las manos, sino que deben hacerlo en consonancia con aquello que cuentan.

Ahora bien, como ya sabes que me gusta insistir y no me cansaré de hacerlo, nunca nos precipitemos en las conclusiones, ya que hay variables que lo cambian todo. Desde que sea una persona que gesticula poco, hasta que, por ejemplo, hable en otro idioma que no le sale de forma espontánea y tenga que esforzarse en buscar las palabras precisas para contar mejor su historia, un caso en el que también se produce un sobresfuerzo a nivel mental similar al de la mentira. En estos supuestos es fácil que se reduzcan sus gestos ilustradores, pero no quiere decir que mientan.

© David Castro / El Periódico

2. *Gestos de inseguridad.*

En este apartado nos vamos a centrar en los denominados «gestos manipuladores o adaptadores». De nuevo para el concepto acudo a mi anterior libro: «Se llaman "gestos manipuladores" y los hacemos en momentos de especial nerviosismo, intranquilidad, falta de confianza, temor; también en ciertos casos pueden ser un indicador de engaño… Como vemos, las posibilidades son varias.

»Cuando veas que una persona deja de mover sus manos acompañando su mensaje y comienza a hacer actos repetitivos manipuladores (tocarse el cabello, las joyas, el cuello, la ropa…), nos está "diciendo" que su estado de ansiedad ha subido varios puntos. Importante no dejar pasar esas señales desapercibidas y tratar de averiguar el porqué, pues pueden ser variadas las soluciones: desde que le menciones una persona o situación que le resultan incómodas, desagradables o comprometidas, hasta que te esté contando una historia en la que no confía mucho, o puede que en la conversación esté alguien que no desea que la presencie».

Cada persona suele tener sus gestos manipuladores más frecuentes que delatan su plus de estrés. Piensa en el tuyo. ¿Lo recuerdas? Si me dices que no, es normal. Ya llegará el momento en que te descubras haciéndolo y te acordarás de este punto.

Con lo expuesto, obtenemos dos conclusiones importantes:

- Debes fijarte en los gestos manipuladores de alguien que te interesa o cuya conversación requiere tu especial atención.
- Y tú también cuentas. Conocer tus propios gestos también es importante para tratar, en la medida de lo posible, que no te delaten. Ya te adelanto que no es fácil. Según te quitas uno, tu cerebro busca otro. Y es que por algún lado tiene que tranquilizarse.

Estos gestos nos calman y por eso los hacemos cuando estamos más nerviosos, lo que por supuesto es frecuente cuando decimos una mentira.

© Goal

3. *Emblemas gestuales que nos delatan.*

Hay gestos que hacemos con nuestras manos que tienen un significado propio y que se pueden traducir en palabras. Son culturales. Este detalle es importante dado que, si los advertimos, tenemos que saber a qué cultura pertenece su autor. Se denominan «gestos emblemáticos» o «emblemas gestuales». Aunque existen innumerables gestos de este tipo, mis favoritos al analizar declaraciones y entrevistas que tengan relación con la mentira son dos:

a) *La peineta.* Gesto que representa levantar el dedo corazón de manera despectiva. En la mayoría de las ocasiones se hace voluntariamente. Esas no me interesan ahora. Quiero que te fijes en cuando se realiza de manera totalmente involuntaria por la otra persona. Fíjate en lo que dice o escucha, dado que lo más seguro es que lo desprecie.

Un ejemplo significativo lo advertí en el debate previo a las elecciones en Cataluña en el año 2015, cuando Lluís Rabell respondió a Inés Arrimadas e hizo este gesto. Estoy convencido de que no lo hizo adrede, pero su mente delató lo poco que le gustó la pregunta que le acababa de hacer su adversaria política.

No es el caso anterior, pero en ocasiones he visto cómo se hace este gesto al realizar un comentario elogioso de alguien de la oposición. La verdad es que me levanta serias dudas ese elogio.

b) *La mano stop.* También resulta interesante comprobar cómo las personas, sin decirlo con palabras, tratan de frenar la intervención del otro cuando habla. Por mucho que diga que respeta su opinión o el uso de la palabra, este gesto dice justo lo contrario. Lo hacemos poniendo la mano abierta y extendida en dirección a la otra persona. Cuando no se hace adrede, en ocasiones, ni siquiera se levanta el brazo.

En el siguiente caso, Bertín Osborne expresaba con su gesto que Santiago Abascal no continuara por donde estaba llevando su conversación, dado que le estaba diciendo que iba a su programa de televisión para que le diera un poco de «caña».

4. *Brazos cruzados.*

Todos los que han asistido a mis cursos saben que insisto mucho en derribar el falso tópico de que este gesto significa que la persona rechaza lo que escucha o que pone una barrera ante la persona que tiene frente a ella.

En nuestra especialidad de la detección de la mentira es importante no solo saber los verdaderos indicadores, también eliminar aquellos que no lo son.

Si alguien escucha con sus brazos cruzados lo que tú le comentas y te dice que le interesa lo que explicas, puede ser perfectamente cierto, sobre todo si está sentado. Es una postura que refleja, ante todo, comodidad.

Ahora bien, también me refiero a aquellas ocasiones en que sí debemos sospechar que quizá no le está gustando tanto lo que escucha, aunque no nos lo diga. Esto puede ser cuando le hagamos una pregunta y, al ir a respondernos, cambie a esta postura como efecto del principio que ya he comentado de acción-reacción.

Imagina esta conversación entre dos amigos:

—Me gustaría volver a ver la película que vimos el año pasado, esa de la invasión extraterrestre que acababa con la humanidad. La están poniendo otra vez en el cine, ¿la vemos de nuevo?

—Claro, genial —responde el amigo, pero en ese momento se cruza de brazos y se recuesta en el respaldo de su asiento.

Detalles importantes: estaba en otra postura anteriormente, escucha la propuesta y es entonces, ni antes ni después, cuando se cruza de brazos y, además, se echa hacia atrás, algo que suele coincidir frecuentemente. En este ejemplo sí que es posible que, aunque esté diciendo que «genial» a la propuesta de ver la película, cuando llegue el día de ir al cine, busque la excusa perfecta para no acudir.

Sin embargo, en la mayoría de las situaciones diarias estar de brazos cruzados no es más que un gesto que refleja relajación y también puede transmitir autoconfianza, como en la siguiente imagen de Barak Obama.

© Digital-Color Album-akg images-Pictures From History

5. *Palmas de las manos hacia arriba.*

En muchos casos es un ruego para que creamos lo que nos están contando. Aunque también es un gesto que siempre se ha asociado a la veracidad.

Se dice que enseñar las palmas de las manos al interlocutor es una señal de confianza. Así se demuestra que no tiene intenciones ocultas, ni esconde nada peligroso, ni guarda armas en ninguna parte. Por lo tanto, por todos estos motivos, se puede creer en la persona que hace el gesto.

Pero también he advertido en bastantes ocasiones que este gesto aparece como reflejo de una necesidad, la de que lo que se cuenta sea creído. Me traigo este gesto a este libro, dado que es muy típico en personajes públicos cuando hacen sus intervenciones en diferentes eventos. Pero, cuidado, porque suelen llevarlo muy estudiado y no es un gesto sentido, está más pensado para transmitir la sensación de confianza a la que antes he hecho referencia.

© TOBIAS SCHWARZ/AFP via Getty Images

6. *Mano en el corazón.*

> **El gesto de llevarse la mano al corazón es de los que más implicación íntima, personal y emocional transmiten.**

Primer dato que es importante que conozcamos: lo normal es que cuando somos testigos de que alguien lo hace, este crea y sienta aquello que cuenta.

Ahora bien, de nuevo como en el caso anterior, este gesto lo aprenden los oradores, por lo que quizá lo utilicen para que su discurso, aunque no crean una palabra de lo que cuentan, resulte más convincente.

Hay interesantes investigaciones que han estudiado este último supuesto: «Los autores defienden que los experimentos realizados demostraban que la honestidad podía ser manipulada a través de la inclusión de claves asociativas no emotivas, tales como los gestos y la comunicación no verbal y, más concretamente, por el gesto simbólico de poner una mano sobre el corazón» **(93)**.

© MANAN VATSYAYANA/AFP via Getty Images

No es fácil lo que te voy a contar ahora, pero una manera de descubrir si el gesto es auténtico o fingido es observar si se realiza antes o después de las palabras que lo provocan.

- Que sale antes el gesto: bien. Me lo creo más.
- Que sale antes la palabra: mal. Lo pongo en duda.
- Que lo veo y oigo todo a la vez: bueno, vamos a darle un voto de confianza.

7. *Puño apretado.*

Tal y como decía en mi anterior libro: «Puño cerrado, corazón implicado». Te aconsejo que cuando tengas una reunión con alguna otra persona y te des cuenta de que cierra el puño con fuerza, busques el motivo que ha provocado esta reacción emotiva tan intensa. Si te dice que le es indiferente lo que cuenta o escucha, duda, ya que esa fuerza en su mano cerrada transmite todo lo contrario.

TENSAS DISCULPAS

PUÑO MUY APRETADO
Mucha tensión contenida

Las distancias

En este apartado, nos centraremos en la relación de la persona con su entorno y en la confianza en uno mismo o en la inseguridad que transmita al hacerlo.

> **Por regla general, la sensación de culpa o de miedo de quien no confía en aquello que dice, o bien todo lo contrario, se hace patente tanto por la conquista del espacio exterior como por el cambio en el tamaño corporal del protagonista.**

Así que, a continuación, estudiaremos estos dos comportamientos humanos.

Adelanto o retroceso corporal. Imagina que estás conversando con otra persona o manteniendo una reunión con varias. En un momento determinado, expones una idea o propones una iniciativa; fíjate en cómo reaccionan los demás:

- *Quien se inclina hacia ti o da un paso de acercamiento.* Transmite agrado y complicidad con tu exposición.
- *Quien echa su cuerpo, como un resorte, hacia atrás o da algún paso en dirección contraria a ti.* Denota un claro rechazo hacia la misma.
- *También se pueden quedar impasibles, por supuesto.* En este caso, manifiestan que se mantienen a la expectativa o que la cuestión les resulta más indiferente.

Estas tres conclusiones básicas expuestas podemos extrapolarlas ahora a situaciones en las que el engaño se encuentra más presente: cualquier tipo de entrevista o interrogatorio, así como en el transcurso de una negociación.

Si alguien, al escuchar la pregunta que le acabas de hacer, lanza su cuerpo hacia ti, lo más seguro es que esté deseando responder con seguridad y confianza.

Por el contrario, si ves cómo su cuerpo se inclina en dirección contraria al origen de la misma, mantente alerta con lo que responda a continuación, dado que lo que está transmitiendo es un típico alejamiento por rechazo o temor, lo que puede provocar a su vez una respuesta igualmente alejada de la realidad que le crean esas sensaciones o, al menos, podría dar información incompleta.

Asimismo, durante una negociación, el observar cómo reacciona la otra persona al escuchar la oferta da una información muy valiosa de aceptación o rechazo de la misma. Esto será de gran importancia, ya que es muy probable que con sus palabras pueda expresar lo contrario, en un intento por conseguir un mayor beneficio. Cuidado con lo que hagas, porque también te pueden estar estudiando.

El tamaño importa. En esta ocasión, te aconsejo que te fijes en el cambio de tamaño del cuerpo de quien dice o escucha algo, aunque este caso es más pronunciado en el primer supuesto, al hablar.

En momentos de temor e inseguridad, la persona puede ocupar tan poco espacio con su cuerpo que es posible que percibas cómo se encoge en sí misma. Sus brazos y piernas se unen, su cuerpo se encorva y, en situaciones más extremas, llega incluso a colocarse en posición fetal.

Un ejemplo que viene ahora a mi memoria es del presidente del Gobierno de España, Pedro Sánchez, quien suele ocupar menos espacio con su cuerpo cuando defiende posiciones con las que parece sentirse más inseguro.

Aunque también nos encontramos con la reacción contraria fruto de la seguridad e incluso del orgullo personal. Recuerdo varios casos que me parecen bastante llamativos y siempre me hacen sonreír. Uno es el de la presidenta de la Comunidad de Madrid, Isabel Díaz Ayuso, en un vídeo de la campaña electoral antes de las elecciones que la llevaron a ocupar ese cargo, en el que realizó un cambio para analizar. Cuando un compañero de partido aseguraba que ella sería la próxima presidenta de Madrid, ¿cómo crees que reaccionó ella? Se puso de puntillas, y de esta manera parecía más grande. Estoy seguro de que, si se viera, se reiría.

Otro ejemplo es el de una comparecencia que hizo Joe Biden, cuando se estaban terminando de contar votos en las elecciones de EE. UU. y ya se consideraba presidente; su cuerpo se eleva durante un instante, justo cuando dice que ya tienen los suficientes votos para ganar las elecciones **(94)**.

Por lo que acabamos de ver, también es importante no descuidar cómo reacciona el cuerpo de nuestro interlocutor al narrar su historia o responder a nuestras preguntas, porque, sin quererlo, nos puede indicar su nivel de miedo, confianza, orgullo…

El tacto

Como medio de comunicación no verbal, debemos partir de un principio básico fundamental en lo que a contacto físico se refiere:

Tocamos lo que nos gusta.

La regla indicada suele funcionar también en sentido inverso, esto es, no queremos sentir el contacto de aquello que nos disgusta. No obstante, en todo lo que expondré en este apartado, siempre debemos tomar en consideración las diferencias culturales, al igual que también sucede, por ejemplo, con la comunicación no verbal en las distancias.

En términos de detección de mentira, voy a resumir este punto con dos interrogantes:

- Si no le gusta, ¿por qué lo toca?
- Si no le gusta, ¿por qué no lo suelta?

El consejo que quiero que te lleves de este apartado es que observes cuando otra persona toque algo o a alguien por voluntad propia, y que analices qué hace cuando ya esté al alcance de su mano; por ejemplo, si mantiene este contacto durante un tiempo. En este último caso, nos estará diciendo que el objeto o la persona le gusta, le interesa, le importa…, y no con sus palabras, porque ya sabemos que es fácil con ellas contradecirnos.

Por lo tanto, cuando veas que sucede todo lo contrario, el significado será también el opuesto al indicado anteriormente. Es decir, esto es así en el caso de que alguien no quiera acercarse ni tocar al interlocutor o, si hay contacto, lo evite en cuanto pueda.

En mi época de abogado, daba mi oferta económica escrita en un papel, podía ser en un cheque bancario o en una simple hoja blanca. Se la entregaba a la otra parte, sin haberla dicho antes, y solo me limitaba a observar. Era apasionante comprobar las reacciones que ello generaba en la otra persona.

Había quienes lo cogían, miraban la cifra y me lo devolvían; otros lo tiraban sobre la mesa; y un tercer grupo, el más provechoso para mí, el de los que me decían que tenía que subir la oferta mientras no soltaban el papel que ya tenían en su mano. Este último caso me indicaba que el interesado, por mucho que dijera lo contrario, aceptaba la cifra, y no se quería desprender de ella. Y es que no debemos olvidar que, si cogemos con la mano aquello que deseamos, nuestro cerebro lo considera ya una conquista y es difícil renunciar a ello. No se necesita escuchar cuando decimos tanto sin palabras.

La mirada

Los ojos, las miradas…, qué poder de comunicación tan enorme tienen. De hecho, para la mayoría de las personas, son el principal medio para saber si una persona está siendo sincera o mintiendo. Así que, en esta ocasión, deseo comenzar este apartado en compañía de sabios y escritores, quienes con pocas palabras nos expresan tanto sobre el tesoro oculto que esconden las miradas y también sobre su valor para descubrir mentiras. Te invito a ver el vídeo que tengo subido en mi página de YouTube **(95)** y al que puedes acceder tanto a través del siguiente código QR como escribiendo en tu buscador de Internet: «El poder de la mirada», «Martín Ovejero».

"Las palabras están llenas de falsedad o de arte;
la mirada es el lenguaje del corazón"
W. Shakespeare

A continuación, compartiré contigo relevantes investigaciones en torno a la mirada y la mentira. ¿Confirmarán o destruirán las creencias populares sobre la dirección de la mirada como pista infalible para saber si te dicen la verdad o no? Y seguiré con el estudio de la mirada en relación con la vergüenza, el orgullo, el recuerdo…

1. *No te mira a los ojos.*

Me faltan dedos en el cuerpo para contar las veces que me han dicho eso de «no me fío de quien me habla sin mirarme a los ojos» o, más directamente, «si me cuenta algo sin mirarme a los ojos, me miente». ¡Ale! Y se quedan tan a gusto. Pobrecitas las personas tímidas a las que tanto les cuesta mirar a los ojos al hablar con los demás.

> **Aunque es cierto que una mirada directa genera confianza, eso no debe llevarnos a pensar que quien la desvíe es necesariamente porque mienta. Si el contacto visual directo genera confianza, imagina lo que hará un mentiroso profesional o un estafador. ¿Lo imaginas? Claro, no quitarte el ojo de encima.**

Acudamos a algunas investigaciones científicas que se han realizado sobre esta materia:

- «El artículo "Windows to the soul? Deliberate eye contact as a cue to deceit", de los autores Samantha Mann, Aldert Vrij, Sharon Leal, Pär Anders Granhag, Lara Warmelink y Dave Forrester, de la Universidad de Portsmouth (Reino Unido), que pone en evidencia que los mentirosos buscan el contacto visual deliberadamente durante la mentira (…). Cuando intentamos persuadir a alguien, tendemos a mirarle a los ojos, y una mentira no es sino un intento de persuadir al otro de que estamos diciendo la verdad. Mientras que alguien que está siendo sincero y da por supuesta su credibilidad no tiene la necesidad de buscar la mirada del otro para convencerle de ella. Un mentiroso, en cambio, necesita monitorizar a su interlocutor mientras habla para asegurarse de que le está creyendo y seguir construyendo alrededor de su mentira si fuera necesario» **(96)**.

- El artículo «The effect of cognitive load on nonverbal behavior in the cognitive interview», de Frosina, P., Logue, M., Book, A., Huizinga, T., Amos, S. y Stark, S. (2018), dice que «aquellos que mienten miran más a menudo a los ojos a lo largo de toda la entrevista que los que dicen la verdad» **(97)**.

- Como se señala en la web del investigador David Matsumoto: «Se han realizado más de 30 estudios que examinaron el contacto visual como una variable al mentir y la mayoría de ellos han demostrado que no hay ningún signo revelador cuando alguien está engañando… Sin embargo, a pesar de la abrumadora evidencia de que el contacto visual no tiene nada que ver con mentir, un estudio realizado por más de 90 científicos examinó a más de 5.000 personas en 75 países y lo que creen sobre los mentirosos. La respuesta número uno en todas las culturas fue la (falsa) creencia de que los mentirosos no te mirarán a los ojos. Esta creencia se remonta a hace casi 3.000 años, a los textos sagrados de la cultura hindú.

»Entonces ¿por qué existe este malentendido?

»No hay una respuesta simple a esta compleja pregunta, pero el doctor Frank alude que puede estar asociada con el comportamiento de los niños cuando mienten. Afirma que el contacto visual es probablemente una buena pista para el engaño con los niños más pequeños, posiblemente debido a la emoción de la culpa, pero que a medida que crecen, los niños aprenden socialmente que deben mantener el contacto visual para mentir con éxito.

»Cuando son adultos, la mayoría de las personas han aprendido a hacer contacto visual cuando mienten. Sin embargo, puede persistir la creencia de que el contacto visual está relacionado con el engaño» **(98)**.

- Como explica la doctora Wendy Patrick, «el contacto visual o su evitación puede deberse a diferentes personalidades o antecedentes culturales que determinan la tendencia de uno a hacer contacto visual» **(99)**.

Así que primera idea extendida que debemos descartar. No condenemos por mentiroso a nadie solo porque no nos mire a los ojos.

2. *Miradas cómplices.*

Y ahora voy a compartir un estudio sobre un comportamiento de los niños tras mentir. Su reacción es muy interesante: «El artículo "Nonverbal markers of lying during children's collective interviewing with Friends" de Sen, H. H. y Küntay, A. C. (2018), en el cual se analiza y compara el comportamiento no verbal de niños/as que mienten con el de los que dicen la verdad. Los participantes del estudio son 45 pares de niños y niñas (pares del mismo sexo), con edades comprendidas entre 4 y 7 años: en el estudio también se registró la tendencia o el acto de mirar al compañero cuando se contestaba a las preguntas. Lo que se observó es que los sujetos que mintieron tenían más tendencia a mirar hacia el compañero justo después de responder a la pregunta. No se puede saber cuál es el significado exacto de esa mirada, pero podría señalar un esfuerzo o petición de colaboración en la mentira» **(100)**.

Esta conducta supuestamente infantil también la he observado en adultos, quienes parecen buscar la complicidad de alguien de confianza que los acompaña cuando cuentan algo que no es verdad.

3. *La dirección de la mirada.*

Según otra idea extendida, aunque bastante menos que la anterior, es que si se desvía la mirada en una dirección, el cerebro inventa, y si lo hace en la opuesta, recuerda. En mi anterior libro ya traté este tema con profundidad para rebatirlo. Ahora añadiré solo lo siguiente: «Los defensores de la programación neurolingüística (PNL) afirman que ciertos movimientos oculares son indicadores fiables de la mentira. De acuerdo con esta noción, una persona que mira hacia su derecha está diciendo una mentira, mientras que si mira hacia la izquierda es indicativo de estar diciendo la verdad. A pesar de la creencia generalizada en esta afirmación, no existen suficientes exámenes científicos que validen esta creencia. Ya desde 1980 se comprobó que no existían resultados concluyentes al respecto, lo que conlleva que esas afirmaciones que defienden la dirección de la mirada con verdad o mentira no lo corroboran las investigaciones científicas. Las investigaciones se han centrado en diversos aspectos de relevancia por si en alguno de ellos sí fuera consistente la relación entre dirección de la mirada y el engaño: centrándose solo en el cambio de dirección a derecha o izquierda, por la velocidad que se hace e incluso por la importancia de la mentira para el protagonista, en ninguno de los casos se comprobó relación suficiente para darle valor científico» **(101, 102, 103)**.

4. *La vergüenza y la mirada.*

Lo más importante que debemos recordar en este punto es que quien siente vergüenza no suele mirar a los ojos cuando habla o escucha. Lo habitual es que baje la mirada al suelo.

Ahora vamos a analizar aquellos casos en que la vergüenza al mentir supera a cualquier otra emoción o intención; así que este punto no supone una contradicción con lo visto previamente de que los mentirosos sí miran a los ojos para tener controlada a su víctima. Aquí no nos encontramos con unas mentiras maliciosas, sino más de segunda división, menos nocivas. Del tipo alguien que ha roto un jarrón o se ha comido todos los bombones y no quiere reconocerlo.

Recuerdo cuando era pequeño y mi madre me preguntaba si había sido yo quien había hecho una trastada. ¡Vamos! Era mucho más efectiva que el KGB o la CIA cuando me decía: «Dímelo mirándome a los ojos».

También es importante tener en cuenta que este tipo de reacción con la mirada es normal en aquellas personas que mienten y se sienten avergonzadas al hacerlo. Al caradura o al estafador seguro que esto no le ocurre.

Esta imagen de Donald Trump corresponde a una de sus primeras intervenciones tras las elecciones americanas en las que ha sido derrotado por Joe Biden, y se puede comprobar cómo le costaba elevar su mirada.

5. *El orgullo y la mirada.*

Para entender bien de qué hablamos, acudo a las definiciones que nos da la RAE **(104)**:

«1. m. Sentimiento de satisfacción por los logros, capacidades o méritos propios o por algo en lo que una persona se siente concernida.

»2. m. Arrogancia, vanidad, exceso de estimación propia, que suele conllevar sentimiento de superioridad.

»3. m. Amor propio, autoestima».

En los citados casos, la mirada nunca es descendente, sino todo lo contrario, altiva, con barbilla subida y cuello estirado.

Si traigo este aspecto de la mirada a mi libro es por lo difícil que me resulta encontrar un arrepentimiento sincero. En la mayoría de ocasiones advierto más orgullo, lo que significa que, aunque se diga: «Pido perdón por el daño que he podido causar», realmente son solo palabras que no reflejan una sensación íntima de culpa, vergüenza o arrepentimiento, porque si así fuera el caso, esas palabras se dirían con la mirada baja. Más bien, quien así actúa se siente muy satisfecho de lo que ha hecho. Por seguir con Donald Trump, aquí tenemos una clara imagen de orgullo.

6. *El recuerdo y la mirada.*

Es complicado hacer el esfuerzo de recordar mirando a los ojos a la persona que nos pregunta.

En esta situación solemos desviar la mirada, aunque sea un instante, para que el cerebro se concentre en su labor.

De tal manera que, si haces una pregunta a alguien que debería obligarle a recordar y, sin embargo, ves que te responde sin apartar la mirada, es fácil pensar que tal vez se esperara la pregunta y trajera preparada su respuesta.

La típica mirada de recuerdo es la siguiente del ahora papa Francisco, en una declaración testifical que hizo varios años antes:

7. *Las miradas escapatorias.*

Cuando las personas se sienten incomodas o temerosas con la información que se les pide, es frecuente que veas cómo lanzan la mirada hacia los lados como buscando una salida. Recuerdo el caso del futbolista Ronaldo, a quien, antes de abandonar el Real Madrid, se le preguntó si lo estaba considerando y sus fugas de miradas eran bastante llamativas.

8. *El bloqueo visual.*

Cuando se nos muestra algo que nos desagrada o se nos cuenta o pregunta sobre ello, una reacción habitual a nivel visual es la de cerrar los ojos. Sería algo así como creer que, si cerramos nuestros sentidos a la información, la misma nos afecta menos.

Reacciones fisiológicas

Debemos destacar en este punto que la mentira puede provocar un incremento emocional, centrándonos en este caso en el miedo y la culpa. Al producirse esta situación, en la mayoría de las ocasiones el cerebro reacciona corporalmente con cambios fisiológicos cuyo gran valor es que son involuntarios, difícilmente controlables y pueden resultar incluso inapreciables para quien los sufre.

De todos modos, no solo la mentira los provoca, hay otras situaciones estresantes que los originan, como unos simples nervios. Por ello, daré algunos consejos para minimizar sus señales externas.

La gran importancia de estas reacciones fisiológicas es que también lanzan señales que no debemos pasar por alto.

- *Sequedad de boca.*

Las situaciones estresantes o que generan ansiedad, entre ellas mentir, suelen provocar que la boca se quede seca.

Cuando el cerebro detecta un peligro, corta o reduce la salivación, dado que esta se asocia a la necesidad de alimentarnos, y cuando nos ponemos en alerta, no es tiempo de comer, sino más bien de correr, atacar o defendernos.

La sequedad de boca se aprecia en que la persona trata de humedecerse los labios con la lengua o intenta de una manera ostensible tragar esa saliva que parece necesitar, pero de la que carece. He visto incluso a políticos con experiencia que, en comparecencias públicas delicadas, bebían agua sin parar.

Hace unos meses, un periodista me pedía algún truco para solucionar este problema, porque a él solía ocurrirle antes de entrar en directo, algo normal si le provoca nerviosismo. Voy a compartir contigo alguno de los que le comenté por si a ti también te pasa: muérdete un poco la punta de la lengua, piensa que muerdes medio limón o imagina que comes productos en vinagre, verás cómo es más fácil que segregues saliva.

- *Sudar.*

Las situaciones que nos generan nervios provocan en nuestro organismo una elevación de la temperatura como consecuencia de la aceleración del metabolismo y, ante tal circunstancia, nuestro cuerpo reacciona sudando. Es como si llegara el cuerpo de bomberos para apagar el fuego.

Y lo malo no es que se sude, el problema mayor viene cuando la persona entra en un círculo vicioso: advierte un incómodo sudor que puede delatar su estrés y eso le hace ponerse más nervioso, con lo que suda más.

El sudor de Rudy Giuliani, persona de confianza que lleva la defensa de Donald Trump en el proceso postelectoral, fue más que notable cuando salió en una comparecencia pública. Parece que el tinte del pelo le gastó una mala pasada e hizo muy visible su sudor. ¿Reconoces la emoción que refleja su rostro en el instante de la fotografía? Si has pensado en el miedo, enhorabuena: ojos muy abiertos, rostro en tensión y boca estirada horizontalmente.

© EPA/EFE/Album

Otra señal de sudoración muy incómoda para quien la sufre, más aún si además la advierte durante una intervención pública, es la típica mancha de sudor en su ropa, sobre todo debajo de las axilas. No es una señal de falta de higiene, sino de nervios.

Cualquier ejercicio de relajación previo a la intervención resulta útil. Relativizar este inconveniente también; es decir, convencernos de que lo que vamos a hacer tampoco es para tanto y que, si nos equivocamos, pues aprenderemos, pero nada más. Y en cuanto a la ropa, puede ayudar elegir la menos arriesgada, como la blanca, y también llevar chaqueta. No conviene usar nunca colores como azules claros o grises. También es práctico utilizar la ropa interior de algodón que absorbe mejor la humedad.

• *Temblar.*

«Si algo nos asusta o nos pone muy nerviosos, nuestro organismo nos avisa del peligro segregando adrenalina, lo que aumenta la frecuencia cardiaca y provoca temblor» **(105)**. Un truco que doy a los oradores para que lo hagan antes de salir al escenario es abrir y cerrar las manos varias veces, dado que suele ayudar con este problema. Y, por supuesto, no sujetar folios si nos sucede este inconveniente, dado que el temblor parece multiplicarse con una hoja de papel.

Uno de los casos más llamativos de temblor, en este caso de piernas, fue el protagonizado por Mariano Rajoy, expresidente del Gobierno de España, al tener que responder en una rueda de prensa sobre si se presentaría a una votación de investidura **(106)**.

Como podéis ver, estas reacciones de nuestro cuerpo nada tienen que ver con las ideologías políticas, y sí mucho con las malas pasadas que nos pueden jugar los nervios, sean debidos a la mentira o a cualquier otra causa.

- *Palidez.*

Suele mostrarse más cuando se siente temor o miedo.

El flujo sanguíneo se dispara hacia las piernas, como reacción de huida, o a las manos, por si entramos en combate.

Todo ello provoca que el rostro se nos quede pálido.

- *Dilatación de pupilas.*

Las pupilas aumentan de tamaño tanto ante estímulos emocionales intensos como cuando el cerebro se ve sometido a esfuerzos cognitivos **(107)**. De tal manera que el acto de mentir puede advertirse, sobre todo cuando tiene mayor impacto emocional o genera un esfuerzo mental superior, por la dilatación de pupilas.

No obstante, advertir este detalle en una conversación normal no resulta sencillo. Además, por si acaso no te lo había dicho todavía, todas estas reacciones fisiológicas pueden tener un origen diverso.

- *Ruborizarse.*

«El rubor suele mostrarse en momentos en que la persona se siente avergonzada o en situaciones que le provocan alguna turbación. Sin embargo, también es cierto que el rostro puede enrojecerse por enojo, rabia o ira» **(108)**.

Aquí nos encontraríamos, si nos centramos en el mundo de los mentirosos, con aquellos que se avergüenzan por su mentira, así que lo más frecuente será advertir también cómo bajan su mirada al no poder dirigirla a los ojos del interlocutor.

Recomendaciones

1. El ser humano viene predispuesto por naturaleza a dar más fiabilidad a la comunicación no verbal que a la verbal.

2. Es prácticamente imposible de ocultar en el rostro una emoción sincera cuando nuestro cerebro la siente con intensidad.

3. Una señal de engaño es la paralización corporal. Dejamos de gesticular dado que el cerebro emplea todos sus recursos en construir una historia que no ha existido en realidad.

4. Quien miente y se siente inseguro al hacerlo es frecuente que ya sea su cuerpo, su mirada o ambos, busquen escapatorias. En sus instantes más temerosos no se dirigirán hacia ti sino hacia afuera, sobre todo hacia una salida si la tienen a la vista.

5. Los gestos que realiza una persona estableciendo contacto físico sobre su propio cuerpo o bien sobre objetos reflejan momentos de especial nerviosismo, intranquilidad, falta de confianza, temor...; también en ciertos casos pueden ser un indicador de engaño.

6. El miedo o la culpa que puede sentir quien miente le hacen parecer que ocupa menos espacio, es como si tratara de esconderse a la vista del resto. Raramente se expandirá corporalmente.

7. Fijémonos cuando alguien toque a otra persona u objeto, nos indicará que desea sentirlos cercanos, aunque sus palabras digan lo contrario.

8. Una persona que te pide disculpas por algo que te dijo o hizo, será más probable que sea sincera y sienta vergüenza o arrepentimiento si no te mantiene la mirada directa y la baja hacia el suelo.

9. Por regla general, las personas necesitamos desviar la mirada, aunque solo sea un instante, para recordar. Es extraño hacerlo mientras se mantiene la mirada fija en los ojos de la otra persona.

10. La sequedad de boca, sudar, temblar… pueden venir motivados por la sensación de miedo y/o culpa de quien miente, pero nunca debemos olvidar que, unos simples nervios, por ejemplo, a hablar en público, también pueden provocarlos.

El momento de la verdad

Pon a prueba los conocimientos que has adquirido en este capítulo:

1. ¿Qué comunicación empleó antes el ser humano?
   a) La comunicación verbal.
   b) La comunicación no verbal.
   c) Ambas se utilizaban a la vez desde el principio de nuestro tiempo.

2. ¿Qué canal de comunicación humana es más importante a la hora de detectar el engaño?
   a) La gestualidad de manos.
   b) Las posiciones corporales
   c) El rostro y sus expresiones faciales.

3. Cuando ves dos emociones consecutivas y contradictorias en el rostro de una persona ¿cuál merece menos fiabilidad?

a) La primera, dado que la segunda viene a corregirla.

b) Ninguna de las dos vale, se anulan mutuamente al ser contradictorias.

c) La segunda, que surge más tarde del cerebro razonador, tras haber surgido la primera, más auténtica, nacida del lado emocional del cerebro.

4. La principal careta que utiliza el ser humano para enmascarar las emociones que siente en realidad es…

a) La sonrisa.

b) El enfado.

c) La sorpresa.

5. Los gestos de nuestras manos que más indican que la persona está convencida de lo que cuenta son…

a) Los que realiza estableciendo contacto con su propio cuerpo.

b) Los que hace acompañando de manera coherente el contenido de su discurso.

c) Cuando no gesticula y se mantiene estático.

6. Si con quien hablas, al escuchar tu pregunta, da un paso de acercamiento hacia ti, transmite…

a) Seguridad y deseo de responderte.

b) Desconfianza en sí mismo.

c) Que trata de agradarte aproximando su cuerpo al tuyo.

7. Si durante una negociación das tu oferta anotada en un papel para que la coja la otra parte... ¿Cuándo puedes deducir más que le interesa?

a) Cuando la mantiene en su poder y no la suelta.

b) Cuando te la devuelve tras mirarla.

c) Cuando la deja sobre la mesa que tenéis entre ambos.

8. Si cuando hablas con otra persona no te mira a los ojos, ¿debes deducir que te miente?

a) Sí, porque de lo contrario, me miraría.

b) No, puede ser simplemente tímida.

c) Sí, porque no me transmite interés.

9. Si quien habla conmigo desvía la mirada hacia arriba y a su derecha es porque…

a) Está recordando.

b) Está inventando su historia.

c) No debo pensar en que mienta o diga la verdad dado que no se ha comprobado que haya una relación causa efecto en ello.

10. Si le digo algo importante a otra persona y la veo empalidecer, es señal de…

a) Que le enfada.

b) Que le entristece.

c) Que siente miedo.

Resultados del test

1.   Respuesta b.
2.   Respuesta c.
3.   Respuesta c.
4.   Respuesta a.
5.   Respuesta b.
6.   Respuesta a.
7.   Respuesta a.
8.   Respuesta b.
9.   Respuesta c.
10. Respuesta c.

Notas

(80) https://www.comportamientonoverbal.com/clublenguajenoverbal/los-musculos-de-la-cara-revelan-el-engano-club-lenguaje-no-verbal/.

(81) https://www.humintell.com/2010/08/facial-expressions-of-emotion-are-innate-not-learned/.

(82) https://www.humintell.com/2009/04/face-it/.

(83) https://www.humintell.com/2009/07/so-you-want-to-be-an-expert-2/.

(84) https://www.humintell.com/2011/07/can-liars-really-control-their-facial-expressions/.

(85) https://www.comportamientonoverbal.com/clublenguajenoverbal/como-parpadeamos-al-decir-mentiras/.

(86) https://www.humintell.com/2014/11/incongruous-emotional-displays-and-self-regulation/.

(87) https://www.comportamientonoverbal.com/ clublenguajenoverbal/los-efectos-de-la-cara-aninada-y-la-edad-en-la-credibilidad-club-lenguaje-no-verbal/.

(88) https://www.comportamientonoverbal.com/ clublenguajenoverbal/mentiras-arriesgadas-lenguaje-no-verbal-y-deteccion-de-mentiras/.

(89) https://www.youtube.com/watch?v=lowgsYwFM0g&ab_ channel=VinnieRattolle.

(90) https://martinovejero.com/2017/04/14/bashar-al-assad-es-convincente-cuando-niega-el-uso-de-armas-quimicas/.

(91) https://www.comportamientonoverbal.com/ clublenguajenoverbal/marcadores-no-verbales-de-la-mentira-en-edades-tempranas-club-de-lenguaje-no-verbal/.

(92) https://www.youtube.com/watch?v=njJdpaYlPdE&ab_chan nel=JoseLuisMart%C3%AdnOvejero.

(93) https://www.comportamientonoverbal.com/ clublenguajenoverbal/la-mano-sobre-el-corazon-influye-sobre-conductas-y-juicios-morales-club-lenguaje-no-verbal/.

(94) https://www.youtube.com/watch?v=LkAGRQ8qbhs&ab_ channel=LaVanguardia.

(95) https://www.youtube.com/watch?v=R84ResSX-d4&ab_cha nnel=JoseLuisMart%C3%AdnOvejero.

(96) https://www.comportamientonoverbal.com/ clublenguajenoverbal/los-mentirosos-no-evitan-la-mirada-la-buscan-club-lenguaje-no-verbal/.

(97) https://www.comportamientonoverbal.com/ clublenguajenoverbal/entrevista-cognitiva-carga-cognitiva-y-su-efecto-en-el-comportamiento-no-verbal-club-de-lenguaje-no-verbal/.

(98) https://www.humintell.com/2009/09/the-eye-contact-myth/.

(99) https://www.humintell.com/2017/08/reading-deceptive-eyes/.

(100) https://www.comportamientonoverbal.com/clublenguajenoverbal/marcadores-no-verbales-de-la-mentira-en-edades-tempranas-club-de-lenguaje-no-verbal/.

(101) https://www.comportamientonoverbal.com/clublenguajenoverbal/dime-hacia-donde-miras-y-te-dire-si-me-mientes-parte-i-club-del-lenguaje-no-verbal/.

(102) https://www.comportamientonoverbal.com/clublenguajenoverbal/dime-hacia-donde-miras-y-te-dire-si-me-mientes-parte-ii-club-del-lenguaje-no-verbal/.

(103) https://www.comportamientonoverbal.com/clublenguajenoverbal/dime-hacia-donde-miras-y-te-dire-si-me-mientes-parte-iii-club-del-lenguaje-no-verbal/.

(104) https://dle.rae.es/orgullo.

(105) https://www.sabervivirtv.com/medicina-general/que-puede-esconder-temblor_1614.

(106) https://martinovejero.com/2016/07/30/mariano-rajoy-de-la-firmeza-a-la-inquietud/.

(107) https://www.rahhal.com/blog/dilatacion-pupilar-frente-estimulos-emocionales-y-cognitivos/.

(108) https://mentirapedia.com/index.php/Indicadores_Fisiol%C3%B3gicos_de_la_Mentira.

Capítulo 6

La voz del mentiroso

«Nunca juzgo a un hombre por lo que dice,
sino por el tono con que lo dice».

CHARLES PÉGUY

Cuestión de escuchar

Con la voz es parecido a lo que ocurre con el rostro: cuando sentimos con intensidad una emoción, resulta muy difícil que no se produzcan cambios de dicción.

En los próximos apartados, nos detendremos a conocer las conclusiones que se han obtenido al estudiar la relación existente entre el volumen, la velocidad, la entonación, las vacilaciones... y la detección de la mentira. Te darás cuenta de que son menos numerosas que las descritas en los dos capítulos anteriores.

Debemos tener presente que la persona que va a contar algo en lo que no cree puede diseñar de maravilla su historia, incluso ensayarla, pero tan pronto se sienta empujada fuera de esa zona de seguridad por las preguntas que formulemos, será fácil que su narración comience a sonar diferente.

Es importante que conozcas el perfil habitual de su voz, para así reconocer los cambios que se puedan producir en ella. También te resultará de gran valor contrastar lo que se dice con la voz utilizada para decirlo. Alguien puede contarte que está «bien», pero su voz transmitir algo bien distinto.

¿Imaginas en qué conversaciones te resultará más fácil el estudio de la voz de tu interlocutor? Pues cuando el resto de nuestros sentidos no estén distraídos. Por eso, al hablar con otra persona por teléfono, sobre todo si cerramos los ojos, nuestro cerebro se centrará en la única fuente de información de la que dispone: la voz.

Y tan relevante como detectar indicadores de posible engaño, lo será también conocer las erróneas conclusiones a las que podríamos llegar basándonos en esa misma voz.

> **Recordemos que tan importante es que no nos mientan como no juzgar mentirosa a una persona que no lo es.**

El volumen

Vamos a fijarnos en este indicador desde una doble perspectiva:

a) Como reflejo de las emociones que sentimos.
b) Como señal de nuestro grado de confianza en lo que contamos.

Con ambos estudios podrás conocer mejor si quien habla contigo te dice o no la verdad, tanto respecto a lo que siente como a lo que piensa.

a) Comencemos por deducir conclusiones basándonos en el volumen de voz que solemos tener dependiendo de nuestro estado emocional: tendemos a elevarlo por ira, por miedo y por alegría. Hacemos lo contrario, lo bajamos, en momentos de tristeza y también cuando nos sentimos aburridos.

b) En cuanto a nuestro grado de confianza:

Las investigaciones realizadas al respecto «descubrieron que cuando los participantes mentían, producían un volumen de voz más bajo» (109).

Es como si la persona que no se encuentra convencida de aquello que expresa tratara de ocultar o empequeñecer lo que dice. A este respecto resulta muy interesante lo que los investigadores José Manuel Petisco Rodríguez y Rafael Manuel López Pérez, a cuyas conclusiones acudiré en diversas ocasiones en este capítulo, señalan: «Si subir el volumen de voz puede servirnos para captar la atención, bajarlo puede ser una manera de minimizar la importancia que se quiere dar a un tema concreto, o de tratar un tema sobre el que no se quiere llamar la atención, ya que lo que interesa es que pase desapercibido. En este sentido Dimitrus y Mazzarella (1999) afirman que bajar el volumen de voz podría ser en algunos casos un indicio de mentira» **(110).**

Qué interesante el detalle que nos cuenta el exagente del FBI, Joe Navarro, en el ya mencionado libro *El cuerpo habla,* y que tiene mucho que ver con el tema que estamos tocando: «Curiosamente, cuando un individuo hace una afirmación que es falsa, evitará tocar no solo a otras personas, sino también objetos, como una mesa. Nunca he visto ni oído a alguien que estuviera mintiendo gritar: "Yo no lo hice", mientras golpeaba la mesa con el puño.

Normalmente, lo que he visto son afirmaciones muy débiles y sin énfasis acompañadas por gestos igualmente suaves».

Debes prestar atención al volumen empleado incluso dentro de un mismo relato, dado que puede bajar y subir solo en frases intercaladas dentro de todo lo que te dicen. De tal manera que una mentira escondida entre varias verdades podría delatarse al decirla en un volumen más bajo.

La velocidad

Ahora te toca prestar especial atención a si el relato te lo cuentan a la velocidad habitual, si se reduce o si se acelera.

Como en el apartado anterior, también vamos a dividir el estudio en dos perspectivas:

a) Por el componente emocional.

b) Por el grado de seguridad en el mensaje.

Observaremos que hay muchos paralelismos con lo que hemos comentado al tratar los cambios en el volumen.

a) Por las emociones: «Estudios realizados en diferentes países, como el de Banse y Scherer (1996), han puesto de manifiesto cómo las emociones afectan a la velocidad del habla. Así podríamos afirmar que las emociones de ira, alegría y miedo provocarían un incremento en la tasa de velocidad del habla. Por su parte, el aburrimiento, la tristeza, el pesar y el disgusto estarían caracterizados por una desaceleración de la velocidad (…). Generalmente un emisor excitado acortará la duración de las sílabas, por lo que la velocidad de locución (sílabas o palabras por segundo) se incrementará (…).

>»Un emisor eufórico tenderá a hablar rápidamente haciendo menos pausas y siendo estas más cortas; sin embargo, un emisor deprimido hablará más lentamente e introducirá pausas más largas» (110).

b) Por la seguridad: «Cuando nos ponemos nerviosos ese ritmo puede volverse más lento y pueden producirse más errores en el habla. Ello sería debido principalmente al mayor esfuerzo mental que tenemos que realizar para controlar lo que se dice cuando estamos nerviosos. Según Cyr (2005) (...) podría ser un indicio de mentira (cuando alguien ralentiza de repente su discurso porque mide sus palabras o está buscando un pretexto para no decir la verdad).

»Para otros autores como Martínez Selva (2005), el miedo a ser pillado en una flagrante mentira y el apresurarse a explicarse antes de que el otro se enfade puede incitar al mentiroso a hablar más deprisa (...). Algunos autores como Vrij (2000) han constatado que la velocidad del habla no tendría relación con el engaño. Concluyendo, el aumento o disminución en el ritmo del habla como indicio de mentira no ha recibido apoyo claro de las investigaciones puesto que se han hallado resultados contradictorios» **(110)**.

Por mi parte, entiendo que los resultados puede que no resulten tan contradictorios, sino que se estén refiriendo a dos tipos diferentes de mentira, como veremos a continuación.

Podríamos hacer una triple diferenciación al tratar de la velocidad y la mentira, considerando que no haya una fuerte carga emotiva:

1. Historia verdadera: velocidad normal.
2. Historia falsa bien preparada y ensayada: saldría más rápida o

parecería normal. Aunque me decanto más por la rapidez debido a que se tiende a querer acabar lo antes posible.

3. Historia falsa improvisada: saldría más despacio debido al sobresfuerzo mental de irla construyendo.

En cualquier caso, siempre te aconsejo buscar los «porqués» de los cambios de velocidad y eso, posiblemente, te ayudará a diferenciar el supuesto que tienes ante ti. La cuestión clave es: ¿se ralentiza el relato o el discurso cuando he comenzado a preguntar? ¿Parece que habla más deprisa ahora que me cuenta la parte más comprometedora de su historia?

El tono

El volumen o la velocidad de la voz no precisan de definición dado que todos sabemos a qué nos referimos. Con el tono puede que haya quien no lo tenga muy claro, así que quiero indicar de lo que trataremos: «El tono de voz (no confundir con la entonación), también llamado inflexión de la voz, se produce por las vibraciones de las cuerdas vocales (hercios por segundo) y puede ser grave o agudo» **(111)**.

Recordemos que mentir suele provocar con frecuencia incrementos de la actividad emocional; entre estas emociones, es importante destacar el miedo. Lo retomamos de nuevo porque «según el psicólogo Rogelio Young (2012), "en el 70 por ciento de los sujetos estudiados, el tono se eleva cuando están bajo el influjo de una perturbación emocional. Probablemente esto sea más válido cuando dicha perturbación es un sentimiento de ira o temor, ya que algunos datos, aunque no definitivos, muestran que el tono baja con la tristeza o el pesar"» **(112)**.

Así también lo señaló Paul Ekman en su libro *Cómo detectar mentiras,* quien tras realizar sus experimentos concluyó que «al mentir cambiaba el tono de voz a más agudo. Se justifica por el miedo que tenía». La razón de ello parece encontrarse en que:

> Al incrementarse el nivel emocional por mentir, las cuerdas vocales se tensan, y esto provoca un sonido más agudo.

Las vacilaciones

Nos vamos a centrar ahora en cuando el protagonista deja de tener un lenguaje fluido y comprensible para pasar al balbuceo, tartamudeo o alargamiento de vocales…

¿Qué ha pasado de repente? ¿Se le ha olvidado hablar? Ni mucho menos. Lo más seguro es que esté bloqueando una primera respuesta, en ocasiones la verdadera, para tratar de construir la falsa. O simplemente puede deberse a una cuestión de poca confianza en lo que está contando.

Veamos lo que los estudiosos en la materia, Petisco y López, nos señalan respecto al tartamudeo y a los balbuceos: «Cuando alguien, sin problemas de tartamudez, intenta hablar demasiado rápido porque al mismo tiempo quiere expresar todas las ideas que afloran en su mente en un momento puntual, puede que comience a tartamudear. Alguien que intenta engañar puede sufrir este fenómeno cuando le sorprendemos con preguntas inesperadas. Ante dichas preguntas la primera respuesta que tiende a salir es la verdad, si bien el mentiroso deberá controlar esa respuesta y elegir otra adecuada a su mentira y que no se contradiga con la información contextual, ni con la información enunciada por él en momentos anteriores. Esto supone el acceso no solo a la memoria de trabajo, sino también a la memoria a largo plazo, unido a tener que elegir entre multitud de respuestas posibles. El comportamiento asociado a este proceso bien podría ser el tartamudeo o la duda en el inicio de la respuesta (Walczyk, Roper, Seemann y Humphrey, 2003). En este sentido todos recordamos las declaraciones de Bill Clinton ante el Senado por el caso de Monica Lewinsky y sus tartamudeos antes de contestar a algunas preguntas, declaraciones que fueron también analizadas por la comunidad científica (Upchurch y O'Connell, 2000).

»El balbuceo consiste en hablar o leer con una pronunciación vacilante o entrecortada. Cuando tenemos dudas de lo que vamos a decir y comenzamos a hablar, antes de haber decidido qué decir, puede que balbuceemos. Por decirlo de alguna forma, sería como una especie de censura que trata de evitar que cometamos un error y retenemos lo que vamos a decir en el último momento. Este fenómeno puede aparecer en personas que mienten, cuando se les va a escapar algo que puede perjudicarlas. En este sentido, De Paulo y colaboradores (2003) llegaron a la conclusión de que el mentiroso se muestra más inseguro y vacilante en su voz y en sus palabras que el que dice la verdad. Podríamos decir, por tanto, que el balbuceo es un comportamiento análogo al anteriormente descrito que aflora ante el mismo proceso psicológico asociado con el acto de mentir» **(110)**.

Uno de los análisis en medios de comunicación que he hecho últimamente fue al entrenador del club de fútbol Barcelona, Koeman, cuando en una rueda de prensa se refirió a su jugador estrella Messi, señalando que se encontraba insatisfecho con su rendimiento. Su voz se entrecortaba y alargaba sílabas, parecía que se pensaba mucho lo que iba a decir, posiblemente para no molestar a nadie y tratando de suavizar su mensaje. No era una dificultad por hablar en otro idioma distinto del suyo, dado que durante el resto de comparecencia habló con fluidez; aunque sí podría influir a la hora de buscar esas expresiones alternativas quizá más adecuadas que las que llegaran primero a su mente **(113)**.

A este respecto, también resulta interesante relacionar este tipo de vacilaciones con la manifestación de arrepentimiento verdadero o falso que pueda hacer una persona: «Los participantes muestran más vacilaciones del habla (por ejemplo: "Eh, eh, eh") cuando cuentan la historia relacionada con el arrepentimiento simulado en comparación con el verdadero relato de arrepentimiento» **(114)**.

La latencia de respuesta

La latencia de respuesta es el tiempo que transcurre entre el momento del final de la pregunta que se hace a un individuo y el instante del comienzo de su respuesta. ¿Y esto cómo se mide? ¿Con un cronómetro? Pues no hay que llegar a tanto, pero sí deberías prestar atención a cuando la otra persona rompe el patrón:

- Así, cuando pase de responder habitualmente con rapidez a tardar mucho más en hacerlo tras una pregunta sin especial complejidad, está claro que su mente precisa tiempo extra para preparar la contestación.

- Igualmente, si quien se caracteriza por el retardo en sus respuestas, de pronto, en una de ellas contesta muy rápido, podría haber imaginado que le preguntarías eso y tener ya preparada su respuesta.

En ambos casos, ante la rotura de patrones, convendría que te pusieras en alerta, por si acaso se esconde algo.

Petisco y López, al referirse a sus estudios sobre esta materia, señalan: «Siguiendo el mismo principio del mayor esfuerzo mental que tenemos que realizar para controlar lo que decimos, el tiempo que tardamos en comenzar a hablar, cuando nos plantean determinada pregunta comprometedora, también sería mayor que ante una pregunta neutra. Ello podría ser indicio de intento de engaño, ya que lo que se pretende es ganar tiempo para preparar una respuesta coherente con la línea a seguir y no entrar en contradicciones con lo dicho anteriormente. En este sentido Walters (2003) afirma que cuando una persona miente la demora en la respuesta es mayor que la demora media de una persona que no miente. (…) Vrij, Edward, Roberts y Bull (2000), en un estudio sobre la detección del engaño a través de la conducta verbal y no verbal, encontraron que los mentirosos presentaban más disturbios en el habla y esperaban más tiempo antes de dar una respuesta, en comparación con los que decían la verdad. (…) Por otra parte, si el individuo intuye o conoce de antemano la pregunta que le van a plantear y se ha preparado bien la respuesta, esta latencia será menor y el ritmo de habla se acelerará al contestarla.

»Por tanto, cualquier variación sobre la latencia de respuesta que se produzca ante una pregunta comprometedora podría hacernos pensar en la hipótesis del engaño, basada bien en la aparición de carga cognitiva asociada a la mentira, que dilatará la latencia, bien por tener preparada la respuesta de antemano, que acortará la latencia.

»Así, otros estudios indican que, si ante una pregunta comprometedora la latencia es mayor o menor que ante preguntas neutras, podríamos plantear la hipótesis de que esa persona está a punto de mentirnos o que trata de eludir la respuesta (Sheridan y Flowers, 2010)» **(110)**.

Como vemos, existe bastante unanimidad en las investigaciones realizadas en este campo. Ahora, retrocedamos en el tiempo a nuestra época infantil y observa qué interesante es este experimento con niños: «(…) en el artículo "Nonverbal markers of lying during children's collective interviewing with friends" de Sen, H. H. y Küntay, A. C. (2018), en el cual se analiza y compara el comportamiento no verbal de niños/as que mienten con el de los que dicen la verdad: los participantes del estudio son 45 pares de niños y niñas (pares del mismo sexo), con edades comprendidas entre 4 y 7 años. Los sujetos que mintieron tardaron dos veces más en responder a la pregunta. Este hallazgo es coherente con lo que se ha observado en adultos» **(115)**.

Recomendaciones

1. La persona que está contando una mentira es fácil que haya preparado bien su historia, pero resulta mucho más difícil que también haya reparado en estudiar sus cambios de volumen, velocidad, entonación... de voz para que sean coherentes con lo que cuenta.

2. Se tiende a bajar el volumen de voz al mentir. Es como si se tratara de reducir u ocultar lo que se dice.

3. La voz nos podrá dar valiosa información tanto de lo que siente su protagonista a la hora de contar su historia, como de hasta qué punto se encuentra involucrado con la misma.

4. Una persona que siente una importante emoción de ira o alegría, por ejemplo, hablará más rápido, haciendo menos pausas y siendo estas más cortas.

5. Cuando se miente, el tono de voz se suele hacer algo más agudo debido a la tensión que se genera en las cuerdas vocales.

6. El mentiroso es habitual que se muestre más inseguro y vacilante en su voz y en sus palabras que el que dice la verdad.

7. Los balbuceos, tartamudeos, alargamiento de vocales... suelen venir provocados por la pérdida de confianza en aquello que se dice, aunque los he escuchado en múltiples ocasiones en que la falta de seguridad era sobre uno mismo.

8. Una muestra verbal de arrepentimiento verdadero será más clara y directa y con menor número de vacilaciones al relatar aquello de lo que se arrepiente.

9. Cuando una persona tarda más tiempo del que en su caso es habitual en dar respuesta a una pregunta sencilla que se le ha hecho debe alertarnos, porque algún motivo hay para que necesite ese tiempo extra para contestar.

10. Si sucede justo lo contrario, y una persona que suele tardar en contestar, lo hace con rapidez, alerta también, podría llevar preparada la respuesta.

El momento de la verdad

Pon a prueba los conocimientos que has adquirido en este capítulo:

1. ¿Cuándo resultará más sencillo detectar los cambios relativos a la voz?

  a) Si a la vez observamos a la otra persona.

  b) Si cerramos los ojos y dejamos que el sentido del oído protagonice la atención.

  c) Si hacemos un estudio comparativo con la voz que utilizaríamos nosotros mismos.

2. Si nos centramos en el volumen de la voz, será importante que nos fijemos en…

  a) Cómo refleja las emociones de su protagonista.

  b) Cómo delata el grado de confianza en lo que expresa.

  c) Ambas perspectivas son de gran valor.

3. Tendemos a elevar nuestro volumen de voz…

  a) Por ira, por miedo y por alegría.

  b) Por ira, miedo y tristeza.

  c) Por aburrimiento, ira y alegría.

4. Una mentira entre varias verdades podría delatarse…

  a) Por decirla a un volumen más bajo.

b) Por decirla a un volumen más alto.

c) Pasaría desapercibida porque no habría cambios.

5. El aburrimiento y la tristeza provocan que la velocidad del habla sea…

a) Más rápida.

b) Más lenta.

c) No afectan a la velocidad.

6. Los estudios científicos realizados hasta la fecha indican que…

a) Cuando se miente se acelera el habla.

b) Cuando se miente se reduce la velocidad de expresión verbal.

c) Los resultados aún no son concluyentes.

7. El tono de voz se hace más grave con…

a) La alegría.

b) La ira.

c) La tristeza.

8. La falta de fluidez en el lenguaje con, por ejemplo, tartamudeos ¿nos debe alertar?

a) Sí, podría estar teniendo problemas de confluencia de respuestas contradictorias, la verdadera que se trata de bloquear y la falsa que se crea en ese instante.

b) Sí, porque nos indica que tiene prisa por contarnos la verdad de lo que ha sucedido.

c) No, resulta indiferente en la detección de la mentira.

9. ¿Qué es la latencia de respuesta?

a) El tiempo que el sujeto emplea entre palabra y palabra.

b) Es el tiempo que transcurre entre el momento del final de la pregunta que se hace a un individuo y el instante del comienzo de su respuesta.

c) El tiempo que el protagonista emplea desde que comienza a responder hasta que concluye.

10. Ante una pregunta inesperada el sujeto decide mentir; en tal caso, lo más frecuente es que su respuesta…

a) Sufra una demora mayor de lo que en él es normal.

b) La dé con mayor celeridad.

c) No se advertirán cambios en tal caso.

Resultados del test

1. Respuesta b.
2. Respuesta c.
3. Respuesta a.
4. Respuesta a.
5. Respuesta b.
6. Respuesta c.
7. Respuesta c.
8. Respuesta a.
9. Respuesta b.
10. Respuesta a.

Notas

(109) https://www.humintell.com/2018/01/revisiting-nonverbal-behavior/.

(110) https://intranet.bibliotecasgc.bage.es/intranet-tmpl/prog/local_repository/documents/5863.pdf.

(111) https://www.axiomafv.com/papel-juega-tono-voz-la-comunicacion-oral/#:~:text=El%20tono%20de%20voz%20(no,puede%20ser%20grave%20o%20agudo.&text=No%20podemos%20controlar%20el%20timbre,y%20la%20cadencia%20al%20hablar.

(112) http://mentirapedia.com/index.php/Paraling%C3%BC%C3%Adstica_de_la_mentira.

(113) https://martinovejero.com/2020/10/20/koeman-se-implica-con-el-rendimiento-de-messi/.

(114) https://www.comportamientonoverbal.com/clublenguajenoverbal/arrepentimiento-verdadero-y-arrepentimiento-simulado-club-lenguaje-no-verbal/.

(115) https://www.comportamientonoverbal.com/clublenguajenoverbal/marcadores-no-verbales-de-la-mentira-en-edades-tempranas-club-de-lenguaje-no-verbal/.

Capítulo 7

No todo es lo que parece

«Es difícil creer que una persona está diciendo la verdad cuando uno sabe que, si estuviera en su lugar, mentiría».

H. L. MENCKEN

Falsos positivos y negativos de engaño

Como ya he comentado en capítulos previos, si importante es tratar de distinguir cuándo nos dicen la verdad o nos mienten, también lo es que no nos equivoquemos a la hora de juzgar a quien está frente a nosotros.

Por diversas circunstancias que estudiaremos en este capítulo:

> **Puede que advirtamos en una persona indicadores de engaño, a pesar de decir la verdad (falsos positivos), o que no veamos esas señales y, sin embargo, nos mienta (falsos negativos).**

He realizado una encuesta entre mis cuarenta mil contactos en redes sociales, y les he preguntado que si tuvieran que elegir entre las siguientes opciones, cuál escogerían:

- Opción 1: «Prefiero equivocarme creyendo a quien me miente y así no desconfiar de quien me pueda decir la verdad».
- Opción 2: «Prefiero equivocarme no creyendo a quien me dice la verdad y así evitar a quien me pueda mentir».

Y tú, ¿qué elegirías? El resultado fue el siguiente:

- En una lista de WhatsApp de amigos de la comunicación no verbal con respuestas por privado:

    A favor de la Opción 1:   74%

    A favor de la Opción 2:   26%
- En redes sociales y, por lo tanto, con respuestas públicas:

    A favor de la Opción 1:   82%

    A favor de la Opción 2:   18%

Una gran mayoría de personas prefieren ser engañadas a juzgar mal a un inocente. Muy interesante, ¿verdad? Por otra parte, cuando el resultado es público, crece la opción de no querer parecer ser alguien desconfiado.

Existen diversas circunstancias que pueden hacer que caigamos en un error, y que serán las que vayamos tratando en los próximos apartados de este capítulo:

1. El tipo de personalidad.
2. El contexto de la entrevista.
3. Las consecuencias del resultado de la entrevista.
4. Las experiencias previas.
5. Los prejuicios.
6. El sesgo de veracidad.

Aunque me ha resultado necesario hacer alusión a la mayoría de estas variables al tratar otros temas en este libro, es importante agruparlos aquí para estudiar específicamente sobre los falsos positivos y negativos de engaño.

También existen otros supuestos en los que podrían no estar diciéndonos la verdad y, sin embargo, no nos estuvieran mintiendo. Serían los casos de equivocación derivados de múltiples circunstancias, como pueden ser:

- **La falsa memoria. Se produce cuando la otra persona cree que es cierto lo que dice, aunque no lo sea.**
- **La influencia del tiempo. El mayor enemigo de la verdad es el paso del tiempo. Cuanto más haya transcurrido, más fácil es que el recuerdo auténtico tenga vacíos que se rellenen con sucesos no reales.**

En cualquiera de los casos anteriores, los indicadores que lanzará el protagonista serán de verdad, a pesar de que su historia no lo sea. El motivo es claro: su mente está convencida de contar algo que ha sucedido. Por ello, comenzamos este libro definiendo la mentira y aquí no se produciría, al faltar su requisito fundamental: la intencionalidad de engañar.

Concluyo reiterando que jamás debemos olvidar que observar algún indicador de mentira no nos asegura que la misma exista, sino que nos da pistas de temas concretos en los que la persona cambia, siente unas emociones diferentes, se pone más nerviosa… Todo ello nos estará iluminando el camino para investigar más a fondo en esos puntos. A más indicadores, más alerta debemos ponernos y más deberíamos indagar en aquello que ha originado el cambio.

Equívocos por la personalidad

Cuando analizamos los diferentes perfiles de personalidad, vimos que ni todos somos iguales ni tampoco comunicamos de la misma manera. Es fundamental, en la detección de la mentira, tener en cuenta una doble consideración:

1. Las personas con quienes interactuamos pueden ser más o menos extravertidas, neuróticas o psicóticas.
2. Tú también cuentas. La labor de perfilación de personalidad resultaría incompleta si solo te fijas en el otro. ¿Y tú qué? ¿Acaso no tienes también más o menos características de estos tipos de personalidad? Debes saber cómo eres y no creerte un maravilloso ejemplo de equilibrio.

Siempre debemos tener presente que:

Alguien puede lanzar señales de engaño que solo tengan su causa en su tipo de personalidad.

Así como parecer veraz y que lo consiga por la misma razón. Los primeros serían casos de «falsos positivos», y los segundos, de «falsos negativos» de engaño.

Dependiendo del individuo, se pueden sentir unas u otras emociones por el mero hecho de pensar que su interlocutor no cree en su historia. Alguien con una fuerte confianza en sí mismo puede sentir ira, mientras que otro con mayores inseguridades es fácil que tenga miedo.

Acudamos a los tres tipos de personalidad que hemos mencionado en este libro y veamos los peligros de falsos positivos y negativos más destacados que conllevan:

- *Extravertidos.* Al ser más activos corporalmente, comunicarán con más gestualidad y tendrán un mayor número de gestos manipuladores; esto es, de contacto físico sobre ellos mismos u objetos, los cuales dijimos que podían ser un indicador de engaño. En este caso, podría tratarse de un falso positivo.

Los introvertidos, por su parte, tienden a moverse menos al comunicar. Sin embargo, no sería un caso de «efecto estatua», que comentamos que podría darse en el mentiroso, derivado del sobresfuerzo mental, sino que respondería a su manera de ser. También tienen tendencia a hablar más bajo y más despacio. Todo ello podría llevarnos a falsos positivos de engaño.

- *Neuróticos.* Dada su dificultad para controlar sus emociones, con tendencia a la inseguridad, al estrés y al miedo, con que solo teman no ser creídos en una declaración, los neuróticos pueden lanzar un desbordante número de falsos positivos de engaño nacidos de sus nervios y temores, pero no a ser descubiertos mintiendo, sino a que se les tome por mentirosos.

- *Psicóticos.* Este perfil es más frío, indiferente y con baja empatía. Así que en este caso nos encontraremos con falsos negativos de engaño. Su menor susceptibilidad al miedo y a la culpa les ayudará a mentir sin exteriorizar los indicadores que hemos estudiado, debido a la gran influencia que tiene en su origen el incremento de este tipo de emociones.

La clave estará sobre todo en los cambios comunicativos que rompan su línea base general, así como los temas concretos que los provoquen.

Cuidado con el contexto

Imagina que te detiene la policía y te interroga, pero eres inocente. O piensa cómo te sentirás la primera vez que acudas a declarar a un tribunal, con todo el mundo alrededor vestido con su toga negra y en un ambiente de mucha seriedad y solemnidad. El miedo y los nervios podrían desestabilizarte sin que mientas. Sería totalmente comprensible. Pero alguien inexperto en detección de la mentira podría llegar a la conclusión de que estás mintiendo.

En muchas ocasiones he sido requerido por abogados para observar el comportamiento de una persona cuando responde al juez, fiscal o abogados para descubrir si miente. Mi respuesta siempre ha sido la misma: los nervios de quien está en un juicio, más aún si se encuentra bajo mucha presión por lo que «se juega», o simplemente por no estar acostumbrado a la situación, pueden provocar que la persona lance diversos indicadores de engaño, que en realidad solo vengan motivados por lo que en esos momentos está viviendo y el estrés que le produce.

> Pensar que todas las situaciones son de bajo o alto estrés para el protagonista o que siempre le pueden generar las mismas emociones sería un error mayúsculo.

Hay que analizar el contexto que rodea cada una de esas situaciones.

Las consecuencias importan

La repercusión que vaya a tener para el protagonista aquello que tenga que explicar puede afectarle a la hora de lanzar indicadores de engaño, aunque no haya tal.

La motivación derivada del premio o del castigo será un aspecto clave. No es lo mismo que tu jefe te pregunte por lo que hiciste el pasado fin de semana en un ambiente relajado, a que lo haga cuestionándote si ya has terminado un importante trabajo, que sabes que aún te falta mucho para completar, pero no lo quieres reconocer. De nuevo, la existencia o ausencia de miedo o culpa podrían provocar falsos positivos de engaño en quien esté siendo entrevistado.

Debido a esta circunstancia, se plantea que los resultados de algunas investigaciones científicas, que concluyen que no se puede determinar fiablemente si alguien miente o no, pueden verse afectados por el hecho de que, en esos casos, la sinceridad o la mentira no conllevan importantes consecuencias para los individuos objeto de la misma, por lo que no estarían sometidos a fuertes emociones que los puedan delatar.

Otras circunstancias concurrentes

Recuerdo el caso de un hombre que fue acusado de asesinar a su esposa. Cuando le interrogaron sobre los hechos relativos a la noche del crimen y, más en concreto, sobre una mancha de sangre que apareció en su vehículo, se convirtió en el principal sospechoso y fue considerado el autor del delito. Entre otros motivos, por la cantidad de señales de culpabilidad que lanzó delante de los agentes de policía mientras era interrogado. Poco después, se detuvo al verdadero culpable del asesinato, que era un vecino.

Cuando le preguntaron, ya en libertad, por su comportamiento, reconoció que el día anterior a los hechos había tenido una fuerte discusión con su mujer, y durante el forcejeo, ella se hirió y sangró en el coche.

Él no había cometido el crimen, y a la hora en que sucedió, estaba solo en otro lugar. Pero el sentimiento de culpa por el forcejeo que mantuvieron, y que no quería reconocer, le hizo parecer culpable, y este hecho le llevó a lanzar varios indicadores de engaño.

Otro caso fue el de un político fotografiado en diversas ocasiones saliendo de un burdel. Cuando se le preguntó si había pagado por tener sexo, lo negó, aunque su comunicación era propia de alguien que mentía. Semanas después se descubrió que acudía al lugar porque estaba intentando sacar de la prostitución a una familiar muy cercana. Un hecho que tampoco deseaba reconocer para no hacer pública esta situación.

> **Como vemos, los falsos positivos pueden nacer de otros acontecimientos previos o paralelos que los provocan, aunque realmente no se mienta.**

Los peligrosos prejuicios

> **La palabra *prejuicio* significa que llegamos a una conclusión por ideas que previamente tenemos respecto a la persona que estamos analizando.**

Ya lo he tratado con amplitud en el epígrafe de «Advertencias» del capítulo 1 del libro, así que solo me remitiré a lo que expongo en el mismo y a recordar que este es un peligro muy frecuente, el de solo ver lo que queremos ver, dejando pasar aquellas señales que contradigan lo que pudiéramos pensar de la otra persona. En consecuencia, para que sea eficaz nuestra labor, debemos estudiar al sujeto previamente para conocer bien su modo habitual de comportamiento y, aunque pueda parecer contradictorio, analizar la concurrencia de indicadores como si no le hubiéramos conocido nunca, como si no tuviéramos ninguna idea preconcebida sobre él.

Hay numerosos tipos de prejuicios: desde personales, derivados de nuestro trato con la otra persona, hasta otros más globales relacionados con cuestiones culturales o sociales. Un ejemplo de estos últimos serían los referidos al acento, entendido como el «conjunto de las particularidades fonéticas, rítmicas y melódicas que caracterizan el habla de un país, región, ciudad, etcétera» **(116)**.

Se hizo una investigación relativa a la credibilidad que transmitían los testigos de unos hechos si su acento era diferente al de quien tenía que valorarlos, con el siguiente resultado: «Nos muestran que el testimonio entregado por el mismo testigo fue percibido como menos favorable cuando el testigo hablaba con acento» **(117)**. La razón de ser de este prejuicio podría venir provocada por la tendencia natural a confiar más en las personas que consideramos nuestros iguales. Es lo que se ha venido a denominar «sentido de pertenencia a la tribu». Nos fiamos más de quienes son o parecen de nuestra misma tribu, de nuestro mismo grupo social, y desconfiamos de los que advertimos como ajenos al mismo. Seguramente, el origen de esta predisposición se remonte a tiempos ancestrales, cuando el peligro pudiera ser consustancial a los extraños que vinieran de otras tribus.

El sesgo de veracidad

Consiste en nuestra predisposición a creer en lo que nos cuenten los demás.

Esto provocará que sus indicadores de engaño, salvo que sean muy patentes o estemos bien preparados para su detección, nos pasen desapercibidos. Este sesgo se confirma en la encuesta que realicé entre los miembros de mis redes sociales, a la que antes he hecho referencia, en la que respondieron, por abrumadora mayoría, que preferían confiar en los demás, a pesar de correr el riesgo a ser engañados. Seguramente, si los seres humanos no fuéramos de este modo, nuestra civilización no habría prosperado entre tanta desconfianza.

Recomendaciones

1. Si es importante descubrir al mentiroso, imagina si lo será no malinterpretar a quien cuenta la verdad.
2. La falsa memoria nos hace decir algo que no es verdad sin ser conscientes de ello. Se produce cuando la persona está convencida de lo que cuenta, pese a no ser cierto.
3. El paso del tiempo es el mayor enemigo de la verdad.
4. Una persona muy extravertida tenderá a contar con muchos gestos automanipuladores, de contacto físico sobre sí mismo, sin que esté mintiendo por ello.
5. Los introvertidos gesticularán menos, a veces nada, sin que ello signifique que mientan.
6. Los nervios que genera en el protagonista vivir situaciones diferentes a las que está acostumbrado pueden provocar que

lance diversos indicadores de engaño, que en realidad solo vengan motivados por lo que en esos momentos está viviendo y el estrés que le produce.

7. Sentirse inseguro por un hecho relacionado con aquello que se pregunta al sujeto puede provocarle exteriorizar gran cantidad de indicadores de engaño.

8. El prejuicio contamina el buen juicio.

9. Solo por tener el protagonista un acento diferente al nuestro ya podemos llegar a desconfiar más en él.

10. Considera siempre el miedo o la sensación de culpa que puede estar viviendo el protagonista a la hora de valorar su comunicación.

El momento de la verdad

Pon a prueba los conocimientos que has adquirido en este capítulo:

1. Entendemos por falso negativo de engaño cuando…
   a) La mentira tiene unas consecuencias perjudiciales para la víctima.
   b) Nos está diciendo la verdad y pensamos que no lo hace.
   c) No advertimos indicadores de mentira y, sin embargo, nos miente.

2. ¿Es importante saber cómo es mi propia personalidad?
   a) Por supuesto, no conocerme a mí mismo me puede llevar a perfilar mal la personalidad de la otra persona.
   b) Da igual como sea yo. Lo importante es fijarme bien en quien tengo frente a mí.

c) Mejor olvidarme de cómo soy yo para no contaminar la observación de las otras personas.

3. Una fuerte confianza en uno mismo ¿qué emoción puede provocar al no sentirse creído?
a) Tristeza.
b) Miedo.
c) Ira.

4. La inseguridad en uno mismo ¿qué emoción puede provocar al no sentirse creído?
a) Tristeza.
b) Miedo.
c) Ira.

5. Las personas con un elevado nivel de neuroticismo tenderán a lanzar…
a) Más indicadores de engaño.
b) Menos indicadores de engaño.
c) Los mismos indicadores que cualquier otra persona de bajo neuroticismo.

6. Las personas con un elevado nivel de psicoticismo tenderán a lanzar…
a) Más indicadores de engaño.
b) Menos indicadores de engaño.
c) Los mismos indicadores que cualquier otra persona de bajo neuroticismo.

7. La repercusión que para el sujeto tenga aquello sobre lo que se expresa ¿será también un aspecto a considerar?
   a) Da igual, lo importante será su tipo de personalidad.
   b) El premio o el castigo que pudiera obtener el protagonista son cuestiones a valorar.
   c) Por supuesto, será más fácil que mienta quien quiera obtener un mejor resultado.

8. Nuestras ideas preconcebidas de la persona con quien hablamos ¿pueden hacernos caer en el error?
   a) Eso a mí no me pasa, siempre soy una persona objetiva.
   b) Como la conozco mejor, la analizaré mejor.
   c) Debemos preguntarnos siempre si estamos viendo solo lo que queremos ver.

9. ¿Qué tipo de prejuicios pueden influirnos a la hora de hacer una buena valoración de posible engaño?
   a) Los derivados de mis relaciones personales previas con la persona.
   b) Los que vengan provocados por su cultura, ideología, religión...
   c) Todos.

10. ¿En quienes tenemos la tendencia natural a confiar más?
   a) En aquellas personas que vemos que son como nosotros.
   b) En quienes más diferentes son a nosotros.
   c) Resulta un aspecto indiferente.

Resultados del test

1. Respuesta c.
2. Respuesta a.
3. Respuesta c.
4. Respuesta b.
5. Respuesta a.
6. Respuesta b.
7. Respuesta b.
8. Respuesta c.
9. Respuesta c.
10. Respuesta a.

Notas

(116) https://dle.rae.es/acento.

(117) https://www.comportamientonoverbal.com/
clublenguajenoverbal/influencia-del-acento-en-la-percepcion-
del-testigo-club-lenguaje-no-verbal/.

Capítulo 8

Claves para una buena entrevista

«No me gustan las entrevistas, porque siempre
tengo dificultades para acordarme de las
mentiras que conté en la última».

ROCÍO JURADO

Una entrevista con vista

Ya has conocido los aspectos más destacados de la mentira, la relación de esta con los tipos de personalidad y cómo trabaja el cerebro al mentir o al decir la verdad. Además, tienes en tu mano los indicadores más relevantes de engaño relacionados con el lenguaje, con el comportamiento y también con la voz. Y para evitar errores, has leído en el capítulo anterior los falsos positivos o negativos de engaño. Ahora ha llegado el momento de poner todo ello en práctica gracias a una buena entrevista.

Utilizaré el término «entrevista» en un sentido amplio. Debes entender incluida dentro del mismo cualquier clase de conversación que tengas con otra persona, tanto a un nivel personal como profesional, es decir, puede ser un interrogatorio policial o judicial, una entrevista propiamente dicha de trabajo o una de índole periodística. Llévate y adapta lo que leerás a continuación a tu vida diaria y a tu propia profesión.

Vamos a estudiar cómo hacer una entrevista eficaz abordándola desde diferentes perspectivas:

- El momento de llevarla a cabo.
- El lugar más propicio para realizarla.
- El entrevistador.
- El entrevistado.
- Sus diferentes fases.
- Técnicas para propiciar el recuerdo.

Los objetivos son tres:
1. **Calidad: conseguir que te aporte una declaración lo más fiable posible.**
2. **Cantidad: tratar de obtener el máximo de información, aunque en un principio no la recuerde.**
3. **Comodidad: que ambos os sintáis lo más a gusto posible mientras esta tiene lugar.**

Me voy a basar en las pautas que detalla quien ha sido uno de mis mejores maestros en la materia, el doctor en Psicología y teniente coronel de la Guardia Civil, responsable durante varios años de la Sección de Análisis del Comportamiento Delictivo del citado cuerpo, José Luis González Álvarez **(118)**, así como en mi experiencia profesional de abogado ejerciente en tribunales durante veinticinco años, con innumerables reuniones con clientes y con interrogatorios en juicios a testigos y contrapartes.

El momento

Si nuestra entrevista tiene como objetivo que el entrevistado nos relate unos hechos de los que ha sido protagonista o testigo, conviene que la hagamos cuanto antes.

Es importante que entre el hecho y la declaración pase el menor tiempo posible.

De esta manera, el recuerdo no se verá afectado por sus dos grandes enemigos:
- Las pérdidas de información debidas al transcurso de los días.
- Su contaminación por conversaciones con otras personas que también vivieron el mismo hecho o que narran experiencias personales similares. Esto puede provocar que, sin ser consciente de ello, el entrevistado adopte detalles que solo ha escuchado, como si él mismo los hubiera presenciado.

Como hemos venido comentando, se puede dar información alejada de la verdad sin que exista intención de hacerlo.

Ya sabemos cuándo hacer la entrevista; ahora la pregunta es otra: ¿cuánto debe durar? La respuesta es sencilla: lo que haga falta.

Sería contraproducente marcarnos una hora de finalización o un tiempo de duración determinado, ya que podría provocar un estrés innecesario tanto a nosotros como a nuestro entrevistado, lo cual es negativo para el recuerdo y puede llevar a precipitación en las preguntas y respuestas.

Así que será conveniente elegir una mañana o una tarde en la que ambos podamos charlar tranquilamente el tiempo que sea necesario. ¿Se puede repetir otro día para ampliar o aclarar información? Por supuesto. Nunca olvidemos que lo importante no es el tiempo que tardemos, sino la información en cantidad y calidad que podamos obtener.

El lugar

Realizar la entrevista en el mismo lugar donde se produjeron los hechos que hay que recordar puede resultar de gran ayuda para la memoria, dado que será más fácil que el entrevistado reconstruya cada detalle del momento.

Dependiendo del motivo de la entrevista y sus circunstancias, puede ser muy importante valorar previamente las emociones que se pueden desencadenar, por si fuera necesario hacerla bajo la supervisión de profesionales.

Por otra parte, hay que tener en cuenta que volver al lugar de los hechos que se relatan muchas veces no resulta sencillo.

En general, es interesante que el sitio elegido para la entrevista sea tranquilo, sin ruidos externos que molesten o despisten, que no pasen otras personas ajenas que puedan incomodar al entrevistado, sobre todo si va a narrar una experiencia más privada o comprometedora.

Conviene que los móviles estén apagados, ya que es terrible cuando, en el mejor de los momentos, se recibe una llamada que corta la conversación o advertir cómo distraen los mensajes de texto a cualquiera de los dos.

Aconsejo que la habitación se encuentre bien iluminada y sentarse uno frente al otro, para que de este modo puedas ver la totalidad del cuerpo del entrevistado, así como su rostro. No solo vas a escuchar, también es clave observar toda la comunicación no verbal de tu interlocutor.

Cuanto más cómodo se encuentre, mejor.

Ofrécele una bebida caliente, y si la acepta, ya se está creando un clima especial. Se ha comprobado que cuando el cerebro siente confort y/o calor, sus defensas bajan, su espíritu crítico se reduce y es más fácil que oponga menos resistencia a contarnos; incluso lo que antes de llegar pensaba que no diría.

Es importante tener una pequeña mesa accesoria en un lateral para poder ir tomando notas de datos que no quieras que se te olviden. Mejor que esa mesa no esté entre los dos, pues podría dificultar la comunicación y la visión.

Si no tuviera inconveniente, sería magnífico que tu interlocutor te permitiese grabar la conversación, dado que ello te daría la oportunidad de apreciar, en una posterior revisión que hicieras tú solo o acompañado de un experto en análisis de conducta, lo que pudo pasarte desapercibido en esa primera reunión.

¿En tu casa o en la mía? El lugar escogido, si fuera posible, lo dejaría a la elección del entrevistado, al que le aconsejaría que eligiera un terreno por él conocido y lo más personal posible: su propia casa o su despacho profesional. El motivo es doble: por una parte, se sentirá más seguro, con menos miedo y estrés. Esto facilitará la confianza y el recuerdo. Y, por otro lado, porque te permitirá hacer una perfilación indirecta de personalidad. Una perfilación indirecta consiste en analizar la información que te va a dar todo lo que le rodea: objetos personales, orden o desorden, diplomas, fotografías, plantas, tecnología…

Esta es una de mis máximas:

«Enséñame de qué te rodeas y sabré cómo eres».

Además, podrás conseguir información que te ayude a establecer una primera conexión porque quizá compartís gustos comunes o habéis viajado a las mismas ciudades.

Todo ayuda a la hora de obtener la mejor y máxima información.

El entrevistador

Ya tenemos claro el momento y el lugar. Es hora de fijarnos en ti como entrevistador para que tu forma de proceder sea lo más eficaz posible durante la entrevista. Hay quienes piensan que la intimidación funciona mejor que la confianza a la hora de obtener información; sin embargo, las investigaciones realizadas al respecto concluyen lo contrario. «Investigaciones recientes respaldan la idea de que las técnicas de tortura no son realmente efectivas al indicar que las medidas que inducen estrés en realidad afectan la memoria.

»La investigación también ha demostrado que las técnicas de entrevista no coercitivas basadas en la construcción de relaciones son las más efectivas para obtener información veraz» (119).

Una pregunta que me suelen hacer es cuántas personas deben estar presentes en una entrevista. La respuesta es: preferiblemente, solo una. Se consigue obtener una mayor confianza del entrevistado ante una persona que ante varias, que pueden llegar a intimidarle o coartar la información que fuera a darnos. Así que, como solo va a ser una la persona que entreviste, asume que tú serás el entrevistador de cara a todo lo que a continuación te contaré.

Si no conocieras al sujeto previamente, trata de investigarle un poco en redes sociales. ¿Cómo le gusta vestir? ¿Cómo se define? ¿A qué da importancia? ¿De quiénes se rodea? ¿Se acerca a la gente o se aleja cuando posa en grupo para las fotos? ¿Le gusta mantener contacto físico? ¿Mira directamente a cámara o suele apartar la mirada?... Si le conoces previamente, pues este trabajo ya lo tienes adelantado.

Y todo esto, ¿para qué? Si has leído mi anterior libro *Tú habla, que yo te leo,* es fácil que ya te lo imagines: «operación camaleón».

> **Asimilarte al máximo a la otra persona, sin ser artificial ni sentirte incómodo, te ayudará a establecer con ella vínculos de confianza que te resultarán muy útiles a la hora de obtener información.**

La ciencia que estudia el comportamiento nos dice que cuanto más te vea como alguien parecido, más sintonía se producirá y más se conectará contigo para regalarte sus secretos.

Por este mismo motivo es por el que si os sentáis frente a frente, tus posturas eco, consistentes en la imitación corporal mientras habláis, ayudarán en el curso de la entrevista a un clima de confianza. Esa imitación es a nivel postural global, pero si vas a emplear varias partes de tu cuerpo, hazlo poco a poco y una a una. Por ejemplo, primero cruzas las piernas igual que ella, luego te inclinas ligeramente hacia delante, tal y como se encuentra, y terminas reposando tus manos cogidas sobre una pierna como la persona entrevistada. Que parezca que se lo cuenta al espejo. Nunca se imitan los gestos que pueda hacer con sus manos, ya que resultaría muy descarado y hasta ridículo. Si todo esto no lo haces con rapidez y atrevimiento es prácticamente indetectable.

Cuidado con tu mirada. Si el sujeto es de mantener poco contacto visual, no le fuerces con una mirada directa y prolongada, que lo único que conseguirá es que se sienta intimidado. Si, por el contrario, le gusta mantener una mirada directa, pues amóldate a ella. Seguimos con nuestra «operación camaleón».

Nunca olvides que todo debe nacer de ti de una manera no forzada, que resulte fluida, y no artificial.

Lo impostado, lo que se fuerza, no funciona tan bien y puede provocar rechazo, que es justo lo último que queremos conseguir.

Prefiero que, si te sientes incómodo con cualquier cosa que yo te cuente, no sigas mis indicaciones a que te produzca un malestar corporal o moral. Ten en cuenta que tu comodidad también es muy importante en una entrevista, ya que todo lo que hagas y digas antes, durante y después de la misma, será para conseguir la confianza de tu interlocutor. De este modo, podrás reducir su estrés provocado por los nervios, el miedo o la culpa. Pero esta labor será misión imposible si el primero que está intranquilo eres tú.

Aun a riesgo de que me llames pesado, voy a insistir en la conveniencia de conocer a la otra persona con anterioridad, así como sus formas de comunicar, dado que ello será lo que te permita detectar los cambios que pudieran venir provocados por la mentira.

Un cambio conductual es una buena señal para indagar más en el tema y el motivo que lo ha ocasionado, pero no para concluir necesariamente que se miente.

Siempre hay que procurar encontrar soluciones diferentes a la del propio engaño para confirmarlas o descartarlas mediante las preguntas oportunas.

Ahora bien, conocer mucho a alguien puede tener el inconveniente de que, sin ser conscientes de ello, tengamos prejuicios o ideas preconcebidas que puedan contaminar también nuestro buen juicio. Ten todo esto en cuenta durante la entrevista y a la hora de sacar tus conclusiones.

Algo que tiene bastante importancia, y de lo que puede depender el éxito de una entrevista, es cómo deben ser tus preguntas. Aquí te facilito las claves necesarias:

- *Breves:* con un doble propósito, para que las entienda mejor y para que tenga menos tiempo de reacción y preparación de respuesta.
- *Fáciles de entender:* la complejidad puede llevar al sujeto a dar una respuesta errónea, tanto verbalmente como a nivel no verbal, por su incomodidad o inseguridad al no verse capaz de entender la pregunta.
- *Concretas:* nunca varias cuestiones o preguntas dentro de una misma. Sería más fácil responder con evasivas.
- *No hacerlas en sentido negativo:* de lo contrario, muchas veces no sabremos si ha respondido confirmando la negación que contenía la pregunta u oponiéndose a ella.
- *Abiertas:* para que la persona tenga que dar más información al contestar. Es mejor preguntar: «¿Cómo iba vestido el autor del hecho?» que «¿Vestía un chándal?». Las preguntas cerradas las dejamos para un segundo momento, cuando tengamos que precisar detalles concretos.

Mientras te cuenta la historia, que se note que le prestas atención, no le interrumpas, asiente con tu cabeza, una leve sonrisa en momentos adecuados transmite calidez y también confianza. ¿A que al final se enamora de ti? Es broma. Enamorarse no, pero ¿a que apetece contarle cosas a alguien que tienes delante con esa actitud? Pues genial, objetivo conseguido.

No juzgues, solo escucha. Si no estás de acuerdo con lo que dice o con lo que hizo, ahora es lo de menos, no estás para juzgarle.

Una cosa es buscar más información y otra muy diferente es entrar en un debate con el entrevistado. Tampoco hagas preguntas sesgadas o sugerentes, enfocadas a una respuesta que te interese. Eso no ayuda a la hora de conseguir una declaración lo más personal y sincera posible.

Lo importante es que le ayudes a recordar y a contar, por lo que su relato debe fluir de manera libre y espontánea.

Dale ánimos y agradecimiento por su labor. Empatiza. Escucha y escucha. Espera, que te lo repito: escucha y escucha. Tú debes hablar lo mínimo, quien debe hacerlo es el entrevistado. Así que si tienes afán de protagonismo, no es una cualidad adecuada para una buena entrevista.

Y ten siempre presente que a un pez no se le pesca invitándole a probar lo que a ti más te gusta, sino con un gusano en el anzuelo.

El entrevistado

El verdadero protagonista es el entrevistado. Algo que nunca hay que olvidar durante la entrevista. Obtener su confianza es clave para el éxito. A mayor conexión, más y mejor información.

Debemos fomentar y facilitar sobre todo dos labores en el entrevistado:

- **Que recuerde.**
- **Que cuente.**

Será mejor si está sentado en una silla con ruedas que en una con las patas fijas. Cogerán mayor notoriedad los movimientos corporales, por lo que te resultarán más evidentes.

Si aquello que viene a relatarnos le provoca un fuerte impacto emocional, debemos dejar que se desahogue cuando lo necesite y que advierta que se puede tomar el tiempo que precise para comenzar o retomar su relato.

Desde el principio debe sentirse importante, así que, desde el inicio de la conversación, cuando podemos hacer preguntas intrascendentes, dejemos que hable. Es la manera de que se acostumbre a lo que tendrá que hacer después y no le supondrá un cambio incómodo o un esfuerzo.

Hay que tener siempre presente que cuando una persona cuenta algo que le ha sucedido, es normal que haya errores o incluso invenciones sin que medie ninguna mala fe en ello, la memoria no es perfecta. Estemos atentos y ayudemos a que recuerde y precise la información cuando haga falta. Debe sentir que nuestras preguntas no son por desconfianza, sino por afán de obtener más y mejor detalle de lo que nos está narrando.

Mientras nos va relatando los hechos, debemos prestar especial atención a distintos aspectos de su comunicación no verbal:

- *Al enunciarse la pregunta.* Si cuando el entrevistado va escuchando la pregunta, podemos advertir microexpresiones en su rostro, esto es una prueba del fuerte impacto emocional que le provoca: ¿alegría, tristeza, ira, sorpresa, asco, miedo o desprecio? Ese instante donde su cerebro conoce la pregunta es clave, no te despistes. Pues, aunque no quiera, ya va a empezar a responderte. Después lo hará con sus palabras, pero... ¿coincidirán con lo que siente o mandarán un mensaje diferente, incluso contradictorio?

  Fíjate si aprieta los labios tratando de contener emociones o si, por el contrario, adviertes que se relaja.

  Mira si su cuerpo hace un movimiento de acercamiento hacia ti, el cual transmitiría confianza y compromiso, o de alejamiento, más propio de temor.

  Recuerda todo lo que has leído en el capítulo 5 sobre las señales de engaño por el comportamiento.

- *Durante su procesamiento cognitivo.* El entrevistado ya ha escuchado la pregunta y está procesando su respuesta. En este momento es clave su latencia de respuesta, es decir, su tardanza o rapidez en contestar. Este tiempo debe ponerse en relación con la complejidad de la pregunta y con su patrón habitual de respuesta, como ya hemos visto. Una mirada que se desvía al infinito, aunque sea por un instante, puede ser lo más normal si su cerebro precisa recordar.

- *Al responder.* Hay casos en los que están tan impacientes por responder una pregunta que casi no dejan que se formule entera. Fíjate, cuando esto suceda, si es que ya tenía preparada la respuesta, pues sabía seguro lo que le preguntarías. Rodea su respuesta con otras preguntas relacionadas que puedan resultar más inesperadas, y observa si transmite la misma confianza. Contempla sus gestos; si son de la familia de los ilustradores, propios de convicción, o de la de los manipuladores, más típicos de estrés.

¿Y su voz? ¿Titubeos, tartamudeos infrecuentes o un hablar firme? Revisa lo expuesto en el capítulo 6 sobre los indicadores propios de este canal de comunicación. Y por supuesto, aquí entrarán en juego todos los indicadores de mentira por el lenguaje que vimos en el capítulo 4.

- *Tras la respuesta.* Este es un buen momento para comprobar si el entrevistado está aliviado, expectante por lo que vendrá a continuación, impaciente por acabar y marcharse... Las posibilidades son diversas y siempre con gran significado.

  Deja tu reloj a la vista y percátate de si trata de ver la hora en él. Siempre es menos descarado que hacerlo en el propio. Esto puede indicar que quiere marcharse, aunque las causas que lo motiven pueden ser variadas, desde el cansancio hasta el miedo, pasando por cualquier otra causa que puedas imaginarte. Las siguientes acciones y respuestas del entrevistado te ayudarán a resolver esta incógnita.

  Si notas que le cuesta expresarse, ayúdale diciéndole que no hay prisa y que se tome el tiempo que precise. No completes sus frases, es un error muy frecuente e impides que el entrevistado se comunique de manera fluida.

  En cualquier caso, recuerda lo más importante: tu labor es que pueda recordar y contar con libertad.

Las fases de la entrevista

Pasemos a continuación a conocer las fases que podría tener una entrevista para que sea lo más ordenada y completa posible.

- *Fase 1. El recibimiento.* Recibes a la otra persona con un saludo cordial, una mirada directa y llamándola por su nombre, detalle que te acercará a ella porque, además, sentirá que le das importancia.

  Mientras os encamináis al lugar, o según os preparáis para tomar asiento, charla de un tema intrascendente que te ayudará a «romper el hielo», perfilar su comunicación y aproximaros a nivel personal con temas secundarios y relajados.

  Es recomendable que principalmente hable la otra persona, para que vaya acostumbrándose a lo que tendrá que hacer después.

- *Fase 2. Las reglas de la entrevista.* Es el momento de explicar cómo vais a hacer la entrevista para que se minimice un miedo muy frecuente en el ser humano: «el miedo a lo desconocido». Hazla sentir importante y transmítele un gran interés por lo que te va a contar.

  Es fundamental que le indiques que debe narrar todo lo que recuerde, hasta el más mínimo detalle, aunque pueda parecerle irrelevante (esto seguro que lo has visto en las películas). Pero que no invente nada ni haga conjeturas. La entrevista consiste en recordar, no en imaginar.

- *Fase 3. El relato.* Inicia la entrevista con una pregunta que introduzca el tema y deja que lo vaya contando con sus propias palabras y en el orden que quiera.

Siguiendo un ritmo relajado, continúa con más preguntas que le inviten a expresarse. Ya sabes que primero deben ser abiertas y solo después, para precisiones finales, puedes hacerlas cerradas, más de detalle.

Tus silencios pueden invitarle a recordar y a dar más información. Emplearlos adecuadamente es una buena herramienta.

Anímale a que recuerde más, pero sin generarle ansiedad o estrés, siempre alabando su esfuerzo.

En este momento, podríamos necesitar técnicas que faciliten el recuerdo de las que trataré en el próximo apartado de este capítulo.

• *Fase 4. Despedida.* Puedes, si lo ves conveniente y para que te lo confirme el entrevistado, resumir lo que te ha ido comentando, por si desea aclarar o ampliar algún punto.

Un agradecimiento sincero a su labor siempre es positivo dado que, en primer lugar, es posible que se lo merezca por el esfuerzo que ha hecho, y en segundo lugar, porque si precisas volver a entrevistar a esa persona será más fácil que acceda. Incluso me ha sucedido, en diversos casos de preparación de juicios, que los entrevistados me llamaban al día siguiente para decirme algo más que habían recordado. Una entrevista efectuada tal y como he indicado es bastante más provechosa que las más tradicionales. Estadísticamente se ha comprobado que su eficacia gana de un 50 a un 60 por ciento, así que merece la pena practicarla.

Técnicas para propiciar el recuerdo

En la tercera fase de la entrevista que acabamos de ver, puede resultar necesario emplear alguna técnica para que al entrevistado le resulte más sencillo recordar. Comentaré a continuación algunas de las más utilizadas:

-*El dibujo.* Invita al entrevistado a que haga un dibujo que consiga que resulte más sencillo comprender la explicación. Esta acción ayuda mucho a la hora de recordar la realidad de lo sucedido con el mayor número de detalles.

-*Reconstrucción de los hechos.* Lo mejor para facilitar el recuerdo de un hecho es hacer la entrevista en el mismo lugar en que este sucedió. Pero como no siempre es posible, al menos podemos intentar una reconstrucción mental de lo sucedido. Existe un método de cuatro pasos para conseguirlo:

- Que el entrevistado cierre los ojos o mire a una pared blanca.
- Pídele que se imagine en un instante neutro, inmediatamente anterior al suceso.
- Ahora anímale a que se centre en recordar cuatro aspectos de ese momento previo. De uno en uno y con pausas de por medio para ayudarlo:

a) El emocional: «Cómo te sentías».
b) El cognitivo: «En qué pensabas».
c) El conductual: «Qué hacías»; «Con quién hablabas y qué os contabais».
d) El ambiental: «Recuerda los colores que te rodeaban, los sonidos que escuchabas entonces, si olía a algo en especial, ¿cómo era el entorno físico que te rodeaba?, ¿qué veías?, ¿la iluminación era natural o artificial?, ¿qué otras personas estaban a tu lado?, ¿qué temperatura hacía?…».

- Luego, que te vaya hablando de todo ello.

   En ocasiones, cuando el cerebro se abre al pasado con estos datos, recuerda lo principal.

- *El cambio de orden.* Que en un momento concreto comience el relato desde un punto preciso que elijamos y luego desde otro diferente.

- *El cambio de perspectiva.* En este caso, el entrevistado, en lugar de protagonizar la historia que narra, puede contarla como si fuese un testigo que observa todo desde otro lugar diferente al que él se encontraba. En la narración de hechos más duros o traumáticos, este sistema ayuda al cerebro a no sufrir tanto con el recuerdo y poder recrearlo mejor.

En cualquiera de los sistemas que podamos emplear, ya sean los que acabas de leer u otros diferentes, siempre es importante que la persona que está contando su experiencia no se sienta presionada, sino todo lo contrario. Puede que lo pasara bastante mal cuando sucedieron los hechos, y para ella puede ser un sufrimiento que ahora vengamos a abrir heridas.

Por este motivo, siempre es aconsejable que, en este tipo de casos más difíciles, duros o delicados, las entrevistas las lleven a cabo profesionales especialmente preparados, ya sean de los cuerpos y fuerzas de seguridad, psiquiatras, psicólogos...

Recomendaciones

1. Los objetivos de una entrevista eficaz son: que la información facilitada sea lo más completa y fiable posible, así como que todos los intervinientes en la misma se encuentren cómodos.

2. Las prisas son enemigas de una entrevista eficaz. No hay que marcarse una duración para la misma.

3. Hacerla en el mismo lugar de los hechos es positivo para el recuerdo.

4. El lugar de la entrevista debería ser tranquilo, bien iluminado y sin distracciones.

5. La confianza es más práctica que la intimidación en una entrevista.

6. Cuanto más trates de parecerte a la persona entrevistada, sin que te resulte incómodo, más fácil será que confíe en ti y coja antes confianza.

7. Las preguntas deben ser breves, sencillas, concretas y abiertas.

8. Cuando hagamos las preguntas debemos prestar especial atención a sus reacciones faciales y corporales para comprender el impacto emocional que provocan.

9. El entrevistador debe ganarse la confianza de la persona entrevistada cuanto antes, con un recibimiento cordial, utilizando su nombre, mirada afable y directa…

10. Cuando el recuerdo se resiste, resulta práctico emplear sistemas complementarios que ayuden a recordar, tales como el cambio de perspectiva, esto es, que el entrevistado cuente los hechos no como si fuera el protagonista de los mismos, sino como si los estuviera presenciando.

El momento de la verdad

Pon a prueba los conocimientos que has adquirido en este capítulo:

1. El momento de llevar a cabo una entrevista convendrá que sea…
   a) Pasado un tiempo desde que sucedieron los hechos.
   b) Lo antes posible desde los mismos.
   c) El tiempo que haya transcurrido es indiferente.

2. La colocación de ambos protagonistas en una entrevista, convendría que fuera…
   a) Uno frente al otro.
   b) Ambos en el mismo lado de la mesa.
   c) Colocación en esquina, en forma de L.

3. ¿Es eficaz ofrecer al entrevistado una bebida caliente?
   a) No. Lo mejor es que cuente lo que se le pregunte, sin distracciones.
   b) Es indiferente.
   c) Sí. Genera confianza.

4. La existencia de una mesa durante la entrevista ¿es práctica?
   a) Sí. Pero que no esté entre ambos para que no reste visión de la persona entrevistada.
   b) Sí. Entre ambos, para que los dos puedan apoyar sus manos y brazos y estar más relajados.
   c) No. Los elementos accesorios distraen.

5. ¿El lugar elegido para la entrevista importa?
   a) Sí. Mejor en las instalaciones del entrevistador para que éste se encuentre más cómodo.

b) No. Lo importante es lo que se diga y no el lugar en que se haga.

c) Sí. Mejor en las instalaciones del entrevistado para poder realizar, si fuera posible, una perfilación indirecta de personalidad.

6. ¿Cuántas personas deben hacer la entrevista?

a) Dos o tres, para que lo que no capte una lo advierta otra.

b) Resulta indiferente.

c) Una, dado que se consigue más confianza.

7. El entrevistador debe, sobre todo…

a) Escuchar al entrevistado.

b) Intervenir durante su declaración.

c) Parecer distraído.

8. El cometido del entrevistador es poner todos los medios a su alcance para que el entrevistado…

a) Recuerde lo sucedido.

b) Lo cuente con libertad.

c) Ambas misiones: recuerde y cuente.

9. Una entrevista eficaz debería…

a) Comenzar de inmediato para que al entrevistado no le dé tiempo a reaccionar y prepararse.

b) Respetar unas fases previas de recibimiento y explicación de las reglas de la misma antes de que comience.

c) Retrasarse a propósito para que el entrevistado se impaciente y luego quiera contar todo lo sucedido cuanto antes.

10. Se consigue que alguien recuerde con mayor facilidad algo en principio más complicado si la persona, en lugar de centrarse

en la historia que ha de contar, lo hace en cuestiones en apariencia más secundarias como…

a) Lo que sentía y lo que pensaba.

b) Lo que hacía y lo que veía, olía, escuchaba…

c) Todo es importante, tanto lo que hacía cuando se produjeron los hechos, como lo que pensaba, sentía y toda la información que sus sentidos captaban.

Resultados del test

1.   Respuesta b.

2.   Respuesta a.

3.   Respuesta c.

4.   Respuesta a.

5.   Respuesta c.

6.   Respuesta c.

7.   Respuesta a.

8.   Respuesta c.

9.   Respuesta b.

10.   Respuesta c.

Notas

(118) https://mentirapedia.com/index.php/Interrogatorio.

(119) https://www.humintell.com/2012/07/interview-and-interrogation-techniques/.

Capítulo 9

Collage final

> «El castigo del embustero es no ser creído,
> aun cuando diga la verdad».
> ARISTÓTELES

Esto es un «hasta pronto»

Si ya has llegado a este último capítulo habiendo leído los ocho anteriores, estoy convencido de que será más difícil que te mientan. Imposible, no, faltaría más; pero tienes ya en tu mente una gran cantidad de indicadores para ponerte en alerta y, si así lo deseas, practicar una buena entrevista de comprobación.

Si me vieras ahora, te darías cuenta de que estoy con una sonrisa en mi rostro, recordando una celebración de fin de curso a la que asistí por haber sido profesor del mismo. Qué divertido es contemplar a todos los alumnos entre canapés, cuánto se puede leer de comportamiento humano también en este tipo de celebraciones. Bueno, a lo que iba, estaba estudiando una suculenta bandeja de pinchos variados, cuando una joven que se identificó como periodista me dijo, y es literal:

—Así que usted es el especialista en detección de la mentira, ¿verdad?

—Trabajo en este tema, sí —le respondí.

—Le voy a poner a prueba: Soy de Valladolid. ¿Verdad o mentira?

Bueno, ya te puedes imaginar mi cara de asombro. Como no podía responder de otra manera, le dije algo así:

—Reconocer si una persona puede estar mintiendo no equivale a ser adivino. Mi especialidad no funciona así, que tú me digas una cosa y yo te responda verdad o mentira. Es preciso hacer un trabajo previo, que me permita conocer cómo es tu comunicación, para que pueda poner en duda lo que me cuentes. Si ahora te acercaras a un médico cardiólogo, ¿le preguntarías, tras saludarle, un diagnóstico exacto de tu corazón? No, ¿verdad? Pues, aunque no es lo mismo, también yo necesito de un trabajo para llegar a una conclusión, esto no es automático.

¿Qué pensó de mí y de lo que le dije? Seguramente que menudo especialista estaba yo hecho. ¿Por qué lo sé? Por la microexpresión facial de desprecio que se disparó en su rostro. Eso sí que es automático.

En este último capítulo, he querido compartir contigo a modo de despedida, bueno, de despedida no, a modo de «hasta pronto», temas diversos referidos a la mentira, aunque ya no tan concretamente sobre su detección.

Una pregunta recurrente que me hacen por distintas vías es sobre el polígrafo, cómo funciona y su fiabilidad; por eso, te hablaré de él. La mentira se refleja en la escritura, así lo afirman los especialistas en el análisis de la misma, por lo que, brevemente, haré mención a sus criterios de investigación. En el mundo tecnológico en el que vivimos, pegados al móvil y a Internet, ¿cómo no referirme a su uso para mentir? Como lo prometido es deuda, explicaré cómo se enfrenta el psicópata al mundo del engaño. Analizaré también en qué consiste la mitomanía, es decir, cuando mentir se convierte prácticamente en una patología. Y me voy a referir a un elemento que, por las circunstancias, mientras escribía este libro se ha convertido en un objeto cotidiano: el uso de la mascarilla para evitar contagios por la pandemia de la COVID-19. ¿Crees que se miente mejor o peor con ella? Lo aclararemos. Y concluiré esta obra con el universo de las leyendas y las fábulas, repasaremos algunas que he deseado destacar, y nos remontaremos incluso a la historia de los dioses. Como ves, la mentira nos ha acompañado desde la noche de los tiempos.

Y antes de hacer referencia a todos estos temas diversos, deseo compartir contigo lo que me han comentado varios asistentes al finalizar mis cursos especializados en detección de la mentira: «A un mentiroso que quiera aprovecharse del prójimo, tras hacer tu curso, le resultará más fácil hacerlo». Lo mismo podría pensarse para quien se haya leído este libro, ¿verdad? ¿O tal vez no? ¿Tú qué piensas? Para darte mi respuesta, imagina lo siguiente: una persona quiere mentir a otra, pero para conseguirlo, como ya hemos visto a través de estas páginas, su mente deberá:

1. Preparar bien la historia falsa.
2. Contarla perfectamente.
3. Tener buena capacidad de improvisación, por si se necesita.
4. Estudiar a la víctima para ver si se está creyendo la mentira o si debe reforzar su historia.

Hasta aquí lo que haría un buen mentiroso sin haber leído el libro.

Ahora, como se lo ha leído, y puede que la otra persona también, algo nunca descartable, quiere poner en práctica lo estudiado para contar su mentira con más perspectivas de éxito. En este caso, además de todo lo que tenía que hacer antes, deberá:

5. Recordar cada uno de los indicadores de lenguaje mientras habla.

6. Estar pendiente de que no se le escape ninguno de ellos.

7. Tener presentes también los indicadores de comportamiento.

8. Retener las señales que le delaten y poner en práctica aquellas que transmiten veracidad. Muy especialmente las emociones en el rostro, que son automáticas. Tendrá que esforzarse en ocultar la expresión de las emociones reales y lanzar a la perfección las que no está sintiendo, algo prácticamente imposible.

9. Y, por supuesto, tener igualmente presentes aquellos indicadores que deja la voz. Esto le obligará a controlar que su volumen, velocidad, entonación… no levanten alertas.

Y, por si ejecutar estos nueve puntos (hemos pasado de cuatro a nueve) fuera poco, debería hacer todo ello de manera simultánea, sin cometer errores y luchando en todo momento contra la tendencia natural del cerebro a contar la verdad. Todo para conseguir el éxito total.

Vuelvo ahora a mi pregunta inicial: después de uno de mis cursos o de leer este libro, ¿es más fácil o más difícil mentir? Yo defiendo que es más difícil. Quien se lo haya leído para mentir, mejor preferiría no haberlo comenzado. Sucumbirá al exceso de información.

Te confieso que he recibido propuestas reales para que enseñase a mentir. Siempre me he negado porque mi sentido ético me impide hacer tal cosa, pero, además, porque si dijera que puedo conseguirlo, yo sería quien estaría mintiendo al mentiroso. Aunque tal vez puedas pensar: «Pues se lo merece».

El polígrafo: ¿detecta las mentiras?

La máquina del polígrafo fue inventada por William Marston, psicólogo de Harvard, a principios del siglo xx. Es un aparato que mide la actividad del sistema nervioso autónomo provocada por la respiración, el sudor, el ritmo cardiaco, la temperatura de la piel, la presión arterial… Pone su foco en los cambios que, a nivel fisiológico, se producen en el sujeto generados sobre todo por su actividad emocional.

Su trabajo de evaluación lo efectúa comparando el resultado de una pregunta comprometida con otras que son más de trámite, sin carga emocional alguna. Si se produce una alteración de resultados, saltan las alertas de un posible engaño.

Como vemos, se basa en el mismo sistema al que he hecho referencia en todo el libro: el estudio de patrones básicos y prestar atención a los cambios que pudieran producirse ante un estímulo como puede ser una pregunta concreta.

Ahora bien, ¿nos encontramos realmente ante una máquina que detecta la mentira?

Hay personas que la defienden como tal y otras que la critican y le quitan toda fiabilidad; en mi caso, considero que todo suma, y esta máquina también.

¿Es el gran invento para saber sin posibilidad de error que una persona miente? Pues no.

¿Es un aparato que resulta ineficaz en la detección de la mentira? Pues tampoco.

Hay diferentes variables que entran en juego para valorar su efectividad:

- Que se encuentre bien construida y calibrada.
- Que el evaluador esté capacitado para realizar su trabajo.
- Que el sujeto evaluado crea en la efectividad de la máquina y, en consecuencia, tema ser descubierto si miente.

Como señala Paul Ekman: «El polígrafo funciona en la medida en que quienes se someten a esta prueba creen que funciona». También será importante que el sujeto no active contramedidas, de las que hablaremos más adelante, para evitar ser descubierto.

> Aun funcionando adecuadamente todas las variables expuestas, el polígrafo detectará, en caso de que exista, la tensión o el estrés, los cambios en la actividad emocional, pero no la mentira, que solo será una de las posibilidades en juego.

Nos encontramos con que tiene el mismo inconveniente que el ser humano y que tantas veces he repetido en este libro: no detecta directamente una mentira, no se enciende una alarma que ponga «MENTIRA», sino que lo que hace es alertar de señales emocionales sobre las que hay que investigar si son o no coherentes con la situación, y de temas concretos en los que se debería profundizar con más preguntas o una investigación posterior.

Nunca olvidemos que sus errores pueden venir derivados por lanzar una alerta ante inocentes que se sienten nerviosos y perturbados emocionalmente. No solo se inquieta el culpable, incluso puede que lo haga más un inocente con miedo que un mentiroso tranquilo.

Ahora ha llegado el momento de hacernos una segunda pregunta de gran importancia: ¿es mejor la información que nos aporta el polígrafo o la que nos puede dar una persona especializada en análisis de conducta y comportamiento verbal/no verbal?

Aunque ambos son complementarios, dado que la máquina va a estudiar cambios que no se aprecian a simple vista, al menos con facilidad, como el ritmo cardiaco o la presión arterial, me quedo con el humano, siempre que esté bien preparado, por supuesto. El motivo de mi elección se encuentra en que la información que nos da el polígrafo es menos exacta que la que podemos conseguir al estudiar el comportamiento humano, sobre todo el rostro del sujeto.

El polígrafo nos alerta de que algo pasa; por ejemplo, que ha habido un cambio a nivel emocional al preguntar al sujeto sobre relaciones extramatrimoniales. Sin embargo, el estudio simplemente del rostro y sus microexpresiones entra en más detalle, dado que nos va a especificar qué emoción es la que ha sentido ante esa misma pregunta: enfado, miedo, asco… El cambio es notable, ¿verdad?

Debemos tener en cuenta que es más fiable el polígrafo cuando establece que se dice la verdad que cuando señala el cambio, dado que el hecho de que este venga provocado por una mentira es solo una posibilidad para valorar y no un resultado seguro.

Como he comentado anteriormente, el sujeto puede utilizar contramedidas para evitar ser detectado, tales como el consumo de fármacos o drogas, contar hacia atrás con cierta dificultad (por ejemplo, de cuatro en cuatro), tensar los dedos de los pies, morderse la lengua...

Otros sistemas que los investigadores están probando con el fin de detectar el engaño serían:

- La resonancia magnética.
- La termografía.
- Analizadores de estrés vocal.
- Sistemas de seguimiento ocular.

En cualquier caso, concluyo este apartado recogiendo una afirmación contundente que nos ha dejado Paul Ekman: que no hay que confundir utilidad con exactitud. Que algo sea útil no significa que sea exacto, por lo que debemos aceptar el polígrafo como una interesante herramienta a la hora de detectar cambios significativos en una persona, sin que esto quiera decir que esté mintiendo.

La mentira en la escritura

Dado que este libro trata sobre la mentira y su detección, considero obligatorio mencionar un sistema que se está estudiando y practicando a día de hoy: la detección de la mentira a través de la escritura.

Que vaya por delante: yo no soy experto en la materia, por lo que voy a hacer una breve referencia a lo que explica al respecto toda una especialista, la grafóloga y perita calígrafa judicial Sandra Cerro. La he elegido a ella porque hemos impartido cursos juntos y me transmite seriedad y fiabilidad en su trabajo, así como pasión por el mismo. Sandra señala los siguientes «rasgos grafológicos de la personalidad mentirosa»:

«-*Texto ilegible.* Esto incluye también la firma, e indica falta de honestidad y transparencia en todos los planos.

»-*Escritura artificiosa con formas complicadas o exageradas.* Tendencia a la extravagancia y a disimular aspectos de personalidad. Puede estar compensando un subyacente sentimiento de inferioridad.

»-*Óvalos muy cerrados o con doble vuelta.* Siendo el óvalo uno de los rasgos de esencialidad del yo, el hecho de cerrarlo por completo o darle doble vuelta está implicando cerrazón. La persona se mete en su caparazón al que es difícil acceder para conocerla en toda su integridad.

»-*Rúbrica compleja,* en una intención de esconder el yo más íntimo y personal.

»-*Dirección sinuosa tanto en línea como en la base de la palabra.* Refleja la actitud sibilina de la serpiente, que va escurriéndose para ocultar sus verdaderas intenciones».

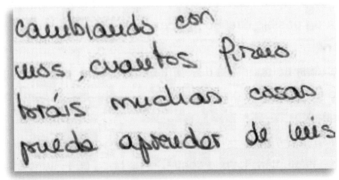

Muestra de escritura con óvalos muy cerrados, incluso con doble vuelta.

También nos especifica los «tipos de mentira y sus rasgos grafológicos»:

«Se diría que quien así escribe, miente, pero ¿por qué miente? Veamos, a continuación, los principales tipos de mentira y sus detalles grafológicos particulares:

»-*Mentira por orgullo o vanidad.* El que miente lo hace para vanagloriarse de sí mismo y aparentar ser lo que no es o ser mejor que los demás. Sus mentiras atañen directamente al ego o a posesiones meramente materiales, con el fin de generar admiración o incluso envidias en el interlocutor. Este tipo de mentira se manifiesta en una escritura ampulosa, tanto en texto como en firma, con trazos artificiosos, profusión de inflados, sobre todo en las mayúsculas. También pueden aparecer rasgos de coquetería, como espirales o bucles en el primer monte de la "M". La escritura exagerada y artificiosa suele ser propia de aquel que se autoengaña y miente a sí mismo, pues suele estar compensando un subyacente sentimiento de inferioridad.

»-*Mentira por inseguridad.* Hablamos aquí de un mentiroso inmaduro o infantil. Este tipo de mentira es propia de adolescentes o personalidades inmaduras, que se sienten inseguros o acobardados y tienen fácil tendencia a mentir, generalmente por temor a un posible castigo por parte de sus superiores. Suelen ser mentirosos bastante inocentes que se revelan en una escritura de inclinación invertida e inhibida, apretada y de pequeño tamaño en general, con presencia de óvalos cerrados o con doble vuelta.

»-*Mentira blanca o piadosa.* Es un tipo de mentira exenta de malos sentimientos. Todo lo contrario, se hace con intención de no provocar dolor o daño en el interlocutor. Por ejemplo: mentir a un enfermo sobre la verdadera gravedad de su dolencia. El que miente por no herir a quien escucha sus mentiras muestra una escritura inclinada a la derecha, de formas curvas y con óvalos cerrados por abajo en un intento de ligar con rapidez las dos letras colindantes. Su escritura es, por lo general, armoniosa, y no muestra señas de egoísmo ni malicia.

»-*Mentira maliciosa o destructiva.* Es la mentira que no tiene excusa, sino que se realiza por pura maldad, con intención de herir o causar un daño al interlocutor. Los rasgos grafológicos generales para la mentira van unidos a señales de rencor, venganza y crueldad en la escritura, como pueden ser los ángulos en la base de los óvalos, finales en punta o afilados, arpones en la barra de la "t", y el clásico rasgo del escorpión (punta aguda hacia abajo) o el diente de jabalí (agudo ángulo que pincha después de arco).

»-*Mentira por diplomacia.* Es propia de negociadores, diplomáticos, políticos, abogados que en sí no mienten, pero ocultan cosas o no dicen toda la verdad. Este tipo de personas no dicen la verdad o dicen verdades a medias y se guardan un as bajo la manga. Optan por el clásico "saber nadar y guardar la ropa".

»Este tipo de mentira se refleja en la escritura filiforme, que serpentea tanto en la base de la palabra como en la base del renglón. Es una escritura que se muestra ilegible o semilegible tanto en texto como en firma, que retrata a una personalidad que no se quiere dejar conocer del todo, en toda su integridad. Como la serpiente que se escurre sibilina, discreta y silenciosa, así es la mentira por diplomacia». **(120)**

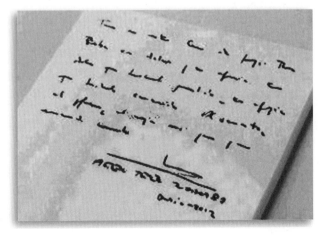

Autógrafo del ex secretario general del PSOE, Alfredo Pérez Rubalcaba.

Sandra Cerro, en un interesante vídeo, también nos explica cómo pequeños titubeos a la hora de escribir ciertas palabras pueden ser un indicador de engaño en aquella cuestión asociada a la palabra donde se producen, debido a que manifiestan un plus de emoción en el sujeto cuando la escribe, que será lo que la haga resultar diferente **(121)**.

> **Como puedes ver, volvemos a lo mismo de siempre, a que hay que fijarse en cualquier cambio sobre el patrón habitual de escritura, ya que reflejará una alteración emocional que puede ser debida, o no, a la aparición de nuestra protagonista, la mentira.**

El uso de las nuevas tecnologías para mentir

> **Si el ser humano miente por naturaleza, aunque sea con buena intención, y las nuevas tecnologías forman ya parte esencial de nuestras vidas, sería impensable que no se utilizaran también para el engaño.**

Así que podemos mentir cuando escribimos un correo electrónico, un mensaje de WhatsApp o en los comentarios que dejamos en las redes sociales…

Cuando manejamos Internet no somos muy diferentes a cuando nos comunicamos cara a cara; esto es, somos confiados, de primeras no dudamos sobre lo que se nos cuenta y creemos que es verdad aquello que se nos dice. El motivo, tal y como expresa Robert Feldman, es que la comunicación necesita de confianza; si la segunda cae, rebota en la primera. El autor hizo una investigación para comprobar en qué escenario se mentía más: ¿cara a cara, en una conversación de chat por Internet o por correo electrónico?

¿A qué medio darías las medallas de oro, plata y bronce de la mentira? Te dejaré unos segundos para que lo pienses…

- Medalla de oro: *e-mail.*
- Medalla de plata: chat.
- Medalla de bronce: cara a cara.

El autor del estudio justifica la medalla de oro por varios motivos: el correo electrónico es el que conlleva mayor distanciamiento entre los protagonistas y eso hace que se trate de engañar con mayor facilidad. Vamos, que el mentiroso siente menos vergüenza, miedo, culpa… al hacerlo a distancia que cuando está mirando a los ojos y hablando directamente con la víctima de su engaño.

Voy a centrarme a continuación en el uso que hace el mentiroso del *e-mail,* del WhatsApp y a través de las webs.

- *E-mail.* Como ya hemos visto, el correo electrónico es el medio que se lleva la medalla de oro a la hora de tratar de engañar a otros. Ni que decir tiene ya, si además nos referimos al estafador profesional. El anonimato, que le ayuda a no ser descubierto al ocultarse tras un mensaje de correo electrónico, hace que este medio sea muy utilizado para diversas estafas.

Dado que los ejemplos son numerosos, me voy a referir únicamente a los que yo he sufrido (sin éxito para el estafador), así te comparto mi propia experiencia personal.

He recibido diversos correos de bancos donde supuestamente tengo cuentas para que acceda a mi perfil personal poniendo mi nombre de usuario y contraseña. Es evidente que, si lo hubiera hecho, se habrían apoderado de ellos primero y de mi dinero después.

Cómo olvidar ese correo en el que me comunicaban el fallecimiento en un naufragio de una familiar lejana inmensamente rica de quien me correspondía toda su herencia. También quiero compartir el que recibí hace solo un par de días porque me gusta su originalidad. Me escribía una mujer anciana de México que estaba a punto de fallecer y quería dejarme su herencia consistente en un gran cargamento de cacao. Sí, has leído bien, de cacao. Vamos a ver, el chocolate me gusta hasta límites insospechados, hay que reconocerlo, pero de ahí a hacerme cargo de toneladas de cacao va un abismo. ¿Y dónde lo iba a guardar, si el trastero lo tengo hasta arriba de cosas?

En estos dos últimos casos, si hubiera respondido aceptando, los estafadores me hubieran pedido cierta cantidad de dinero que les tendría que haber enviado para que pudieran pagar lo que llaman «gastos necesarios». Una vez hubiera enviado unos miles de euros, es seguro que no hubiese cobrado la herencia ni recibido el cacao; vamos, como que me llamo José Luis.

- *WhatsApp.* Vayamos a una investigación que se ha hecho sobre este tema y que me resulta interesante: «Un estudio de la Universidad Brigham Young (EE. UU.) ha analizado lo que sucede cuando alguien miente en un mensaje digital, ya sea en una conversación de WhatsApp, en las redes sociales o en un SMS. Y han descubierto que se puede reconocer a un mentiroso porque tarda más en responder, edita más mientras escribe —borrando y reescribiendo— y sus mensajes son más cortos de lo habitual» **(122)**.

Aunque aquí digo lo de siempre, que el mentiroso actúe de esta manera no significa que cuando alguien nos escriba así tenga necesariamente que estar mintiendo, que lo mismo es que le están hablando por otro lado, va por la calle atento a su entorno, está viendo una película muy interesante a la vez...

- *Web.* En este caso, vamos a centrarnos en las tan renombradas *fake news*. «Las noticias falsas, conocidas también con el anglicismo *fake news,* son un tipo de bulo que consiste en un contenido pseudoperiodístico difundido a través de portales de noticias, prensa escrita, radio, televisión y redes sociales y cuyo objetivo es la desinformación.

»Se diseñan y emiten con la intención deliberada de engañar, inducir a error, manipular decisiones personales, desprestigiar o enaltecer a una institución, entidad o persona u obtener ganancias económicas o rédito político. Al presentar hechos falsos como si fueran reales, son consideradas una amenaza a la credibilidad de los medios serios y los periodistas profesionales, a la vez que un desafío para el público receptor» **(123)**.

Las noticias falsas no son un fenómeno actual, lo que sí es novedoso es el medio utilizado, pero han existido desde siempre y, así, la historia nos deja algunos significativos ejemplos.

Veamos a continuación los que nos detalla National Geographic, en su sección Historia:

«Los cristianos, Nerón y el incendio de Roma. Además de canibalismo o incesto, los cristianos también cargaron con la culpa del gran incendio de Roma del año 64 d. C. a partir de un rumor originado por el propio Nerón.

»Bulos en la Revolución Francesa. La Revolución Francesa también supo aprovechar en su favor esta argucia, que allanó el camino de María Antonieta hacia la guillotina. Se le atribuyeron falsamente frases atroces como: "Mi único deseo es ver París bañado en sangre; cualquier cabeza francesa presentada ante mí se pagará a peso de oro"; o burlas frente a la crisis de provisiones de 1778, en la que escaseó la harina y se extendió el hambre: "Si en París no hay pan, que coman bollos".

»ARMA DE INTOXICACIÓN MASIVA. Son los periodos bélicos (incluidos sus antecedentes y las épocas de posguerra) los mayores caldos de cultivo para la información falsa. A finales del xix, la entrada de Estados Unidos en la guerra de Cuba fue fruto de las mentiras de los principales periódicos norteamericanos del momento, los amarillistas *Journal* de Hearst y *World* de Pulitzer, que asumieron que fue un ataque español lo que hundió el acorazado *Maine*. La realidad fue muy distinta, la causa de su hundimiento fue una explosión interna.

»Al inicio de la Primera Guerra Mundial, una parte de la prensa francesa pretendía sosegar a los ciudadanos con el argumento de que las armas alemanas eran inofensivas. Según cuenta Durandin, apenas dos semanas después de que el II Reich declarara la guerra a Francia, el 17 de agosto de 1914, el diario parisino *L'Intransigeant* escribía: "La ineficacia de los proyectiles enemigos es objeto del comentario general. Los *schrapnels* estallan débilmente y caen en forma de lluvia inofensiva. El tiro está mal ajustado; en cuanto a las balas alemanas, no son peligrosas; atraviesan la carne de un lado a otro sin desgarrar los tejidos". Cuatro días después, el ejército francés sufría su primera derrota en la batalla de Charleroi» **(124)**.

Debemos estar alerta con la información que leemos y recibimos. ¿A quién no le ha llegado a su móvil una noticia espectacular de alguien famoso o de un desastre/atentado próximo que nos envía alguien de nuestra confianza, quien a su vez solo ha difundido lo que a él también le ha mandado otro conocido y así en una enorme cadena de mentira multiplicada?

Tengamos en cuenta que tal y como se nos explica en la web del investigador David Matsumoto:

> **«Las historias falsas se difunden mucho más rápido en todas las categorías de temas y llegan a más personas más rápidamente que las historias reales. De hecho, controlando muchos factores, la historia falsa promedio tenía un 70 por ciento más de probabilidades de ser retuiteada que la historia real promedio. Esto es especialmente cierto para las historias políticas»** (125).

Mis consejos para identificar una información falsa o un intento de estafa son los siguientes:

1. *La fuente.* Quien te informe debe ser un medio fiable de reconocido prestigio. Cuidado con quienes se hacen pasar por un medio de confianza. Para salir de dudas constata la dirección web o el nombre exacto, dado que la falsa suele ser muy parecida, pero no idéntica.

2. *No te fíes de lo que te cuente una persona desconocida.* Ni por *e-mail,* ni por Internet ni tampoco por teléfono. Hace poco me llamaron, diciendo que eran de mi operadora de teléfono, para informarme de que me duplicaban el importe de la factura a partir del mes siguiente. Me preguntaron si estaba conforme; cuando les dije que no, me comentaron que dejarían mi comentario apuntado y que estaban obligados a informar a las asociaciones de consumidores para que otra operadora, próximamente, me ofreciera una mejor oferta. El engaño era eviden-

te, estaban justificando que la empresa para la que sí trabajaba quien me llamaba me telefoneara muy pronto para ofrecerme un cambio de operadora telefónica. Cuando le dije que estaba grabando la conversación e iba a poner en conocimiento de la policía su intento de estafa, colgó de inmediato.

3. *Comprueba.* Si te piden que hagas algo como informar de algún dato personal o pulsar en un enlace de Internet, no lo hagas nunca. Antes llama a quien se supone que lo está solicitando para constatar que es cierto. Y, evidentemente, no llames a un teléfono que te venga en el mismo medio en el que te ha llegado el mensaje. Si quieres comprobar la veracidad de una noticia, entra en Internet y búscala en otros medios de confianza, las importantes siempre las verás en varios medios diferentes.

4. *Errores.* Son frecuentes las faltas de ortografía y el uso inadecuado de masculino/femenino, singular/plural…

5. *El excesivo afecto.* Es fácil que te adulen o que te traten con un cariño, en ocasiones, desbordante. Cómo olvidar la cantidad de mensajes por redes sociales que recibí durante un tiempo de jóvenes bellísimas y ligeras de ropa que querían una relación. El chantaje económico suele acabar sustituyendo a los mimos.

6. *Creación de la sensación de urgencia.* Habitualmente intentarán hacerte creer que si no haces lo que te indican de manera inmediata se derivarán terribles consecuencias o perderás una gran oportunidad. La idea es no dejarte pensar y que, llevado por el miedo o la codicia, des inmediatamente la información que te piden o hagas algo que les beneficiará.

7. *La imagen de respaldo.* Cuidado con el engaño acompañado de alguna foto del protagonista en cuestión o de un supuesto mensaje de una autoridad o, también, del interior de una vivienda en venta o alquiler. La imagen tiene un gran poder sobre

nuestro cerebro a la hora de convencer y podemos caer en la apariencia de verdad que provoca. Comprueba siempre por otro medio fiable su realidad.

Al final, el sentido común es fundamental.

Desconfía de los regalos, de los extraños, de los halagos, de las informaciones espectaculares que los medios de comunicación más importantes no reproducen, pero a ti sí te cuentan… Y si sobrepasa la mera broma y «huele» a estafa, conviene ponerlo de inmediato en conocimiento de nuestros cuerpos y fuerzas de seguridad, que tienen unidades especializadas que trabajan con gran eficacia.

La comunicación del psicópata. El cazador cazado

Quiero comenzar recomendándote que des una nueva lectura a la descripción que hago de las características del psicópata en el capítulo 2 de este libro, entre las que destaco las tres siguientes:

1. Necesidad enfermiza de mentir.
2. Ausencia de empatía.
3. Falta de culpa o remordimiento por sus acciones.

El gran especialista en la materia, Robert Hare, en su libro *Sin conciencia,* al que ya hemos hecho referencia, señala lo siguiente: «Esta aparente falta de afecto y profundidad de emociones condujo a los psicólogos J. H. Johns y H. C. Quay a decir que el psicópata "conoce la letra, pero no la música de la canción". Por ejemplo, un psicópata llamado Jack Abbot escribió en su autobiografía sobre el odio, la violencia y las racionalizaciones de su conducta e hizo este comentario revelador: "Hay emociones, todo un espectro de las mismas, que conozco solo por referencias, a través de la lectura y mi inmadura imaginación. Puedo imaginar que siento esas emociones (y saber qué son), pero no puedo experimentarlas en realidad"».

Por este motivo:

A la hora de detectar a un psicópata, defiendo que su vulnerabilidad se encuentra, precisamente, en la comunicación de esas emociones que de palabra dicen experimentar, pero que en la realidad no pueden sentir.

La frialdad emocional del psicópata jugará en su contra. Por sus déficits emocionales, porque no experimentan las emociones de la misma manera que los demás y por su carencia de empatía o de culpa van a quedar delatados por su rostro (principal reflejo de las emociones). Si sus palabras nos confunden, distinguiremos la veracidad o no de las emociones buscando su presencia o ausencia en el rostro.

Al no ser cierto que sienten lo que cuentan, en su caso no existirá la activación muscular que las emociones provocan en la cara de la persona que sí las siente.

Podrán intentar imitar las emociones, pero no las expresarán de manera completa o en el momento y por el tiempo adecuado.

Mi consejo para comprobar la posibilidad de que nos encontremos ante alguien con cierto grado de psicopatía será que le preguntemos sobre temas que toquen las emociones: familia, pareja, trabajo, delitos concretos…, y más que escuchar, observemos.

Las emociones reales que pueden experimentar en ocasiones serán la ira y el desprecio. Sin embargo, la tristeza y el miedo o no se las observaremos o será más fácil que sean fingidas.

No obstante, que quede muy claro que serán los profesionales especializados en el campo de la Psiquiatría quienes estarán más preparados a la hora de determinar la existencia o no de psicopatía en una persona.

Hemos comentado que conviven con la mentira. Ello es porque la utilizan frecuentemente para conseguir sus propósitos. Como Hare plantea: «La mentira, el engaño y la manipulación son talentos naturales en los psicópatas (…) cuando son pillados en alguna mentira o desafiados con la verdad, rara vez quedan perplejos o desconcertados; cambian simplemente sus historias o procuran amoldar los hechos de modo que parezcan constantes con respecto a la mentira. El resultado es una serie de declaraciones contradictorias y un oyente profundamente confundido». El propio Hare lo califica como «el placer del engaño».

Mienten tanto desde el punto de vista de su imagen exterior, aparentando lo que no son, e incluso creando todo un personaje, como en referencia a sus intenciones, haciendo pensar a quien les interesa que les mueven buenos y altruistas propósitos. La realidad será bien distinta y su víctima puede darse cuenta demasiado tarde.

El asesino múltiple Edmund Kemper reconoció que se ganaba la confianza de autoestopistas mirando el reloj cuando les paraba, haciendo parecer que era un hombre de negocios con prisa, así conseguía que se subieran a su vehículo sus futuras víctimas. El también asesino en serie Ted Bundy aparentaba tener un brazo escayolado y dejaba caer unos libros delante de una joven cerca de una universidad. Ella se ofrecía a ayudarle a llevarlos a su coche. El resto ya te lo puedes imaginar.

Tengamos en cuenta que:

El psicópata no lleva un cartel que ponga lo que es ni algo que a simple vista le delate; más bien todo lo contrario, nos ofrecerá una maravillosa imagen de sí mismo, bien diseñada y consecuente con su objetivo.

Sin embargo, con frecuencia serán incapaces de poder explicar lo que sienten con normalidad en distintos estados afectivos y es posible que respondan de una forma hostil o malhumorada si se les presiona sobre ellos.

Sus expresiones de remordimiento o arrepentimiento serán poco convincentes y usan palabras y frases emocionalmente frías.

Algo que me impacta mucho de los psicópatas asesinos cuando han concedido alguna entrevista es que, al responder sobre si se arrepienten de sus crímenes, afirman que «claro que sí», pero porque lo han pasado mal en la cárcel o por el tiempo que han perdido al ser condenados. De las víctimas ni se acuerdan, solo les importan ellos mismos.

Por tanto, en conclusión, es fundamental para detectar las mentiras del psicópata observar más que escuchar. Buscar incoherencias emocionales para comprobar si realmente sienten o simulan una emoción. La palabra lo soporta todo y pueden ser muy elocuentes, pero el rostro difícilmente lo dominarán a la perfección.

La mitomanía

La mitomanía puede tener dos significados según la RAE:

«Tendencia morbosa a desfigurar, engrandeciéndola, la realidad de lo que se dice».

«Tendencia a mitificar o admirar exageradamente a personas o cosas» **(126)**.

Como podrás imaginar, solo voy a centrarme en la primera de estas tendencias. En la web psiquiatría.com se señala lo siguiente: «Pseudología fantástica, mitomanía o mentira patológica son tres de los varios términos utilizados en el campo de la Psiquiatría para describir el comportamiento de mentir de manera compulsiva. Fue descrita por primera vez en la literatura médica en 1891 por el suizo Anton Delbrück. (…) Es un cuadro patológico caracterizado por la continua fabricación de falsedades, desproporcionadas con cualquier ventaja que pudiera obtenerse y que pueden llegar a constituir un complejo engaño organizado, y que, a diferencia de la mentira ordinaria, se origina en motivaciones patológicas y mecanismos psicopatológicos» **(127)**.

Las personas que son consideradas mitómanas sufren una especie de adicción a mentir. Aunque podrían comenzar a mentir de una manera consciente, es posible que acaben asumiendo sus mentiras como realidades, como si fueran recuerdos verdaderos.

Su propósito suele ser «conseguir un beneficio, pero con la intención de ocultar algún aspecto de su vida que no aceptan por considerarlo indigno, vergonzoso, pobre, que no está a la altura de las expectativas sociales (que él considera)».

La psicóloga Alicia Martos nos indica que «son personalidades con altos componentes de ansiedad, están muy pendientes de la imagen que dan y de la opinión que el mundo tiene sobre ellos. La falta de seguridad y de autoestima son los principales causantes de esta "forma de vida" insana» **(128)**.

Por desgracia para ellos, que suelen mentir para ganar aceptación en sus relaciones sociales o para parecer mejores, más valientes, más inteligentes…, al final sus acciones repercuten negativamente en su círculo cercano de familiares y amigos, pues ellos sí conocen sus mentiras y acaban cansados de su personalidad de mentirosos compulsivos.

Desde Área Humana, dedicado a la investigación, innovación y experiencia en Psicología, se nos especifica que «frecuentemente la mentira compulsiva forma parte de los síntomas de algunos trastornos:

»-*Trastorno antisocial de personalidad.* En el que se puede utilizar la mentira como estrategia de manipulación.

»-*Trastorno límite de personalidad.* En el que la mentira es una conducta impulsada por la emoción (conducta impulsiva).

»-*Trastorno narcisista de personalidad.* Se miente para conseguir admiración por parte de los demás» **(129)**.

Respecto a los mitómanos, hay dos investigaciones científicas que me resultan interesantes. Por una parte, la de la Universidad de California advierte que quienes padecen de mitomanía tienen hasta un 26 por ciento más de sustancia blanca en sus cerebros, lo cual explica que elaboren sus historias falsas con gran lujo de detalles. Y por otra, la publicada por *The British Journal of Psychiatry*. En ella se señala «que los mentirosos patológicos tienen casi un 15 por ciento menos de materia gris en el lóbulo prefrontal. Teniendo en cuenta que, entre otros aspectos, la materia gris de esta zona es la responsable del sentido de la ética y de la moral, no puede extrañarnos que los mentirosos compulsivos, no sientan ningún remordimiento cuando mienten y acepten el embuste con total naturalidad» **(130)**.

Como vemos, los mitómanos viven en ese mundo paralelo que se han construido, así que imagino lo duro que debe de ser para ellos que les traten de sacar del mismo. Por este motivo, si nos encontramos cerca de una de estas personas y estamos necesitados u obligados a convivir con ella, lo mejor será acudir a la ayuda que pueden ofrecer los profesionales especializados en el tratamiento de los trastornos psicológicos.

Mentir con mascarilla

Al mentiroso se le suele dibujar con una máscara que oculta su verdadero rostro de los demás. No le tapan las manos, ni las piernas, ni el resto del cuerpo, solo la cara. Qué interesante es que así entendamos mejor el mundo del mentiroso, quien nos muestra una cara falsa y oculta a la que tiene en realidad. No les falta razón a quienes así representan la mentira, dado que el rostro es el principal medio para reconocer si alguien miente. Pero… ¿qué ocurre si pasamos de la máscara a la mascarilla?

Ojalá que cuando leas este libro te extrañe esta pregunta, ojalá que pienses incluso que es una tontería plantearla cuando, en el día en que vives, nadie lleva una mascarilla puesta. Cada libro, como cada persona, nace en un momento concreto, y este que está ahora en tu mano lo he escrito cuando, no solo en España, sino en todo el mundo, vivimos con la necesidad de llevar una mascarilla protectora por culpa de una pandemia conocida como COVID-19, que se ha llevado cientos de miles de vidas y ha contagiado a millones de personas en nuestro planeta. Por este motivo, son innumerables las veces que me han preguntado si se puede o no comunicar igual, mentir más y mejor, con una mascarilla puesta que nos cubre desde la barbilla hasta los ojos. Voy a dar respuesta a este interrogante desde dos perspectivas:

- *¿Se miente más?* Las personas, al tener parte de su rostro cubierto, pueden sentir una mayor sensación de seguridad de que no van a ser descubiertas. Lo que sí podría llevar a mentir más. A mayor facilidad y menos posibilidades de ser cazado, considero que es más probable el intento de engaño.

- *¿Se miente mejor?* Uno de los principales motivos de asociar la observación del rostro al descubrimiento del engaño se basa en la posibilidad de advertir una contradicción emocional entre lo que se dice por la boca y lo que se dice por la cara (nivel 1). Como también cuando el rostro no refleja ninguna emoción, pero sí la expresa con sus palabras (nivel 2).

Así que la pregunta es obvia: ¿la mascarilla oculta las emociones? De las siete emociones básicas: alegría, tristeza, ira, sorpresa, asco, desprecio y miedo, sí se pueden reconocer cinco de ellas más fácilmente.

- LA ALEGRÍA

- **La** TRISTEZA

- **La** IRA

- **La** SORPRESA

La emoción que no se va a ver absolutamente nada es el desprecio, dado que ascendemos lateralmente el labio y la mascarilla lo cubre en su totalidad. Y resultaría más difícil detectar el asco, ya que su característica principal es que encogemos la nariz, que va a quedar cubierta, al menos parcialmente, por la mascarilla, por lo que la posibilidad de que se pueda o no apreciar va a depender de lo que esta la cubra.

Con ello, mi respuesta a la pregunta que hacía al principio de este apartado, de si se miente mejor con mascarilla, es que sí; pero no tanto como se podría pensar.

Cinco emociones se pueden detectar y, con ello, encender las alertas de engaño en los casos que he descrito como de nivel 1 y nivel 2. Más aún si quien engaña se siente totalmente oculto y a salvo con su mascarilla.

Fábulas y leyendas

En el terreno de los cuentos, fábulas y leyendas también ha tenido un papel destacado la mentira. Conocido por todos es el cuento de *Pinocho,* cuya nariz se alargaba al mentir. Se ha convertido en todo un símbolo del engaño. O el de *Pedro y el lobo,* con el que se enseña a los niños que, si mientes repetidamente, nadie te creerá cuando digas la verdad.

En cuanto a las fábulas y leyendas, aunque hay muchas, si yo me tuviera que quedar con una de cada tipo, serían las siguientes:

- *Fábula del escorpión y la rana (se atribuye a Esopo, aunque existen dudas al respecto).*

«Había una vez una rana sentada en la orilla de un río, cuando se le acercó un escorpión que le dijo:

—Amiga rana, ¿puedes ayudarme a cruzar el río? Puedes llevarme a tu espalda…

—¿Que te lleve a mi espalda? —contestó la rana—. ¡Ni pensarlo! ¡Te conozco! Si te llevo a mi espalda, sacarás tu aguijón, me picarás y me matarás. Lo siento, pero no puede ser.

—No seas tonta —le respondió entonces el escorpión—. ¿No ves que si te pincho con mi aguijón te hundirás en el agua y que yo, como no sé nadar, también me ahogaré?

Y la rana, después de pensárselo mucho, se dijo a sí misma:

—Si este escorpión me pica a la mitad del río, nos ahogamos los dos. No creo que sea tan tonto como para hacerlo.

Y entonces, la rana se dirigió al escorpión y le dijo:

—Mira, escorpión. Lo he estado pensando y te voy a ayudar a cruzar el río.

El escorpión se colocó sobre la resbaladiza espalda de la rana y empezaron juntos a cruzar el río.

Cuando habían llegado a la mitad del trayecto, en una zona del río donde había remolinos, el escorpión picó con su aguijón a la rana. De repente la rana sintió un fuerte picotazo y cómo el veneno mortal se extendía por su cuerpo. Y mientras se ahogaba, y veía cómo también con ella se ahogaba el escorpión, pudo sacar las últimas fuerzas que le quedaban para decirle:

—No entiendo nada… ¿Por qué lo has hecho? Tú también vas a morir.

Y entonces, el escorpión la miró y le respondió:

—Lo siento ranita. No he podido evitarlo. No puedo dejar de ser quien soy, ni actuar en contra de mi naturaleza, de mi costumbre y de otra forma distinta a como he aprendido a comportarme.

Y poco después de decir esto, desaparecieron los dos, el escorpión y la rana, debajo de las aguas del río» **(131)**.

Este tipo de mentirosos es el que más me recuerda a los mitómanos, aquellos que mienten porque su naturaleza les impulsa a hacerlo. Ya hemos hablado de ellos en el apartado correspondiente.

• *Leyenda sobre la verdad y la mentira (autor desconocido).*

«Cuenta la leyenda que un día la verdad y la mentira se cruzaron.

—Buenos días —dijo la mentira.

—Buenos días —contestó la verdad.

—Hermoso día —dijo la mentira.

Entonces la verdad se asomó para ver si era cierto. Lo era.

—Hermoso día —dijo entonces la verdad.

—Aún más hermoso está el lago —dijo la mentira.

La verdad miró hacia el lago y vio que la mentira decía la verdad y asintió. Corrió la mentira hacia el agua y dijo:

—El agua está aún más hermosa, nademos.

La verdad tocó el agua con sus dedos y realmente estaba hermosa y confió en la mentira. Ambas se quitaron las ropas y nadaron.

Un rato después salió la mentira, se vistió con las ropas de la verdad y se fue.

La verdad, incapaz de vestirse con las ropas de la mentira, comenzó a caminar sin ropas y todos se horrorizaban al verla.

Es así como, aún hoy en día, la gente prefiere aceptar la mentira disfrazada de verdad y no la verdad desnuda» **(132)**.

En muchas ocasiones abrazamos las mentiras que nos reconfortan o nos impactan y no aguantamos la mirada directa de una verdad que descubre una realidad que no deseamos.

La mentira en la mitología

Rara es la cultura que no tenga en su mitología algún personaje dedicado al engaño, aunque si tuviera que elegir uno me quedo sin dudarlo con Dolos, perteneciente a la mitología griega. Dolos personificaba el fraude y el engaño. Fue uno de los espíritus que escaparon de la caja de Pandora.

Zeus, el rey de los dioses, hizo un especial regalo de bodas a Pandora, la esposa del hermano de Prometeo, de quien Zeus quería vengarse por haber robado el fuego de los dioses y dárselo a los humanos. Este regalo consistía en una misteriosa caja que recibió la recién casada con una instrucción tajante: no abrirla jamás.

Anda que… vaya regalito de bodas del rey de los dioses: una caja que no se puede abrir. Imagina cómo quedarías si haces este regalo de bodas a unos amigos, lo menos que te van a llamar es tacaño.

Para colmo, los dioses le habían otorgado a Pandora una gran curiosidad, con lo que puedes suponer cómo se sentía ella observando esa caja que no podía abrir. ¡Vamos! Ni anillos de diamantes, ni un chalé en la sierra del Olimpo, ni nada. Pandora tenía que saber lo que contenía esa caja que le había regalado el gran Zeus.

Qué sabio es el refranero cuando dice eso de «La curiosidad mató al gato», pues algo parecido le sucedió a Pandora, quien, intrigada por el contenido de la caja, no pudo resistir la tentación y la abrió. ¿Qué se encontró dentro? ¿A que tú también sientes curiosidad? Pues imagínate ella. Al abrir la caja escaparon de su interior todos los males del mundo. ¡Vaya regalo! Si es que no tenían que haber invitado a la boda a Zeus.

De aquí viene la frase tan conocida de «abrir la caja de Pandora», para hacer referencia a lo que, pareciendo una acción pequeña, acaba teniendo unas consecuencias catastróficas **(133)**.

Es en este momento cuando te puedes estar preguntando: ¿y esto que tiene que ver con el engaño? Pues mucho, porque Dolos, que ya hemos comentado que es el espíritu que lo personifica, fue uno de los que escaparon de la dichosa cajita.

Una vez que ya conocemos el origen de Dolos, sepamos que se convirtió en uno de los principales aprendices de Prometeo, quien se encargó de esculpir con barro a Aletheia (la verdad) para que ella, una vez cobrara vida, rigiese el comportamiento de los hombres.

Ya supondrás que los planes de Prometeo no salieron como le habrían gustado con Aletheia, porque, de haberlo conseguido, hoy no estarías leyendo este libro. ¿Y qué falló en sus planes? Aquí es donde vuelve a entrar en escena Dolos.

Según Prometeo, estaba a punto de meter al horno la figura en barro de Aletheia, cuando Zeus le llamó y dejó su obra al cuidado de Dolos. ¡Ay, Prometeo! Pero ¿cómo se le ocurrió dejar la futura representación de la «verdad» al cuidado del espíritu del «engaño»? Pues pasó lo que tenía que pasar.

Dolos aprovechó que no estaba su maestro para hacer una figura también en barro exactamente igual a la de Aletheia. Realizó una representación idéntica a la de la verdad, pero modelada por las manos del engaño. De este modo los humanos no podrían distinguir la verdad de la mentira.

Pero algo inesperado le sucedió a Dolos, este se quedó sin barro cuando solo le quedaban por modelar los pies de su figura. Y sin tiempo para ir a buscar más, regresó Prometeo. Ya me imagino a Dolos, con su figura idéntica a su lado, cuando apareció de repente su maestro. «Pues hoy parece que va a llover», o algo parecido le diría para despistarle y ocultar su figura. Pero no lo consiguió y Prometeo la descubrió.

«Verás cómo ahora me vuelven a meter en una caja y no me libero hasta otra boda», pensaría Dolos en esos momentos. Pero no, a Prometeo le gustó la otra figura también y metió a ambas en el horno para que terminaran de crearse, aunque a la de Dolos, como sabemos, le faltaban los pies. Una vez se acabaron de hacer las dos obras, les insufló vida a ambas. Desde entonces, la verdad camina con pasos firmes, mientras que su gemela, la mentira, aunque se parezca mucho en apariencia, tiene un paso más inseguro y sus huellas son diferentes.

Esas huellas las has podido conocer en este libro. Tal vez por ello se diga eso de que:

«La mentira tiene las patas muy cortas».

Concluyo este libro esperando que, aunque hayas conocido a fondo el mundo de la mentira, en este instante tengas en tu rostro una sonrisa; pero que sea sincera, ¿eh?

Recomendaciones

1. Contar con más información sobre los indicadores de lenguaje y de comportamiento que utilizamos en la detección de la mentira no facilita el acto de mentir, yo defiendo que lo complica. El cerebro del mentiroso tendrá que prestar atención a tantos factores durante toda su acción que resultará incluso más fácil que las señales de engaño se hagan más evidentes.
2. El polígrafo no detecta directamente la mentira, sino cambios que se producen en la persona (ritmo cardiaco, tensión arterial, sudoración...) al responder una determinada pregunta y que harán sospechar la existencia de un posible engaño.
3. No confundamos utilidad con exactitud. Que cualquier mecanismo de detección de la mentira resulte útil no conlleva que sea exacto. Sin que ello signifique que le quitemos su valor.
4. El estudio de la detección de la mentira en la escritura nos indica que pequeños titubeos a la hora de escribir ciertas palabras pueden ser un indicador de engaño en aquellas cuestiones asociadas a las mismas.

Miénteme... si te atreves

5. Cuando utilizamos las nuevas tecnologías, las personas no somos muy diferentes a cuando nos comunicamos sin ellas: también se miente e igualmente tenemos la tendencia a confiar en las otras personas.

6. En WhatsApp o en un SMS es más probable que se mienta cuando quien escribe tarda más en responder, edita más mientras escribe y sus mensajes son más cortos de lo habitual.

7. Para cazar una información falsa debemos prestar especial atención, entre otros detalles, a su origen, a los errores en la expresión y a la creación de una sensación de urgencia.

8. El punto débil del psicópata se encuentra en la comunicación de las emociones. De palabra sabrán expresarlas, pero al no experimentarlas realmente, su rostro permanecerá frío e inmutable, sobre todo ante la tristeza y el miedo.

9. Las personas consideradas «mitómanas» tienen una especie de adicción a mentir; y aunque comiencen haciéndolo de manera consciente, pueden acabar creyéndose sus propias mentiras.

10. La mascarilla protectora cubre una buena parte de nuestro rostro, lo que hace que las personas se sientan más protegidas a la hora de mentir, con menor temor a ser descubiertas.

El momento de la verdad

Pon a prueba los conocimientos que has adquirido en este capítulo:

1. ¿Es posible activar contramedidas para que el polígrafo no dé señales de alarma?

a) No. Las personas no podemos influir en sus resultados.

b) Sí. Hay diversas técnicas que pueden restar eficacia a la máquina.

c) No se ha estudiado esta posibilidad.

2. El polígrafo es más fiable cuando señala…
a) Que el sujeto dice la verdad.
b) Que el sujeto miente.
c) En ambos casos es igual de fiable.

3. La escritura artificiosa, con formas complicadas o exageradas, es un indicador de…
a) Falta de honestidad y transparencia en todos los planos.
b) Intención de esconder el yo más íntimo y personal.
c) Tendencia a la extravagancia y a disimular aspectos de personalidad.

4. Según el estudio que hizo Feldman, ¿en qué escenario se miente más?
a) El *e-mail.*
b) Los chats.
c) Cara a cara.

5. ¿Las historias falsas se difunden, en general, más rápidamente que las reales a través de los medios tecnológicos?
a) No, es igual.
b) Las reales se difunden más rápido.
c) Las falsas se difunden más rápido.

6. Las emociones que realmente puede experimentar más el psicópata son:
a) La tristeza y la ira.
b) La ira y el desprecio.

c) El miedo y el desprecio.

7. Las personas consideradas «mitómanas»...
a) Padecen una gran falta de seguridad y autoestima.
b) Tienen altibajos en su seguridad en sí mismas.
c) Siempre están seguras de ellas mismas y cuentan con una alta autoestima.

8. ¿La mascarilla protectora oculta las emociones básicas del ser humano?
a) Sí. Al tener tapada la cara, no pueden advertirse.
b) En su totalidad, solo el desprecio. El resto sí pueden verse, aunque unas mejor que otras.
c) No. Al final, todas se pueden observar en la parte no cubierta del rostro.

9. En la fábula del escorpión y la rana, ¿hace bien la rana en confiar en el escorpión para cruzar el río?
a) Sí. Porque picarla les hará morir a ambos.
b) Sí. Porque la rana pegará un salto en mitad del río y ahogará al escorpión.
c) No. Porque el escorpión pica a la rana en mitad del río y ambos se ahogan.

10. En la mitología griega, el personaje que representa el engaño, Dolos, ¿de dónde surge?
a) Al abrir la caja de Pandora.
b) Del horno de Prometeo.
c) Tras el lanzamiento de un rayo por Zeus.

Resultados del test

1.   Respuesta b.
2.   Respuesta a.
3.   Respuesta c.
4.   Respuesta a.
5.   Respuesta c.
6.   Respuesta b.
7.   Respuesta a.
8.   Respuesta b.
9.   Respuesta c.
10.   Respuesta a.

Notas

(120) https://sandracerro.com/grafologia-de-la-mentira/.

(121) https://youtu.be/dloz-sCiTww.

(122) https://www.muyinteresante.es/tecnologia/articulo/asi-se-detectan-las-mentiras-en-los-mensajes-de-texto-y-el-whatsapp-591378454619.

(123) https://es.wikipedia.org/wiki/Fake_news.

(124) https://historia.nationalgeographic.com.es/a/fake-news-compania-peligrosa-a-largo-historia_15349.

(125) https://www.humintell.com/2018/04/lie-detection-in-the-media/.

(126) https://dle.rae.es/mitoman%C3%Ada.

(127) https://psiquiatria.com/bibliopsiquis/pseudologia-fantastica-o-mitomania/.

(128) https://blogs.20minutos.es/comunicacion-no-verbal-lo-que-no-nos-cuentan/2017/03/31/sabias-que-hay-personas-que-no-pueden-dejar-de-mentir-como-detectarlos/.

(129) https://www.areahumana.es/mitomania-mentiroso-compulsivo/.

(130) https://nuestropsicologoenmadrid.com/la-mitomania-mentiroso-patologico/.

(131) https://cvc.cervantes.es/ensenanza/luna/rajendra/cuento.htm.

(132) https://lamenteesmaravillosa.com/la-certera-leyenda-sobre-la-mentira-y-la-verdad/.

(133) https://es.wikipedia.org/wiki/Caja_de_Pandora.

Este libro se publicó
en España en el mes
de mayo de 2021